はにわラソン

いっちょマラソンで町おこしや！

蓮見恭子

JN230352

双葉文庫

目次

はにわラソン

いっちょマラソンで町おこしや！

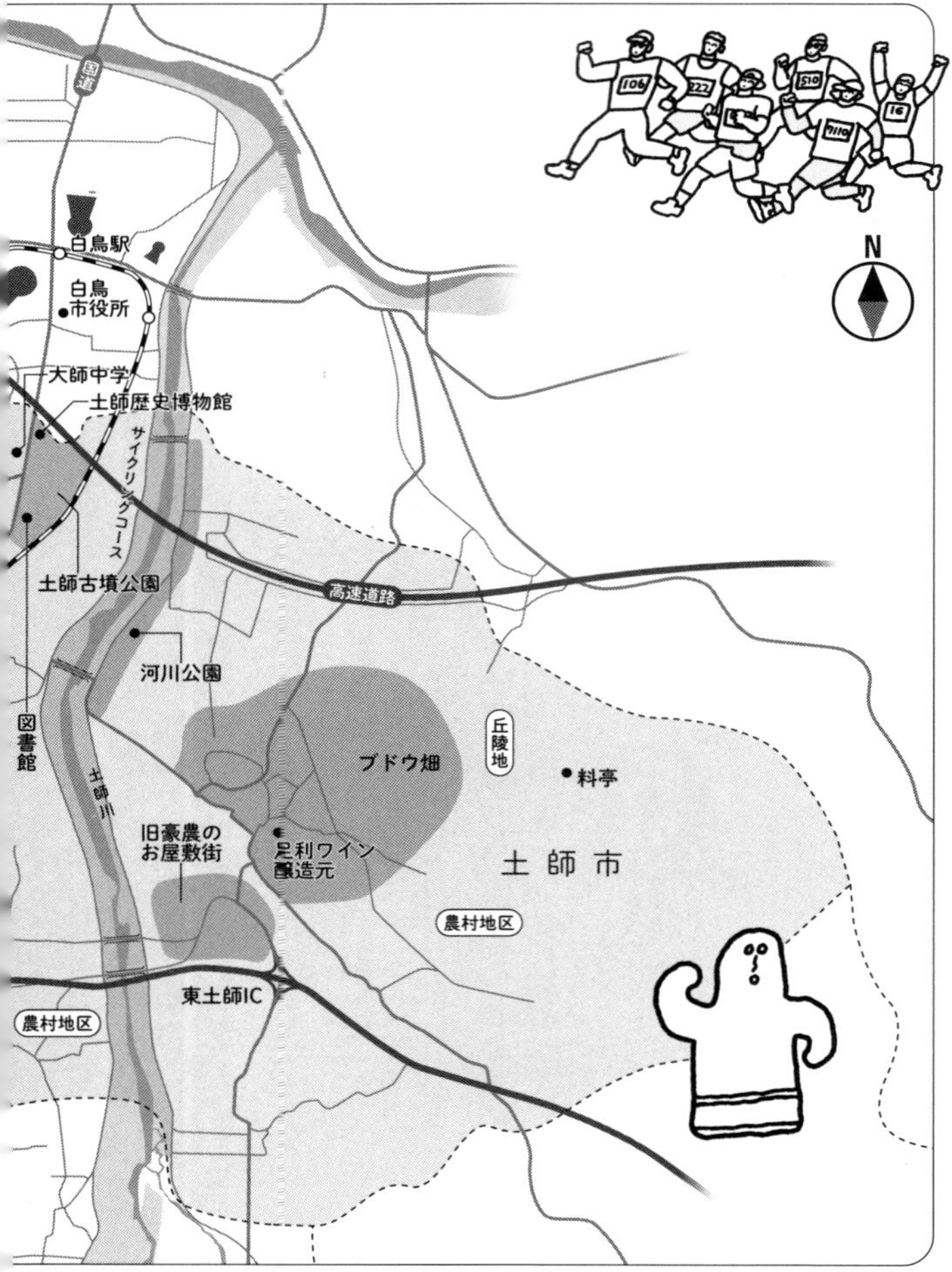
国道
白鳥駅
白鳥
市役所
大師中学
土師歴史博物館
サイクリングコース
土師古墳公園
高速道路
河川公園
図書館
土師川
ブドウ畑
丘陵地
料亭
旧豪農の
お屋敷街
足利ワイン
醸造元
土師市
農村地区
東土師IC
農村地区
N

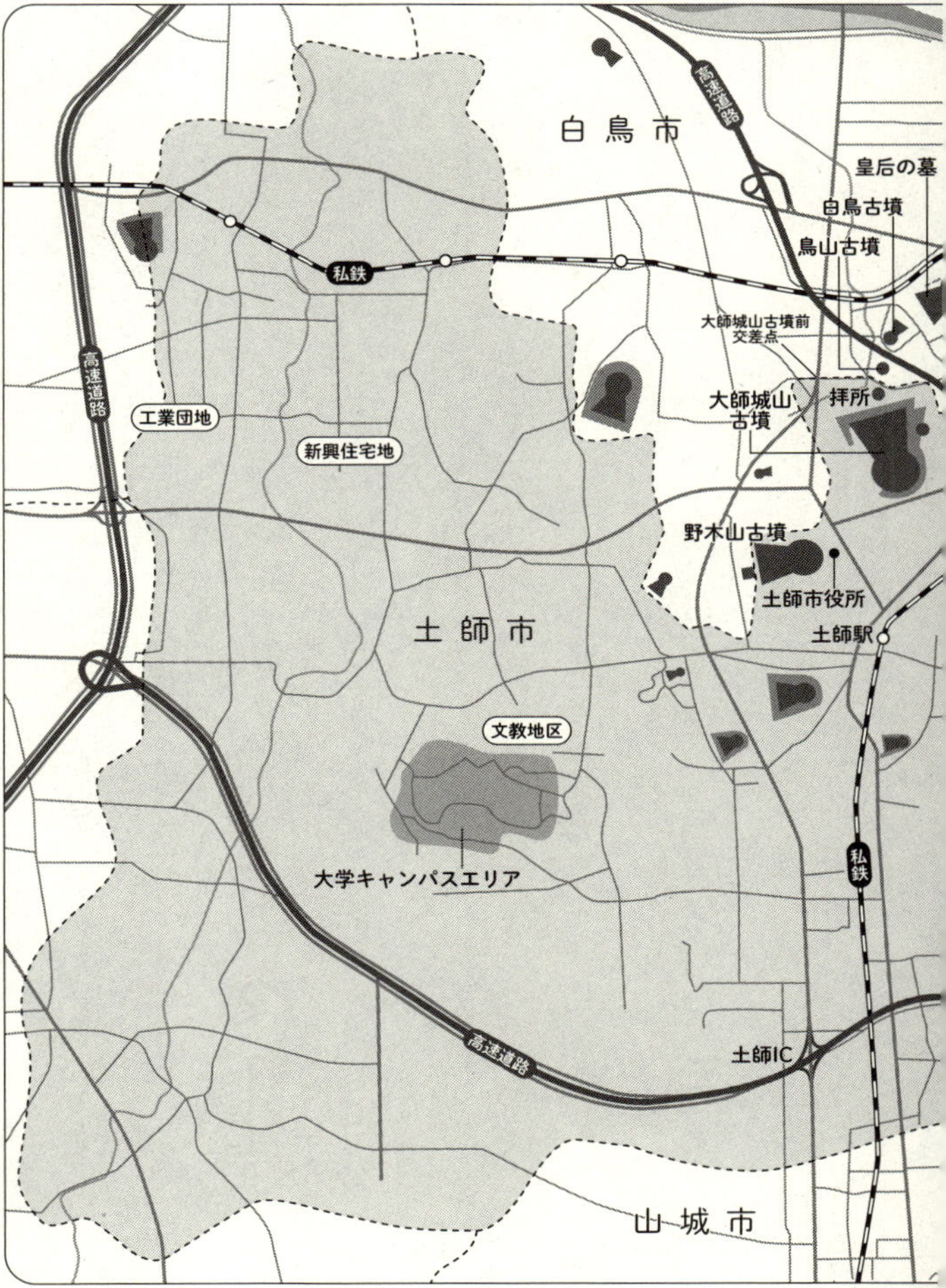
白鳥市
高速道路
皇后の墓
白鳥古墳
鳥山古墳
私鉄
大師城山古墳前
交差点
大師城山
古墳
拝所
工業団地
新興住宅地
高速道路
野木山古墳
土師市役所
土師駅
土師市
文教地区
大学キャンパスエリア
私鉄
高速道路
土師IC
山城市

プロローグ

二〇××年　一月三日。

監督車の後部座席で、片手にストップウォッチ、もう片方の手にスマホを持った倉内《くらうち》拓也《たくや》は、東都大学《とうとだいがく》の10区走者・脇田《わきた》の背中を睨《にら》んでいた。

「前との差は？」

助手席に座った監督の清水邦久《しみずくにひさ》が、拓也を振り返った。

LINE《ライン》の画面に目を走らせ、コース上のポイントに配置した部員からの報告を確認する。

「変わりません。30秒」

現在、東都大学は11位。あと一つ順位を上げれば、シード権を獲得できる。

昨年の十月に行われた予選会を突破し、東京箱根間往復大学駅伝競走・通称〈箱根駅伝《はこねえきでん》〉に初出場を決めた東都大学の当初の目標は〝最後まで一本の襷《たすき》を繋《つな》ぐ〟だった。初出場の大学が繰り上げスタートやリタイアをせずに、全10区間を一本の襷で走り切る事は至難の業《わざ》だ。ところが蓋《ふた》を開けてみたら、戦前の予想に反して、いきなりのシード権獲得が現実味を帯びてきたのだ。シード権を取れれば、来年は予選会に出なくても〈箱根駅伝〉に出場できる。実現したら大金星だ。

鶴見《つるみ》中継所で襷を受け取ったのは、西北大《せいほくだい》とほぼ同時だった。序盤を慎重に入った脇田に対し、西北大のアンカーは突っ込み気味で飛ばしたため、30秒の差をつけられてしまった。

「今の1キロ、3分4秒」

これまで、脇田は3分を少し切るラップを刻んでいたが、ペースダウンの兆候《ちょうこう》が出はじめていた。このままずるずるとペースが落ちていくようなら、前との差を挽回《ばんかい》するどころか、後ろを走るランナーに追い付かれてしまう。

「粘《ねば》れよ。脇田」

清水監督は、スイッチが切られたマイクを握りしめる。今、ここで声をかけてやりたい。だが、監督車から選手に声をかけられる場所は限られている。清水監督のもどかしさが手に取るように伝わってきた。

がりがりっと口中で飴《あめ》を噛み砕く音がした。すかさず、新たな喉飴《のどあめ》を差し出す。

「まさか、ここまで気温が上がるとはなぁ……」

喉飴を口に放り込むと、清水監督は額《ひたい》に手をかざしながらフロントガラスから空を見上げた。上空の太陽が、燦々《さんさん》と冬の街を照らしている。

フィニッシュまで、残り15キロ。

日頃から、練習で20キロ、時には30キロを走っている選手達にとって、15キロはストレスを感じるような距離ではない。だが、今は普段の練習とは違う。

年始の風物詩《ふうぶつし》〔箱根駅伝〕復路《ふくろ》の終盤で、レースの模様が全国放送されているのだ。過度のプレッシャーと1秒でも速く走ろうとして余分に体力を削《けず》り取られるのか、それとも真昼に走るという条件のせいか、この区間でも考えられないような失速が過去に何度か起きている。

しかし、それは初出場の東都大学駅伝部員の誰一人として経験した事がなく、選手達から〝陰の監督〟と呼ばれ、信頼も厚い拓也にとっても想像のつかない世界だった。

その時、ふいに拓也の脳裏に、駅伝部の寮の応接室に呼ばれ、清水からマネージャーへの転向を切り出された瞬間の光景が蘇《よみがえ》ってきた。

（今、チームに必要なのは、鷹《たか》のように全体が見えて、蟻《あり》のように状況に対応できる人材なんだ）

随分と持って回った言い方をすると思った。悔《くや》しくなかったと言えば嘘《うそ》になる。何で俺なんだ？　これで俺の選手生活は終わってしまうのか？　そんな思いが胸に渦《うず》まいた。だが拓也は個人的な感情の一切を呑《の》み込み、競技を引退することを受け入れた。

東都大学には、1万メートルを27分台で走れるようなスター選手は一人もいない。だから、選手を引退して裏方に回った時、拓也は「部員全員の力で箱根出場を引き寄せてみせる」と誓った。

選手層を厚くする為には、まず伸び悩んでいる選手達のやる気を引き出し、全体の底上げをする必要があった。

監督の清水は、大学時代は〔箱根駅伝〕で活躍したスター選手で、卒業後に実業団に進み、オリンピック選考の俎上《そじょう》に何度も載ったランナーだ。だが、一流のランナーが指導者としても一流とは限らない。清水の場合、チームの主力選手をレースで上位入賞に押し上げる指導はできても、殻《から》を破れずに苦しんでいる部員の指導は二の次になっていた。これでは部内の競争力を高められない。

そこで、拓也自身が東都大の医学部にかけあって、共同でランナーの心拍数とランニングデータを分析し、部員一人一人に合ったトレーニングメニューを作成した。

競技中の心拍数をリアルタイムで弾き出してくれるGPSウォッチを持っていない学生もいたので、当初は運動直後に手首や首の付け根に指を当てて15秒間の心拍数を測り、それを四倍して計測していた。

後に、部員全員にGPSウォッチを支給できるように大学から予算を引っ張ってきた時は、滅多に褒《ほ》めない清水監督から称賛されたし、部員達も拓也に一目置くようになった。

寮で出される食事についても、業者に委託するのではなく、自治体のネットワークを使って料理好きの主婦ボランティアを募《つの》り、拓也も自ら厨房《ちゅうぼう》に入って、〝長距離走の選手に必要な栄養〟についてレクチャーした。料理の腕前は確かでも、彼女達はアスリート向けの食事を作った事がなかったからだ。

選手は美味《おい》しい家庭料理を味わえるし、主婦達からは「息子のような年頃の選手達のお世話ができて嬉《うれ》しい」とか「おかげで空《から》の巣《す》症候群が治った」と言われ、双方から感謝された。

これぞウィンウィンの関係。

経営用語でいう〝取引をする双方どちらにも利益がある形態〟だ。

食材は寮のある武蔵《むさし》小金井《こがねい》周辺の農家を一軒一軒回り、曲がっていたり、大きさが不ぞろいで出荷できない作物を、無料で提供してもらえないかと交渉した。その御礼に、部員達が当番制で畑仕事を手伝うと約束する事も忘れなかった。

後援会には「野菜は充分なので、肉の提供をお願いします」と頼んだ。それも、やたらと高価なブランド牛ではなく、「安くて良いので、量を増やして下さい」と。料理自慢の主婦達が安価なオージービーフや、豚コマを上手《じょうず》に調理してくれるのだから、安い肉で十分なのだ。

「西北大のアンカーは四年生だ。最後の駅伝にかける思いがあるし、このまま逃げられるかもなぁ……」

監督の声で我に返る。

ワンセグの映像はテレビの中継、今は10位を走る西北大のアンカーを映している。長距離走の選手にしては筋肉質で、背も高い。高校時代は中距離で全国トップレベルの選手だったが、1万メートルの記録は平凡で、決して脇田が負けるような相手ではない。

次にカメラが、200メートルほど後方を走る脇田を映し出した。西北大のアンカーに比べて発汗が多く、焦《あせ》りもあってか表情が険《けわ》しい。

スマホの計算機能を使い、前のランナーと脇田のラップを比べる。鶴見中継所を出た後、西北大はハイペースで突っ込んでいる。後半に備えて体力を温存するのではなく、先に仕掛けて逃げ切ろうという捨て身の走りだ。

「監督。脇田は、鶴見中継所から蒲田《かまた》までの6キロを17分台で入りました。脇田の実力から考えて速すぎるというペースではありません。まだ脚も動いてます。今のペースであれば、新八ツ山橋《しんやつやまばし》までの7・4キロを22分台後半でカバーできそうです。そこから大手町《おおてまち》まで……」

電卓を叩く。

「脇田なら、31分半ばまでで粘れるでしょう。昨年、シードに滑り込んだ関東第一大学《かんとうだいいちだいがく》のアンカーより速いです」

その年の気象条件や展開によって記録は変わるから、これはあくまで参考でしかない。だが、拓也には勝算があった。

「監督。脇田にはスタミナがあります。トラックよりもロード向きですから、今日のような厳《きび》しい条件の方が強いはずです」

とは言ったものの、画面に映る脇田の表情は苦しそうだ。

格下の選手に置いて行かれている焦りから、身体と気持ちがちぐはぐになっているのだ。ここは脇田にとって、何か楽になれる情報が必要だった。

[そっち]［ビル風]［どう?]

田町《たまち》に待機している部員にLINEを送ると、すぐに返信がきた。

[田町は風]［強いっす]［めっちゃ]［寒いです]

西北大のランナーはアームウォーマーどころか、手袋すらしていない。汗をかいた後に都会を吹き荒れるビル風に晒《さら》されたら——。

片手でスマホを操作し、給水係《きゅうすい》にLINEでメッセージを送る。

[声かけ]［田町激寒]［要手袋]［ユニ濡らすな]

最小限の文字で要点を連続で伝えると、すぐに既読《きどく》になった。給水係からのリアクションを確認し、前に向き直る。

「監督」

拓也は身を乗り出した。

「後ろには強力な選手がいません。それに、この先で前が落ちてくるはずです。絶対に。だから今は無理に追わず、このまま辛抱《しんぼう》するように言って下さい」

監督車はランナーの動きに合わせて進む。そろそろ、声かけポイントだ。

「根拠は何だ？」

マイクを手に、前を向いたまま清水監督が尋《たず》ねてくる。

「今日の天候が、我々に味方してくれています」

例年よりも今日の気温は高い。ただ10区後半に吹き荒れる冷たいビル風によってランナーの体温は低下し、体力を一気に奪ってしまうだろう。脇田には「スタート時の気温は高くなるが、絶対にアームウォーマーを外すな」と言い含めておいた。

そして、走る前の補食《ほしょく》についても〝スタート一時間前に食べる物〟〝一時間前に食べる物〟と細かく指示を出した。付き添いにも念押ししたから、抜かりはない。

10区はコース自体は難しくないものの、序盤に調子よく走っていた選手が、中盤以降にペースを落とすケースが多い。原因は体温の低下とガス欠だ。

スタートが遅く、朝食後、時間が経ってから走るせいで、途中で低血糖に陥《おちい》る選手をよく見る。かと言って、食べすぎれば腹痛を起こしたり、気分が悪くなる。

昨年、清水監督から10区の候補者の名前を聞き出した拓也は、彼らの胃腸の強さを把《は》握《あく》するため、実際に補食して走らせてみた。

その中で、脇田は最も胃腸が丈夫で、食べた後に走っても胸やけや腹痛を起こさなかった。よくよく聞くと「痛くなった事がないから、胃がどこにあるのか分からない」と言って周囲を笑わせていたらしい。

また、日頃から厚かましいくらいポジティブで、「どんなポーズでフィニッシュテープを切るか練習しなきゃな」などと冗談を言っていた。

誰を10区にしようか迷っていた清水監督に、拓也が脇田を推《お》したのも、そういった理由からだ。

「この日の為に、ちゃんと準備してきたんです。絶対にイケます」

まだ迷っていそうな清水に、拓也は自信たっぷりに答える。

「大丈夫です、監督！」

もう一度、念押しする。

「お前が自信を持ってそう言うんなら間違いないな。よっし！　シード権を獲《と》るぞ！」

清水は白い歯を見せると、意を決したようにマイクのスイッチを入れた。

「いいかー。こっから先が勝負だ。今のまま我慢しろ。暑いんだから、無理にペースを上げようとするな。前も暑いんだ。そう、そう。いいよ、脇田。脚はまだ動いてる。元気元気。もう一回言うぞ。我慢してれば、前は絶対に落ちてくるから、絶対に！　シード権を獲ったら、お前はヒーローだぞっ！」

第一章　無茶ぶりフルマラソン

1

二〇二×年　十二月。

P県土師《はぜし》市市民文化スポーツ局スポーツ部スポーツ振興課のフロアに、倉内拓也はいた。

ランチを終えて戻ると、休憩の前に片付けたはずのデスクの上に、書類が山積みになっていた。さっと目を通し、急を要するものと、そうでないものとに仕分けする。

「何だ、こりゃ？」

それは、運動公園内の草刈りに関して、住民からの〈行政指導依頼〉であった。住民の誰かが市の管理する運動公園の敷地に勝手に草木を植えているらしく、通行の妨《さまた》げになるほど生い茂り、害虫も発生しているという。

とりあえず総務部に戻す。

長らく放置されている市民体育館倉庫の片付け、〈町おこし実行委員会〉への出席、その他よく分からない案件、全て管轄するであろう部署に割り振っていく。

書類を脇によけてPCを引き寄せ、素早くメールチェックをした。すぐに回答できないメールは〝未処理〟、重要なメールは〝重要〟と名付けたフォルダーに振り分けてゆき、必要なものには返信、そうでないものはゴミ箱へ。ものの十五分で処理を終える。

「拓ぼん。ただいま」

村田繁之《むらたしげゆき》、通称・繁爺《しげじい》はフロアに入るやいなや、エアコンの設定温度を下げる。

「ご苦労さまでした。寒かったでしょう？」

「うん。ちょっと涼《すず》しかったな」

暑がりの彼は常に赤ら顔で、真冬でも靴下を履《は》かないし、何なら半袖のTシャツで出勤してきたりする。

「繁やん、何をしてくれてるねん。凍《こご》え死ぬわ！」

白髪と顎《あご》ヒゲが見事な繁爺に対し、つるんとした顔の政爺《まさじい》が歯のない口を開けながら怒鳴る。こちらの名は村田政之《むらたまさゆき》という。先月、シルバーセンターから派遣された二人は、一歳違いの兄弟だ。

「うわぁ、寒い、寒い」

今度は室温が最初の設定温度より二度高く上げられ、エアコンが音を立てて温風を吐き出す。

「省エネや、省エネ。電気代が高騰しとるんやから、無駄遣いはあかん」

村田兄弟がエアコンの設定温度を巡ってバトルになるのはいつもの事。拓也は素早く二人の間に割って入る。

「無事に終わりましたか？　先方さんは随分とご立腹でしたが……」

「はぁ？　あんなもん、俺が、ちゃちゃちゃーっと直したったわ」

繁爺は話を盛《も》るので、それなりに時間がかかったのだと予想した。

以前から「市が管理する土地の柵の金網が破れ、そこから子供が出入りして危ない」と市民から投書が寄せられていた。その柵が設置されたのは大昔の事で、今となっては誰が設置したのかも分からず、市は点検も行っていなかった。

その土地は丘陵《きゆうりよう》のような、ちょっとした小山になっていて、地元の人達からは、ピクニックやお散歩スポットとして親しまれているのだが、ある事情があって簡単に手をつけられる場所ではなかったのだ。

ここ土師市は、古事記や日本書紀に記された時代まで遡《さかのぼ》る歴史があり、当時の支配者一族や有力者の墓がたくさん点在している。

つまり古墳《こふん》の町なのである。

それらの古墳はおもに四世紀の後半から五世紀の後半にかけて築造され、鍵穴《かぎあな》型の形状をした前方後円墳《ぜんぽうこうえんふん》の他、円形や方形《ほうけい》など、小さなもので数メートル、大きな古墳になると五百メートルにも及ぶ。

古墳群は土師市と隣接した白鳥市《しらとりし》にもまたがって広がり、確認されているだけで五十基、実際にはその倍の古墳があるのではないかと言われている。うっかり土地を掘ろうものなら、土器や太古の遺品、人骨などがぽこぽこと出てくる。要は、壊れた柵のあるその土地も古墳の可能性があるのだ。

そんな訳で、役所内では「文化財の保全なら、教育委員会の仕事では？」「いや、先に宮内庁に連絡すべきでは？」と、お得意の押し付け合いとたらい回しが始まり、結局は観光部や市民文化スポーツ部の各課から数名ずつ赴《おもむ》くのが妥当《だとう》だろうという事になった。一週間前に現状が調査され、今朝は始業と同時に村田兄弟に現地に向かってもらった。

「何であれっぽっちのもん、すぐに直されへんのや？　どん臭《くさ》すぎるやんけ！」

繁爺の鼻息は荒い。

集まった職員の中には、ヴァールを準備していた者もいたが、元解体屋《かいたいや》の繁爺が素手《すで》で木の杭《くい》を抜き取り、元大工《だいく》の政爺が手早く新しい金網を張って、結局は他の職員達は二人が作業する様子を、ぼんやりと見ていただけらしい。

「今の若いもんはあかん。簡単な柵の修理ひとつでけへん」

「昔の男は、自分とこの屋根ぐらい、自分で直しとったもんや」

政爺は、唾《つば》を飛ばさんばかりの勢いで喋《しゃべ》る。

「それより、日下《くさか》はどこ行った？　あのアホボンが」

日下というのは、ここスポーツ部の部長であり、拓也の上司でもあるが、二人にかかれば子供扱いである。

「面倒臭い事を俺らに丸投げしといて、本人は雲隠れか？」

「いえ、部長は本日出張です。それに日下さんが行ったところで、柵の修繕などできないでしょうから、お二人に行ってもらえて良かったですよ」

まんざらでもない様子で、政爺は胸を張った。

「拓ぼんも屋根の修繕ぐらい覚えて、はよ嫁さん貰《もら》いや。公務員はリストラされへんのやさかい。その為に、転職してきたんやろ？」

拓也は昨秋、社会人枠を利用し、地方公務員試験を受験して採用された。つまり、民間企業から中途採用で公務員に転職したという訳だ。

学生時代はマスコミの仕事に興味があったから、就活《しゅうかつ》ではテレビ局や新聞社も受けたのだが、最終的にはマラソン大会の運営や計測事業の他、月刊誌『ラン・フォー・トゥモロー』を発行している東京の出版社〈ランニングライフ〉に就職した。入社から二年間は営業を経験し、後にイベント事業部に異動して新規マラソン大会の起《た》ち上《あ》げに携《たずさ》わった。

そこで関わった大会の一つが〔土師健康《はぜけんこう》マラソン〕だった。土師市の中心を流れる一級河川・土師川《はぜがわ》に沿って作られたサイクリングコースを周回する大会で、運営や距離測定、記録計測などのサポートを担当した。

また、土師市は拓也が生まれ育った故郷でもあった。〔土師健康マラソン〕の仕事で頻繁《ひんぱん》に実家に寝泊まりするうちに、両親から「そろそろ実家に戻ってきてはどうか」と打診され、思うところもあって転職を決心したのだった。

つまりは、Uターン転職である。

「拓ぼん、あんた、もう三十歳過ぎてるやろう？　せやのに相手の一人もおらんのか？」

「繁やん、失礼な事を言うな。拓ぼんは男前やさかい、ナンボでも女の子が寄ってきて、選ぶのに苦労してるんやろ。なあ、拓ぼん？」

「その割りに、浮いた話は聞かへんのぉ……」

その時、デスクの電話が鳴った。

八十前の老人が二人、ダッシュで机《つくえ》に取りすがり、先を争うように受話器を取る。

「はいー。スポーツ振興課やけど」

「あぁ、ちくしょうっ！」

フロアに、二人の声がこだまする。

通常なら一人でこなせる業務を分担しているせいか、いつもこんな風に仕事を取り合っている。

「拓ぼーん。電話やで、電話ー。木村《きむら》からや」

電話の応対に出た政爺が、拓也を呼ぶ。せめて、送話口を手で塞《ふさ》いでもらいたいものだが、そんな気遣いなど望めない相手だ。

「こっちに転送して下さい」

たまに、とんでもない所に転送されるが、今日は無事、拓也のデスクに置かれた電話にランプが灯《とも》った。

——木村……。どっちの木村さんだろう?

土師市役所の職員に木村姓は二人いた。一人は総務課係長のオジサン、もう一人は保健課に所属しているお局《つぼね》だ。

「はい、お電話かわりました。倉内です」

『こちら、木村健太郎《けんたろう》の秘書です。すぐに来られますか?』

思わず「あっ!?」と言葉が漏れていた。慌《あわ》てて居住《いず》まいを正す。

「今でしょうか?」

『至急です』

電話は一方的に切られた。

「ちょっと、席を外します」と断り、大急ぎで部屋を飛び出した。

あと一人、木村という名の者がいたのを思い出す。

現市長の木村健太郎だ。

任期満了に伴う土師市市長選が先月の二十日に投開票され、新興政党〈太陽党《たいようとう》〉所属の木村健太郎が、長きに亘《わた》って君臨していた前土師市長の菅原勇《すがわらいさむ》を破って初当選したのだ。

木村は土師市出身の元プロ野球選手で、現役引退後はタレントとしてバラエティ番組で活躍したが、その後、参議院議員選挙の比例代表に立候補して当選し、政治家に転身。任期満了した本年〝スポーツでまちづくり〟をスローガンに土師市の市長選に参戦した。

選挙運動をしなくても票が入るとさえ言われるほど、土師市での木村の人気は絶大だ。選挙期間中は現役時代のユニホームを着て自転車で市内を回り、街頭演説をすれば、二重三重どころか、交通の妨げになるほどの人垣ができた。

任期は今月の十二日から四年間。

それにしても、市長が一介《いっかい》の職員に何の用だ？　呼び出される理由が分からない。

二階の廊下を突っ切り、階段を駆け上がる。土師市役所の庁舎は高層タワーではない。市長室のある最上階でさえ五階だ。エレベーターを待つくらいなら、走った方が速い。

二段飛ばしで階段を駆け上がり、五階に足を踏み入れると、扉が付いた磨《す》りガラスの仕切りが設けられたフロアに出る。その脇に受付があった。「市長に呼ばれている」と伝えて名乗ると、そこに座っていた女性が受話器を持ち上げた。

ほどなくして、磨りガラスに人影が映る。神経質そうな細面《ほそおもて》が、ドアを押し開けた。先ほど電話をかけてきた秘書だ。

「お待ちしてました」

秘書は表情を変えないまま、先に立って奥へと案内する。廊下には分厚い木の扉が幾つも並んでいて、突き当たりの部屋の扉をノックすると、細めに開けて「倉内さんがいらっしゃいました」と中に向かって声をかけた。

「おうー、入ってもろてー」

豪放磊落《ごうほうらいらく》を地でいくような、ガラガラ声がした。

開け放たれたドアから一歩中に足を踏み入れると、後ろでそっとドアが閉められた。

「君が倉内拓也くんか。噂《うわさ》はかねがね聞いとる」

デザイナースーツを着こなした市長が、豪快に笑いながらデスクから立ち上がった。

デカい。

見上げるような大男とは、この事だ。圧倒されながら、拓也はその場に佇《たたず》んでいた。

「えらい早かったやないか。まさか、走って来たんか？　そうか……。さすがやのぉ。息一つ乱れてない」

長らくランニングシューズを履いていないが、それでも選手時代の貯金のおかげで、階段を駆け上がるくらいでは息は切れない。

「君の事、少し調べさせてもろた。とりあえず、座って話そや」

窓際のソファを示される。

下座《しもざ》に腰かけると、向かい側に市長が座った。

「中学時代に陸上部で中長距離走の選手として頭角を現し、高校は他県の強豪校に進学。県大会は突破したもんの、地方大会で負けて、あと一歩のところでインターハイ出場を逃しとる」

確認するように鋭い視線が送られたから、膝《ひざ》の上で拳《こぶし》を握る。

「それから、都大路《みやこおおじ》ではアンカーを任されて、全国制覇に貢献した」

一瞬、その時の光景が蘇る。フィニッシュした瞬間、監督や部員達が駆け寄って来てもみくちゃにされた、あの歓喜の瞬間を。

「高校卒業後は、スポーツ推薦枠で東都大学に進学……と。倉内くん、ちょっと聞きたいんやけどな。何で、名だたる駅伝強豪校やなくて、当時、それほど強くなかった東都大学を選んだんや？」

「強豪校で走るより、自分の力で駅伝新興校を強くしたい。そう考えたからです」

「なるほど」

木村市長が頷《うなず》いた。

だが、本当のところは違う。

高校駅伝の全国大会で優勝テープを切ったとは言え、それは自分の手柄《てがら》ではない。前の区間を走った選手達が、後続に大差をつけて襷を渡してくれたからだ。この時点で勝負はほぼ決していて、拓也の役目は襷を無事にフィニッシュ地点まで運ぶことだけ。そんなレース展開になったから安全運転を心がけたし、区間賞も取っていない。

そもそもインターハイ出場といった、個人での活躍がなかった拓也には、強豪校や伝統校からの誘いは皆無《かいむ》だった。勧誘があった中で、もしかしたら箱根駅伝出場の可能性があるんじゃないかと思えた東都大を選んだにすぎない。

東都大はそこそこ偏差値が高く、その歴史も古い。だが、少子化もあって近年の受験者数は右肩下がり。私学の名門というブランドに胡坐《あぐら》をかいたままではいられなくなっていた。

そこで目を付けたのが〈箱根駅伝〉だった。三十パーセント近い視聴率を誇る巨大コンテンツの恩恵に与《あずか》ろうと考えたのだ。あえて〈東都大学駅伝部〉と名づけ、駅伝や長距離走に特化した部を創設していた。

駅伝部の創設に当たっては、一流のマラソン選手だった清水邦久を監督に招聘《しょうへい》し、強化に取り組んでいるのは知っていたし、予選会でもあと一歩のところで本戦出場を逃しており、将来的に箱根出場に手が届きそうなムードがあった。

〝自分の力で強豪校に〟なんてのは建前《たてまえ》にすぎない。

「その心意気があったからこそ、選手から裏方に転向した後も活躍できたんやなぁ」

だが、木村市長が感心したように呟《つぶや》いた。

二年生で副務《ふくむ》を経験し、三年生からはマネージャーのトップ・主務《しゅむ》となり、タイム計測に準備・片付けといった練習のサポートは当然として、大会の申し込みや合宿の宿舎や移動の手配といった雑用からマスコミの取材対応と、選手の時以上に多忙《たぼう》となった。

「いや、初めての経験ばかりで、まさに手探りでした。活躍というほどの事も……」

「謙遜《けんそん》せんでええ。伝説になってるそうやないか。〝東都大駅伝部歴代ナンバーワン主務〟とか〝箱根出場に導いた伝説のマネージャー〟とか」

大袈裟《おおげさ》な。

東都大学が駅伝に力を入れ始めたのは、拓也が入学する何年か前の事で、歴史といってもたかだか二十年ほどである。そんな浅い歴史しかない駅伝部で、伝説も何もないだろう。

それに、今でこそ各大学でも科学的トレーニングを取り入れたり、事前のデータ収集を徹底しているが、拓也が選手だった頃は、まだ根性論が一部に根強く残っている時代だった。だからこそ付け入る隙《すき》があり、トレーニング理論や指導法について素人《しろうと》だった拓也にも、工夫や試行錯誤をする余地があったのだ。

「正月の箱根駅伝のエントリーメンバーも決まったな」

来年の一月二、三日に行われる箱根駅伝のチームエントリーが先日行われ、オープン参加の関東学生連合を含む21チームがそれぞれエントリーメンバー16人を登録した。

「東都大も有力選手は全員エントリーしてた。順調そうやな」

「おかげさまで、万全の態勢で臨めそうです」

「と言いつつ、裏では色々と気を揉《も》むような事があるんちゃうか？　誰か怪我せえへんかとか、コロナ対策とかインフルエンザとか……。直前で調子を落とすやつとかもおるやろ？」

「ええ。登録から外されたくなくて、怪我を隠している選手が一人や二人はいたりします。そんな選手が直前になって『脚が痛い』とか言い出したりして、僕も慌てた経験がありました」

木村は「はっはっはっ」と豪快に笑った。

「やっぱり優勝争いは大学駅伝三冠を狙う国学院大《こくがくいんだい》、リベンジに燃える駒大《こまだい》と青学《あおがく》の三つ巴か？　古豪の早稲田《わせだ》や中央大《ちゅうおうだい》も盛り返してきとるし、創価大《そうかだい》も好調そうや。あと、東洋大《とうようだい》も侮《あなど》られへん」

話を聞きながら、市長の意図が分からなかった。〔箱根駅伝〕の話がしたくて、拓也を呼んだのだろうか？

「せやせや。言い忘れてたわ。〔土師健康マラソン〕はコロナ禍《か》の中でも、よう存続できたな。あれは手柄やったと思うで」

「はい。私も肩の荷が下りました」

「あれだけ大勢、カラフルなウェアを着たランナーが集まると、壮観やったな。走って終わりやなし、帰りに商店街で買物してくれたり、駅前に集まって乾杯してたり、いつもは静かな町に、ぱっと花が咲いたようやった」

運営する側としては、コロナのクラスターが発生しないかと冷や冷やし通しで、〝フィニッシュ後は速《すみ》やかにお帰り下さい〟と看板を立てたり、声をかけてまわったりしたのではあるが。

その時、ドアがノックされた。「市長。そろそろ」という声と共に、木村が時計を見る。

「もう、こんな時間か。前置きが長なってしもたな。実は折り入って頼みがあるんや。実はな……」

それまでにこやかだった木村が真顔になり、自然と拓也も顔を引き締めた。

「出馬した時の、僕の公約、覚えてるか？」

「〝スポーツでまちづくり〟です」

「ちゃうがな。その先や」

「あ、はい。〝行きたい町から住みたい町に〟でしたね」

「どこの市町村もそうやけど、土師市も年々、高齢化が進んどる。若者の流出も止まらへん。当たり前の話やけど、町は人が住んでこそ町なんや。観光産業で人を呼び込んだ町がどうなったか？　地元の人が通学や通院に使う路線バスに長蛇の列ができるわ、市場が屋台街みたいになるわで、住民が利用しづらい状態になってしもた。そんなんやから、コロナで外国人観光客がおらんようになった途端、あかんようになってもうた。店主が外にばっかり目ぇ向けてるから、地元の人に見放されたんやな。せやから、観光客頼みではあかん。もっと内需を大事にして、人が居つくようにせな……」

そこで言葉を切ると、市長は声を潜《ひそ》めた。

「実はな、新たにフルマラソンの大会を土師市で開きたいんや。倉内くん、やってくれるか？」

「えっ？　そ、それは……」

「確かに〈土師健康マラソン〉はコロナ禍でも開催できて大成功やった。参加したランナーは皆、喜んどった。しかし、やっぱり川の周りをグルグル走ってるだけでは、土師市の魅力は伝わらへん。今後、コロナが収束していったら、また他の都市で開催されるマラソンに流れてしまう。せやから〈土師健康マラソン〉を吸収する形でリニューアルする。つまりや、もっと土師市の名所を走れるようなコースで、新しいフルマラソンの大会をやりたいんや。それで土師市の魅力を市外に住んでる若い子ぉやら、子育て世代にアピールして、転入者を増やそ思てな」

急な展開で、理解が追いつかない。

「ほんで、君にはレース全体の設計をしてもらいたい。市の名所や魅力的なエリアをコースに入れて、その広報活動も含めてな」

「市長」

再びドアの隙間から声がした。

「分かっとる。すぐ行く」

ソファから立ち上がると、木村は颯爽《さっそう》とコートを羽織《はお》り、拓也を振り返った。

「木村が何かおもろい事やってる。そんな感じのマラソン大会、ちゃちゃっと考えてや。できるやろ?」

まるで「この書類、ポストに投函しといてくれ」と頼むような、軽い口調だった。

2

新たに乗り込んできた乗客に背中を押され、白石誠《しらいしまこと》は反対側のドアの方へ押しやられた。

銀座線《ぎんざ》はいつもの如く混んでいた。

通勤や通学だけでなく、大きなトランクと一緒に外国人観光客も乗っている。

新型コロナウィルスの流行に伴って緊急事態宣言が発令され、観光客の姿がなくなり、それまで通勤に利用していた乗客がリモートワークで自宅に引きこもっていた時期を思えば、隔世《かくせい》の感がある。

やがて、電車は外苑前《がいえんまえ》駅に停車した。

人の波に流されながら改札を出て、階段を上ったら外苑西通りを目指す。

〈ランニングライフ〉のオフィスは、国立競技場の手前にある。〝ランニング〟に特化した企業だからという、創業者のこだわりだった。

白石自身は〝フルマラソンで4時間半を切る〟のが目標という平凡な市民ランナーだが、社員のほとんどは元陸上部員や競技経験者で占められ、記録も2時間台は当たり前で、中には2時間10分台で走れる実業団クラスの強者《つわもの》までいる。

やがて、カラフルな最新のウェアをまとったマネキンが飾られたショーウインドーが見えてくる。その奥には来客用のロビーを兼ねたスタジオが設置されていて、そこでインタビューを行ったり、写真撮影ができるようになっている。

エレベーターで上階に上がると、洒落《しゃれ》た一階とは違って、何処《どこ》にでもあるような灰色のオフィスが目の前に広がる。雑然と積まれた段ボールには、メーカーから提供されたニューモデルのウェアやランニングシューズ、カラフルなパッケージに包まれた何種類ものサプリメントやエナジージェルが無造作に放り込まれている。

白石のデスクは細長い部屋の最奥にある。

着席してすぐ、パソコンを立ち上げ、メールチェックだ。先週末は完全にオフにしていたから、メールが溜《た》まっていた。

「ん？」

受診トレイの中に懐《なつ》かしい名前があった。

「何だ、拓也じゃない」

用件をさっと読むと、スマホを手に取った。白石の耳にコール音が響く。

倉内拓也は白石の元部下だ。イベント事業部でマラソン大会の起ち上げや運営を経験した後、郷里に戻って市の職員となったものの、登録した携帯電話の番号は消さずに残してあった。

倉内はなかなか電話に出ない。かけ直そうかと思ったタイミングで電話が繋がった。

「何なの？　コースを設計してほしいって。拓也なら自分でできるでしょ？」

挨拶《あいさつ》もそこそこに切り出した。

『そうなんですが、やる事が山積みで……。申し訳ありません』

「冗談だよ。いいよ、設計してあげる。でも、何か変な感じだなぁ。取引先の相手が拓也というのも……」

『僕もこんなに早く、新規の仕事で白石さんに連絡する事になるとは思ってなかったんで……』

「ただねぇ、大会を新設するとは言うけどさぁ、今は大会が乱立しすぎていて、よっぽど特色がないとランナーは集まらないよ」

『土師市には大小の古墳が点在しています。古墳を始めとした古代遺跡、それがアピールポイントです』

「古墳……ねえ」

そう言いながら、白石は時計を見る。

「ごめん。これから社内のミーティングがあって……。コース設計に当たって何か注文があったら、後でメール送って」

返事を待たずに電話を切った。

夕方近くになって、ようやく時間ができたので、ジョギングシミュレーターに土師市の地図を呼び出した。ジョギングシミュレーターとは、パソコン上で地図を参照しながら簡単に距離を測れる便利なサイトだ。地図上をクリックするだけで距離を次々と計測できるので、コース設計をする時には、これでまずアタリをつける。

　倉内が送ってきた、コース設計に関する注文を見る。

――スタートとフィニッシュは同じ場所、〈土師古墳公園〉を考えています。市内に点在する古墳を巡るほか、果物《くだもの》の生産地や複数の大学のキャンパスなど、土師市の魅力をアピールできるコース設計をお願いします。

　指定してきた〈土師古墳公園〉は元は田んぼだったが、市の緑化計画で記念植樹がなされ、土師歴史博物館と図書館が建つ四〇万㎡の公園となっていた。公園内には広大な芝生広場があり、その西側を片側二車線の国道が走っている。ランナーを収容でき、トイレや更衣室の設置、交通の便を考え、なおかつ密にならない環境を作れる場所としては最適だ。

　すぐ近くに土師市で最も大きな前方後円墳、市民達に〝大王《だいおう》さん〟と呼ばれている〈大師《だいし》城山《しろやま》古墳〉がある。

　白石はジョギングシミュレーターを動かしながら、スタート地点から向かう方角を考える。

　土師市には何度も足を運んでいた。〔土師健康マラソン〕起ち上げの際にコース設計のロケ、近隣住人への周知と説得のため、倉内と共に駆けずり回ったから、その時の記憶は鮮明に残っている。

地理的には、公園から国道に出て北上して、途中で左折して西へ向かえば、〈大師城山古墳〉の拝所《はいしょ》があり、そのまま広大な前方後円墳を周回できる。冬であれば、葉を落とした古墳の森を拝めるロケーションだ。

だが、あの辺りにちょうど隣の市との境があり、大勢のランナーが走れそうな道を選ぶとなると、一旦、市域を越えなければならない。

代替案としては、スタート地点の公園を出た後で西へと進み、大師中学校の南側の道路を走ってもらい、市域を越えない範囲で古墳の周りを走る方法が考えられる。ここは民家が古墳を取り囲むように建てられ、裏庭から古墳へと入れるような立地だから、ランナーにはより古墳を近く感じてもらえる。

——しかしなぁ……。

白石の脳裏に苦い思い出が蘇り、手が止まった。

——この区域は、前に揉めたんだよなぁ。

〈土師健康マラソン〉のコースを設計する段階で、なぜか情報が漏れ、周辺住民から猛烈な反対を受けた区域だった。おそらく今回も住民の理解は得られないだろう。

となると、〈大師城山古墳〉を周回するコースは難しくなる。

マウスをクリックしながら、土師市の情景を思い浮かべる。

市の中心地である土師駅前には商店街や雑居ビルがあるものの、周囲に高層の建物がないせいか、やたらと空が広く感じられる。とは言え、里山《さとやま》のような農村の鄙《ひな》びた光景や、大海原の雄大な絶景が望める訳ではない。

土師市の中心地は、町に古墳があるというよりは、古墳群の中に町がある、そんな印象の場所だ。

白石は地図を睨み、脳内で土師市のリアルな景色を再現し、ランナー目線でシミュレーションを試みた。

〈大師城山古墳〉の近くには、他にも幾つか古墳や神社仏閣があるから、南下してそれらを横目に走るコースを作る。

「ただ、くまなく市内を走らせたいとなると、最大のネックは、この踏切……だな。やっぱり」

白石は呟く。

土師市内は東西に長く、一級河川・土師川を挟《はさ》んで性格が一変する。市役所や官公庁、古墳や神社仏閣といった名所旧跡がある西側に対して、東側は市の名産品であるブドウ畑が広がっている。畑のすぐ傍の旧街道沿いには、旧豪農のお屋敷が建ち並んでいて、こちらは古い町並みを楽しめる場所となっている。また、土師川に沿って綺麗に整備されたサイクリングコースや河川公園が設置されている。

土師市としては、その両方をアピールしたいのだろう。

だが、土師川と並行するように南北に走る私鉄は、未だ高架《こうか》になっていない。マラソンコースを設計する上で、踏切を避けるのは常識だ。

以前、〔土師健康マラソン〕の設計をする時、やはり問題となったのは、東西に長い土師市を分断するこの私鉄の線路だった。

あの時は結局、川沿いのサイクリングコースを走る事になったから、今回の依頼は仕切り直しという事になる。

正直「困ったな」と思った。

同じ懸念《けねん》があったから、倉内も自分で考えるのではなく、こちらに頼んできたのだろう。仮に、踏切を横断するコースを採用するとなると、ランナーは電車が通る度に足止めされる事になる。記録においても気力においても、ランナーが被《こうむ》るダメージは計り知れない。

「電車を停める訳にもいかないから、線路の西側だけでコースを作るしかないよな。古墳や大学のキャンパスは、こっち側にあるんだし」

倉内が希望する農産物の魅力をアピールするのは、給水所《エイド》にフルーツを置いたり、エキスポの出店でやってもらえばいい。

そうやって出来上がったのは、市の中心地である土師古墳公園をスタートし、駅前を通って市内に点在する小さな古墳を巡った後、文教地区や郊外の新興住宅地を走りながら、西側の市域まで行って折り返し、同じ道を戻ってくるコースだった。道路を折り返す事で、交通規制や警備の負担も軽くできる。

複数の教育機関が集まる文教地区には、児童から大学院生まで約五万人が学ぶ私立総合学園の土師キャンパスがあり、その広大な敷地を周回させる事が可能だ。さすがにキャンパス内を何周もさせるのではランナーも飽きるだろうから、適当に切り上げて幹線道路に戻り、市の北西にぽつんと一つだけある古墳を目指す。

その辺りは工業団地となっているが、休日であればトラックの往来もない。そこを南北に往復して距離を稼いだ後は、元来た道を戻って市の中心地へ向かう。フィニッシュ前に土師市役所に寄り道をしがてら、そこに点在する小さな古墳を拝み、土師古墳公園内を周回すれば、42・195キロのコースが完成だ。

終業時間までに仮のコース図を作り、倉内に送信すると、すぐに電話がかかってきた。

『ありがとうございます。さすがです、白石さん。仕事速いです！』

「褒めても何も出ないぞ」

『前回、開催反対の声が上がった地域は避けてくれたんですね』

「あぁ。拓也が苦労しないようにな。だけど、市長さんが納得するかな？」

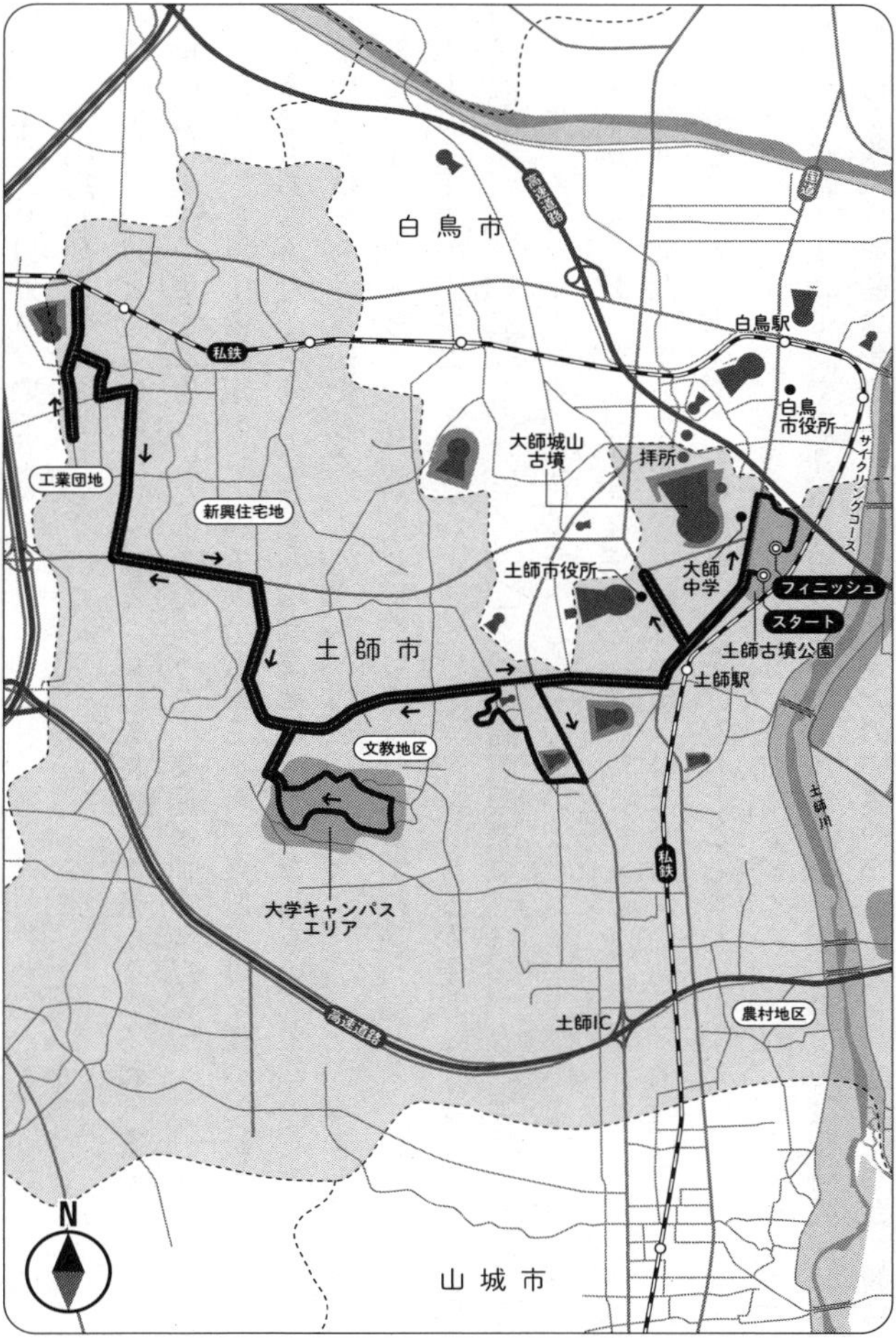
白鳥市
高速道路
国道
白鳥駅
私鉄
白鳥
市役所
大師城山
古墳
拝所
サイクリングコース
工業団地
新興住宅地
土師市役所
大師
中学
フィニッシュ
スタート
土師古墳公園
土師駅
土師市
文教地区
大学キャンパス
エリア
土師川
私鉄
農村地区
土師IC
高速道路
N
山城市

『いやぁ。これ以外はないでしょう』

何とか納得してもらうつもりのようだ。

「改めて思ったけど、この町は川を挟んだ東西で見事に性格が変わるね。警察とすれば、東側の農村地帯を走ってもらいたがるだろうな。交通規制も楽だし」

自然を楽しむコース設定をしている大会もあるから、東側だけを使ってレースを設計する方法もある。だが、そうなると古墳は諦《あきら》めなければならない。

「制限時間はどのくらいで考えてるの？」

『地元の住民感情を考えたら、あまり長くもできないですね』

「うーん。拓也の立場としては辛いとこだけど、今は〝誰もが走れるマラソン〟が世界の潮流なんだよ。〔びわこ毎日マラソン〕も、〔福岡国際マラソン〕も、エリートだけの大会から、みんなが走れる大会にシフトしたじゃない？」

受話器越しに『はい』と返ってくる。

「制限時間が五時間ですら、正直、一般ランナーには敷居が高いよ。七時間とまでは言わなくても、せめて六時間くらいはとってあげたいところだね」

シリアスランナーとファンランナーの両方の参加を目論《もくろ》むのであれば、記録が出やすいように平坦で急カーブや折り返しの少ないコースを設計し、その上で制限時間が長く、食べ物や飲み物を補給するエイドステーションの充実や交通の便、観光名所など、競技以外の特色を出さなければならない。

「そもそも古墳を巡るマラソンって言うけど、どうなんだろ？　あれって中を走れる訳じゃないでしょ？　仁徳《にんとく》天皇陵なんて柵でぐるっと囲われてて、中が見えないじゃない。まるで、塀の周りを走ってるみたいだったよ」

かつては仁徳天皇陵の周囲を走っていた〔堺《さかい》シティマラソン〕は、最長が10キロの大会だ。制限時間も七十分と手頃なので、白石も出張の折りに走った事がある。

『それはそうなんですが……。ただ、土師市の古墳は厳重に囲まれている訳じゃなくて、畑と地続きになっていたり、周濠《しゅうごう》の傍まで近寄れるんです』

周濠とは、古墳の周囲に掘られた堀の事らしい。

「けどさ、言っちゃ悪いけど、古墳とか遺跡とか、特色がマニアックすぎて弱いよ。興味を持ってくれるのは、定年退職後に日本史を学び直してるシニア世代か、一部のマニアだけじゃないの？　若い人を呼び込むには、プラスα《アルファ》の何かが必要だよ」

それはマラソンに限らず、町おこしイベント全般に言える事だ。

「単に他所《よそ》から人を呼んで走らせて、それで終わりじゃ、交通規制までして大会を開催する意味はないと思うよ」

『はぁ』と言いながら、倉内は黙り込んでしまった。

「まぁ、何を言ったところで、この線路はどけられないし、線路から西側だけでやるしかないと思うな。あとはエキスポやイベント、エイドを充実させて、何とか面白い大会にするしかないよねぇ」

3

〈土師マラソン準備チーム〉と手書きの紙が貼られた部屋のドアを開けると、既に準備チームの数人が席に着いていた。

メンバーは、拓也を入れて五人。

土師市からは市役所の観光部と土師歴史博物館から一人ずつ。そして、民間からは協賛の土師文化新聞社《はぜぶんか》、土師共立《はぜきょうりつ》銀行に入ってもらっている。

舵取《かじと》りは、もちろん拓也で、肩書はレースディレクターだ。

「そろそろ時間ですが、あと一人がまだなので、もう少しお待ち下さい」

壁にかけられた時計は、午前十時ぴったりを示していた。

秒針が一回転したタイミングで、扉がノックされた。そして、紺《こん》のスーツを着こなした土師共立銀行の男性が姿を現した。皆の視線が集まり、怯《ひる》んだように目を丸くしている。

「すみません、遅くなりました」

姿勢を正して謝罪すると、キビキビとした足取りで空いている席に座る。

「それでは全員揃《そろ》いましたので〔土師マラソン〕準備チームのミーティングを開始します。今日が初顔合わせになりますので、まずは自己紹介からお願いします。えーっと、じゃあ、青木《あおき》さんから時計まわりでお願いできますか」

拓也の左側に座っていた青木が起立する。薄くなりかけた頭に手をやり、「えー、土師市役所観光部観光推進課の青木和幸《かずゆき》です」と自己紹介した。

「例年、土師市で開催してる〔土師市民祭り〕を始め、観光関連のイベントをやってます。そんな訳で今回、準備チームに加わる事になりました。よろしく頼みます」

「頼りにしてますよ。それでは、浦部《うらべ》さん」

がたがたっと音を立てて、青木の隣に座っていた浦部が立ち上がる。

「土師文化新聞、通称『ハゼブン』の浦部蘭子《らんこ》です。社内では、記事や写真の利用など、著作権に関する問い合わせ窓口を担当しています」

ボブヘアに眼鏡《めがね》というスタイルが、中学校の生徒会長を彷彿《ほうふつ》とさせる。

「皆様もご存知かと思いますが、弊社は例年〔土師健康マラソン〕の主催に名を連ねてきました。とは言っても、実務は〈ランニングライフ〉さんに丸投げでしたけど。でも、この機会に大会の運営ノウハウを学ぶつもりでおります。何なりとお申し付け下さい」

そして、一礼すると着席した。

「それでは、次は松岡《まつおか》さん。土師歴史博物館から来て頂いてます」

「学芸員の松岡豊彦《とよひこ》です」

拓也の正面に座っていた前髪の長い男性が、よっこらしょという感じで立ち上がる。

「……マラソンについては全くの素人なので、あまり役に立てないと思いますが……」

最後は不明瞭に何かモゴモゴと呟いて、そのまま座ってしまった。年齢は拓也と同じらしいが、何処となく社会に馴染《なじ》めないまま大人になってしまったような雰囲気があった。

デコボコなメンバーが集まったが、今回のマラソンを成功させるには、彼らの力が必要だった。

多くの自治体ではマラソン大会をスポーツ振興部署が担当するが、本大会はスポーツツーリズムに繋げる為に、観光部門とタッグを組む意図で準備チームは作られた。人を呼ぶにはメディアの協力も欠かせない。そういう訳で、創業百年を超える地元メディアの土師文化新聞にも入ってもらったのだ。

「では、お次が……」

拓也に促《うなが》されて、田所《たどころ》が立ち上がる。

「土師共立銀行渉外《しょうがい》担当の田所誠二《せいじ》です」

土師共立銀行とは、土師市に本店を置く地銀《ちぎん》だ。

マラソン大会を起ち上げる際、問題になるのが「誰がお金を集めるか」だ。本大会でも自治体の持ち出しを最小限に抑えるため、地元の企業から協賛金を集めたい。その役割を土師共立銀行に依頼したのだ。

「企画書の作り方から、企業の広報部へのアポ取り、実際のプレゼンや提案方法など、何なりとご相談下さい」

表情を引き締め、田所は胸を張った。

「田所さん、ありがとうございます。最後になりましたが、前職でマラソン大会の運営をしていたという経歴から、準備チームを率いる事になりました、土師市役所スポーツ振興課の倉内拓也です。よろしくお願いいたします。それでは時間もございませんので、早速本題に入りましょう。今回のマラソン大会は準備の期間が実質一年と非常に短い。なので、早め早めに対処していく必要があります。さしあたって、コースの設計は既に外注に出してあります」

拓也以外の四人全員が「ん？」という表情を向けてきた。

「ちょ、ちょ、ちょー待ってや」

手を上げたのは青木だ。

「外注に出したって、コースとか勝手に決めてええんか？　先に主催者とか事務局長とか決めて、そっちの意見を聞かんとあかんのんちゃうん？」

今後のスケジュールの説明に入ろうとしていた拓也は、「は？」と胸の内で呟いていた。

「あー、えーっと。まずはですね、先にコースを決めない事には、何も始まらないんですよ」

「えっ、そうなん？」

青木が他のメンバーを見回す。全員ポカンとしていた。

皆から困惑の混じった視線を向けられた拓也は、はっと気付かされた。まずは、そこから説明しなければならなかったと。

「すみません。言葉足らずでした。改めてご説明いたします。今後、実行委員会の役員が決まり、大会事務局も発足しますが、実際には彼らは一切何もしません。動くのは我々、ここに集まっている準備チームです。コースだけでなく、具体的な日程、大会規模などの概要……」

「ちょ、ちょっと待って下さい。そんな大事なこと、私達が決めるんですか？」

怖気《おじけ》づいたような顔をしているのは、土師文化新聞の浦部蘭子だ。

「もちろん、何もかも僕達で勝手に決められる訳ではありません。まずは叩き台となる案を作って市長に見て頂き、ご意向を反映させながら進めます」

何せ、その市長の注文が「木村が何かおもろい事やってる。そんな感じのマラソン大会、ちゃちゃっと考えてや」なのだ。

「初めての事で不安を感じると思いますが、その為に僕がいるんです。全力で皆さんをサポートいたしますので……。あの……そんな感じで進めてよろしいでしょうか？」

誰からもリアクションがない。きっと皆、戸惑っているのだろう。返事を待っても仕方がないので、本題に入る事にした。

「それでは、お手元の資料を御覧下さい」

拓也は〈第一回〔土師マラソン〕担当区分・スケジュール〉と名付けられた資料を手に取る。そこには運営全般、警備を始め、会場設営や医療救護、広報など、必要項目を十数個に分けた上、各々の内容別に開催月までのタイムスケジュールが細かく記されている。

皆が資料をめくる様子を見る。

眉間《みけん》に皺《しわ》を寄せる者、救いを求めるように拓也に視線を寄越《よこ》す者、食い入るように資料に目を落としている者、固まったままじっとしている者。

暫《しば》し、彼等を観察した後、拓也は続けた。

「これは、〔土師健康マラソン〕の起ち上げを担当した時に作った資料の流用ですが、新設される大会は公道を走りますので、警察との調整や警備の項目を新たに書き加えてあります」

資料に書かれた内容の細かさ、仕事量の多さに加え、警察という言葉に室内の緊張が高まった。

「……マラソンとか駅伝で白バイが先導してるけど、あれを頼むんか？」

ようやく、青木が口を開いた。

「それもですが、当日は交通規制を敷きますので、コース内に車両が入ってこないように誘導をお願いしたり、信号も止めてもらいます。〔土師健康マラソン〕のように、車両が通行しないサイクリングロードや公園を走るだけであれば、河川事務所や公園の管理事務所の許可を得るだけで済むのですが、市長の要望は〝ランナーが市内の名所を回れるようなコース〟です。つまり公道を走らせる訳ですから、警察署との連絡調整は必須になります」

「そんな大層な事を、軽く頼んでくれるよなぁ。お偉いさんは」

青木がため息をつく。

「どのみち、コースを決めない事には警察との交渉や、他の諸々も進められないので、僕の独断で、数多くのマラソン大会の起ち上げと運営に携わってきた会社〈ランニングライフ〉に投げました。もちろん任せっぱなしではなく、こちらからも注文を付けます」

まだ実感が湧《わ》かないのか、誰も声を発しない。

「そして日程については、市長の希望は来年度中という事でしたので、二月下旬か三月上旬あたりが、気候などを考えましても適当かと思います。ただ、その時期は〔東京マラソン〕や〔大阪マラソン〕、〔名古屋ウィメンズマラソン〕といった、知名度の高い大規模な大会が開催され、そちらを目標にするランナーも多いんです。うちは後発の大会になるので、それらメジャーな大会に準じる形として発足する事になるでしょう。つまり、第一希望の大会に申し込んだものの、抽選に漏れたランナーがエントリーするようなマラソン大会。そういう位置付けです」

皆が理解しているか、その表情を確認しながら、拓也は続けた。

「もう一つの案としましては、二月から三月に開催される本命の大会前に練習で走る大会にしてしまうというもの。その場合は日程を前倒しして秋の開催、ぎりぎり伸ばしても一月くらいまでですね。川内優輝《かわうちゆうき》選手のように、続けざまにマラソンを走れる市民ランナーは、そうそういませんから」

「準備期間に余裕がないんやったら、できるだけ先に延ばしてもろた方がありがたいなぁ」

開催日はマラソンハイシーズンの三月頭を候補とし、今後の作業の進め方などを説明して、第一回目の会議は終了した。

「とんでもない事に巻き込まれた」とばかりに悲愴《ひそう》な顔をした面々に、拓也は事務的に

第二回会議の日程を告げるしかなかった。

4

第一回の会議が終了し、観光部のフロアに戻るなり、青木和幸は声を張り上げた。

「おーい、今日、飲みに行く人ー？」

ぱらぱらと手が上がった。

「俺に付き合うてくれる人は、二人だけか？」

いつもの飲み仲間のうち、手を上げていないメンバーを見る。

「青ちゃん、昨日の今日やんか」と言うのに、別のメンバーが「行くんかい？ 行かへんのかい？」と肩をぶつけている。

「みんな家族サービスやとか何とかで、付き合い悪いで。……青ちゃん入れて三人やけど、どーする？」

「その人数やったら、予約せんでもいけるな」

現在、青木が所属する観光部は酒好きが多く、飲み会が大好きな青木にとって居心地が良かった。青木が幹事となって親睦会を開いたり、慰安旅行で酒蔵《さかぐら》巡りなどをしていたが、コロナで全て取り止めになった。

そのコロナ騒動もようやく落ち着き、「そろそろ慰安旅行も復活か」というタイミングで「マラソン大会の準備チームに入ってくれ」と頼まれた。

マラソンには全く興味がなかったが、市長が主導している計画となれば断れない。準備チームのリーダーは民間からの転職組で、酒の飲めない若造だと聞いている。

今日は第一回目の会議で、顔合わせ程度のつもりで出席したら、いきなりコースを外注に出しただの、警察との折衝《せっしょう》がどうのという話になり、マラソンの知識がない青木は置いてけぼりにされた。いや、リーダー以外の三人も似たりよったりだった。

しかも、それらの準備の全てをあの場に集まった五人でやらなければならないというのだ。他の面子《メンツ》も呆然として〝えらい事に巻き込まれた〟という顔をしていた。

「今日は金曜日や。足腰が立たんくなるまで飲むでぇ！」

ヤケクソになって叫ぶ青木に、誰かが「うわぁ、ほどほどにしといてや」と合いの手を入れる。

そこから大車輪で仕事を片付け、定時の五分前にはデスクを立った。

「うわ、さぶっ！」

一緒に庁舎を出た同僚が、コートの襟《えり》を立てて首を竦《すく》める。

「つい、こないだまでクーラーかけてた気ぃするんやけど」

「それは大袈裟やわ。十月ぐらいはまだ暑かったけど、十一月にはきっちり寒《さむ》なってたやん」

とは言え、年々春と秋が短くなっているような気がする。

「今日は寒いから、おでんの気分やな」

土師駅の周りには馴染みの店が三軒ほどあり、その日の気分で店を選ぶのだが、リクエストがあったのでおでんと土手《どて》焼きの美味《うま》い店にした。ちょうど二階の個室が空いており、そちらに案内された。テーブルに掘《ほ》り炬燵《ごたつ》の個室は、最近、ベルトがきつくなってきた青木でも楽に座れる。

とりあえずの生ビールを注文した後は、各自で好きな酒を頼むのがいつものルーティンだ。

「日本酒は何にしよかいな……。お、〈東洋美人《とうようびじん》〉の限定が入っとる」

突き出しの枝豆をアテに生中《なまちゅう》をあおりながら、飲み物のメニューを物色《ぶっしょく》する。

「俺、グラスで〈風《かぜ》の森《もり》〉ね」

やがて、おでん盛り合わせと土手焼き、本日の刺身五点盛りセットが次々と運ばれてきた。話題は自然と今日の会議の話になる。

「マラソンなんとかチーム、どやった？」

「うーん、市長はやる言うてるけど、あと一年で開催するのん、厳しいんちゃうか？」

「一年？　今から？」

「正確には来年の三月開催になりそうやから、一年と三ケ月や」

「それでも無茶や」

「せやろ。あんなん絶対に無理や。俺の感覚やと二年でも厳しいと思うわ。よう分からんけど」

スポーツ振興課の倉内は事も無げに説明していたが、青木にとっては途方もなく、壮大な計画に思えた。

「俺だけちゃうで。博物館とか民間からも人が来てたけど、全員、固まっとったわ」

串刺しの土手焼きにたっぷりと七味をかけると、青木は今日の会議の模様を思い返した。

土師文化新聞の浦部蘭子など「弊社は例年マラソン大会を主催してきた」とか言っていたくせに、いざ資料を目にした途端、呆然としていた。会社が名前を貸しただけで、実質は何もしてこなかったのだろう。知名度に胡坐をかいた、いかにも新聞社の体質そのものだと思った。

「ハゼブンは鼻っ柱の強そうな女の子やったし、歴史博物館から来てた学芸員、これがまた辛気《しんき》臭い奴で、もうちょっとマシなんおらへんかったんかいなぁ思うわ」

土師歴史博物館の松岡は気の弱さにつけこまれ、「とりあえず行ってこい」とでも言われたのだろう。

「で、次の会議はいつやねん」

「週明けの月曜やねん。休みの間に資料に目ぇ通しとけ、そない言われたんや。俺の休み、ふいにされてしもたわ」

酔いが進むにつれ、声が大きくなる。

「それ、実際に準備が始まったら、絶対に青ちゃんに皺寄せくるで」

「うわぁ」とおどけて見せたが、不安を酔いで塗《ぬ》りつぶそうと、青木は次々と杯《さかずき》をあけた。

——あんなん、絶対に無理や。

5

翌週月曜日、第二回会議——。

「おおー、拓ぼんやないけ」

「暫《しばら》く見いひんと思たら……。何処で仕事しとんねん」

会議で使う資料のコピーをとるため、拓也がスポーツ振興課に入室すると、瞬《また》く間に村田兄弟に摑《つか》まった。

「別件にかかわる事になって、そちらの準備を始めています。まだ、部屋にコピー機が入ってなくて……」

「どうせ、マラソンやろ」

何処で情報を仕入れたのか、いつもその地獄耳には驚かされる。

「何も驚く事あらへん。俺らは木村が現役時代の〈泉州《せんしゅう》パンサーズ〉で応援団長やってたんや。せやから木村とは、今でも庁舎で会うたら立ち話ぐらいはする間柄や」

水面下で進めている計画なのに、これでは筒抜けだ。

「木村は俺らには頭が上がらへんから、あいつが何ぞ無理を言うてきたら、まずは俺らに相談せえよ」

そう言って、二人揃って胸を叩いた。

コピーをとりながら、暫し二人のお喋りに付き合っているうちに、気が付くと会議が始まる時間を過ぎていた。

「す、すみません。また、ゆっくり聞かせて下さい」

大急ぎで準備チームの部屋に向かう。

既に四人は集まっていた。

「遅れて申し訳ありません。早速、始めましょう。先日はおおよその開催日程を、再来年の三月あたりと決めました」

確認するように全員の顔を見る。

不安そうな目線が拓也に降り注がれる。

「今日はまず、大会の規模について話し合いたいと思います。つまり、参加人数をどの程度にするか。先週お配りした参考資料に、主《おも》だった大会の参加人数を記載してありますが、ご覧いただいてますか？」

パラパラと資料を繰《く》る音がし、土師文化新聞の蘭子が口を開いた。

「〔土師健康マラソン〕の参加者が三千人でしたから、五千人ぐらいが妥当でしょうか？頂いた資料を拝見しますと、土師市と同等と思われる地方都市で開催される大会は、そのくらいの人数で開催されているようですが……」

事前に拓也が配った資料には、全国の主だったマラソン大会のデータを記載しており、最大は東京マラソンの三万八千人、最小は新設された青森県の大会で、こちらは二千二百人となっている。

「お待ち下さい」

土師共立銀行の田所が声を発した。

「それでは、さすがに少なすぎます。一万人、最低でも七千人くらいの規模にしないと、スポンサーがついてくれないと思いますよ。企業も大きな大会の協賛に名を連ねたいんです。それに、ランナーが払ってくれる参加費も運営資金となります。できるだけ公費の投入を抑えたいのであれば、できるだけ参加者を集めないと……」

田所は休みの間に独自に勉強したらしく、銀行マンらしい発言をした。

「そもそも公道を使ってマラソンを開催するのに、どのぐらいお金がかかるんですか？」

蘭子の質問には、拓也が答えた。

「大会規模や開催地、コースの形状にもよりますが、土師市で開催する場合ですと三億から四億円程度でしょうね。そこからシェイプアップすれば、二億円台でできます」

「二億円ですって？」

蘭子が息を呑んだ。

「倉内さん、そのうち自治体が負担する金額って、どれくらい必要になってくるんですか？」

「七千万円から一億円くらいは必要になるでしょうね。残りは協賛金と参加費で賄《まかな》います。この額をクリアできるように予算を組んで設計しないと、大会が開催できないんです」

「自治体の負担率を増やすことはできないんですか？　たとえば……」

何か言おうとする蘭子の言葉を、「残念ながら……」と拓也は遮《さえぎ》った。

「……多くは望めないと思います。むしろ七千万円を公費から捻出《ねんしゅつ》できるかどうかも不透明です」

「財政的に厳しい状況の土師市で、田所さんが仰るような規模のイベントなんてできるんでしょうか？」

「やるしかないんです」

拓也は言葉に力を込めた。

「市の懐《ふところ》事情を慮《おもんぱか》りつつ、できる限り協賛金を集めて、なおかつ参加しやすいエントリー料を設定する。そのバランスを考えるのが、運営の腕の見せ所です」

蘭子が黙ったところで、今度は青木が手を上げた。

「ちなみに他所はどんだけ参加費を取っとんねん」

「二〇二三年の例ですが……東京マラソンが二万三千三百円です。大阪マラソンは一万七千二百円となっていますが、ここに事務費やチャリティを加えたら二万はいきます。いずれも第一回大会に比べて、価格が倍になってます。今後もジワジワ値上がりして、まだ一万円台をキープしている大会でも、二万円を超えるのは時間の問題でしょう」

「走らへん人間からしたら、何で二万円も払って、苦しい思いをするんか。気が知れんなぁ」

青木が耳を掻《か》きながら言う。

それが普通の感覚なのだと頭で理解しつつも、拓也は残念に思う。

「だからこそ、参加して良かったと思ってもらえるような大会にしたいですよね」

「ほんなら、うちはふっかけて三万円ぐらいもろて、黒字にしよや」

半分冗談のような口調で言う。

「さすがにそれは……。利益を得る為にマラソンを開催する訳ではないですから」

拓也は苦笑いをした。

「そもそも市民マラソンというのは、自治体が〝町おこし〟や〝知名度向上〟のため、赤字覚悟で予算を計上するものなんです。つまり、元から採算度外視のイベントなんですよ。初回は赤字を宣伝費と考えて、参加費を一万円台の前半に抑えるのがマストです。具体的に言うと、参加賞のTシャツやタオルを含めて、せいぜい一万円……」

ちょうど目が合った田所が、厳しい表情で首を横に振った。

「いや、一万三千円かな」

田所は電卓を叩くと、今度は指でOKサインを出した。

「……という訳で、参加費はおおよそ一万三千円。参加者は一万人を目標に置きましょう」

拓也が締めくくる形で、大会規模と参加費の方向性は決まった。

「あと、早目に着手しないといけないのは、スタート会場とフィニッシュ会場の計画を作成、具体的には更衣室や手荷物預け、トイレの設営です。ボランティアも早目に募集しておきたいですね」

蘭子が挙手した。

「ボランティアの人数、どれくらい必要になるんですか？」

「参加ランナーの三分の一程度が妥当ですから、一万人規模の大会を想定するなら、三千人以上を集めないといけません」

「え？　三千人も？　どっから集めるん？」

青木が素《す》っ頓狂《とんきょう》な声を上げる。

「幸いな事に、土師市には複数の大学キャンパスがあり、看護学部やリハビリテーション学科など、保健医療分野の人材を育成しています。〔土師健康マラソン〕の開催時にも、大学には提携して頂きましたが、今回も、大々的に学生のボランティアスタッフを募りましょう。医療分野を学ぶ学生達ですから、救護スタッフや健康指導の面での活躍が期待できますし、地域の大学と一体になった大会運営ができます」

再び、蘭子が手を上げた。

「医療と言えば、万が一、コロナの情勢が悪化した場合、開催自体が危ぶまれます。一万人規模のランナーを集めた上で、ソーシャルディスタンスを保てるかどうか、よく考えるべきではないでしょうか」

「皆さん」

拓也は全員の顔を見わたした。

「今、浦部さんが大事なことを言ってくれました。コロナ対策です。ワクチン接種が進み、コロナは二類相当から五類へと移行されました。インバウンド需要も戻ってきています。この状況で、参加者にどこまで協力してもらうかという事なのですが……」

一旦、言葉を切る。

「つまりは参加者に、ワクチン接種証明書やPCR陰性証明を提出させるかどうかです」

拓也は「どうでしょう?」と、四人の反応を窺《うかが》う。

「ワクチンを接種しても感染する時はするし、PCR検査をした後に感染するかもしれへんねんから、あんまり意味ないと思うで」

青木が発言した。

「クラスターが起こった時の事を考えて、主催者がアリバイ作りの為に実施してるようにしか思われへん」

拓也はメモを探った。

「僕が調べたところ、最近、開催されたマラソン大会では、体調チェックシートを提出させ、ゲートでサーモグラフィによる検温、スタート直前までマスクの着用を徹底させるくらいで、特に対策は取られていませんでした。屋外でのマスク着用も既に緩和《かんわ》されていますので……」

新設するマラソン大会も、チェックシートの提出と検温を通過したランナーにリストバンドを渡し、スタートブロックへ移動してもらう方法で良さそうだ。

拓也は続けた。

「コロナ禍の間、マラソン大会は制限のある中での開催、もしくは直前で中止されてきました。つまり、開催する前提でお金を集めておいて、直前になっての中止が繰り返されて、その不信感から人気のマラソン大会が定員割れを起こすなど、ランナーがエントリーを控える傾向にあります。これから新しい大会を起ち上げるのであれば、絶対に中止にしないという覚悟が問われます」

驚きの声が上がる。

「は？　もしかして中止になっても返金されへんのん？」

「それじゃあランナーが可哀想すぎます。どうして返金されないんですか？」

青木と蘭子が交互に言う。

「私が説明しましょう」

ここで田所が立ち上がった。

「先ほどもお話しした通り、大会の出資者ですが、まずは参加者です。それから、大会スポンサーに主催自治体。そして、主催者から委託を受けたイベント会社が運営するのが一般的です。このイベント会社というのは、倉内さんの前の職場でもある〈ランニングライフ〉のような、運営を手伝ってくれる会社の事ですね。そして、委託を受けた会社は参加賞や完走賞、エイドステーションなどを準備する。つまり、大会要項が発表されたタイミング、何なら今この時点でも、費用は発生しているんです。よく、『大会が中止になったのに返金されないなんて酷《ひど》い』と言う人がいますが、業者に発注して動き始めた以上は、そこにかかった費用を支払うのは当然ですよね。参加賞や完走賞のタオルやTシャツなどの記念品が出来上がっているのに、大会が中止になったから納品しないでくれとは言えませんよね。運営が始まっている時点で人件費も発生してますし」

雨天でプロ野球の試合が中止になっても、別の日にその試合を開催できるから、観戦チケット代を返金しても主催者側の腹は痛まない。だがマラソン大会の場合、交通規制を敷いて公道を通行止めにするため、簡単に開催日を延期することはできない。仮に延期したとしても、エントリーしたランナーがその日に参加できるとも限らないのだ。つまり、大会予定日に開催できなければ、中止にせざるを得ないことになる。

理路整然とした説明に、青木も蘭子も黙ってしまう。

「あと、エントリーは大会実施日から逆算して、夏には開始したいです。そういった細々した事も、応募要項を作る前に決めなければならない。大会を実施するにあたって、テーマというかコンセプトも必要です。せっかくなので、土師市の特色、名産品なんかを前面に打ち出したいですね」

拓也の言葉に、青木が即答した。

「色々あるで。ふるさと納税の返礼品になってるフルーツ。葉物を使ったゼリーや和菓子。それから地ワイン」

観光部の青木は、市外や国外から訪れる観光客のニーズを把握しているから、この点で頼りになる。

「せやけど、一番の売りは古墳や。これは外されへんで」

ここで蘭子が声を上げた。

「古墳って、観光資源としては弱くありませんか？」

〈ランニングライフ〉の白石と同じような事を言う。

この蘭子の発言に、それまで置物のように身動《みじろ》ぎ一つしなかった松岡が、かすかに表情を動かした。だが、それに気付かず蘭子は続ける。

「以前、ヘリコプターを飛ばして上空から古墳を見下ろすツアーを旅行代理店が企画して、試験的に実施したことがあったんです。結局は『ヘリの音が煩《うるさ》い』という住民からのクレームで頓挫《とんざ》しましたが、そういうアイデアが出る事からも分かるように、古墳は人の目線の高さからだと小高い丘にしか見えない。そんな弱点があると思うんです」

それは白石からも指摘された。

「せやけど、他にこれといって目ぼしいもんはないやろ？」

青木が蘭子を横目で睨む。

険悪な雰囲気になりそうだったので、拓也が割って入る。

「だからこそ、市長はマラソン開催を考えたんです。まずは来てもらわない事には、町の良さは伝わらない……と。あと、おもてなしを充実させすぎると運営資金がかさんで、参加費を上げざるを得なくなり、出場者の負担が増します。バランスを考えて、楽しい催《もよお》しと参加しやすい料金を両立させる努力も必要です」

皆の顔を見回していると、資料に目を落としたままの松岡が目に入る。熱心に資料を読んでいるというよりは、誰とも目を合わさず、自分の殻《から》に閉じこもっているように見える。

「土師市の古墳に詳しい人物を」と注文をつけたら、彼が派遣されてきたのだが、おそらく誰もやりたがらず、無理やり今回の役目を押し付けられたのだろう。これまで一度も発言しておらず、マラソンにも大会運営にも消極的なのが透《す》けて見える。

だが、準備チームに加わった以上、置物では困る。大会をスムーズに運営するには、やらなければならない事が膨大《ぼうだい》にあるのだから。

「まだ発言されてませんが、松岡さん。ここまでの話、理解して頂けましたか?」

名指しされると思ってなかったのか、松岡が驚いたように顔を上げた。

「今、古墳だけでは弱いと意見が出ました。マラソンと古墳を、どう絡《から》めるか。専門家ならではのご意見を頂きたいんです」

走った事のない者には、机の上で考えているだけでは実感が湧かないのだろう。「はぁ……」と、やる気のなさそうな声が返ってきた。

「何か、いいアイデアはないですか？」

目に力を込めて、松岡を正面から見る。すっと目を逸《そ》らされた。辛抱して待っていると、ため息交じりの声がした。

「……アニメとコラボするとか……」

一瞬、場がシーンとなり、誰かが「ぷっ」と噴き出した。「経費がかかりすぎますよ」と田所が言うのに、むっとしたように、松岡が言い返す。

「意見を求められたから、言ったまでです」

時計を見ると、ちょうど一時間が経っていた。

「休憩しましょうか」

「あ、僕は午後三時前に戻らないといけないので、そろそろ……」

田所はそう言って、足早に去って行った。

部屋を出た拓也が自販機コーナーまで行き、四人分の飲み物を購入したところへ、蘭子が駆け寄ってきた。むすっとして、怒っているような顔だ。

「手伝います」

拓也は紙コップ四つを、トレイ代わりのノートパソコンに載せて持ち上げた。

「公費で購入したパソコンなんですから、そういう使い方はしない方がいいですよ。中身がこぼれて壊れたら、どうされるんですか？。あぁ、私が三人分を運びますから、ご自分の分だけ持って下さい」

蘭子は両手で三人分のカップを持ち上げた。拓也は自分のコーヒーを片手に持ち、PCを反対側の脇の下に挟む。

部屋の前まで戻ると、中から声が聞こえてきた。

「青ちゃん。今日は定時で上がって、一杯どう？」

誰かが青木に話しかけているが、もちろん松岡ではない。

「今日はって、『今日も』やろ？」

「行くんかい？　行かへんのかい？」

「行くに決まってるやんけ。せやけど、この会議が長引いたら残業や。土日の休みに民間さんが変に勉強してきて、えらい熱心に意見交換してたから、ゴタゴタしそうなんや。難儀やなぁ」

「なんぼ一生懸命になったかて、どうせ企画倒れになるんや。市長の思い付きで皆、振り回されて、可哀想やなぁ」

青木の同僚達が訪ねてきてるのだ。

「あっちのベンチで休憩しましょうか」

蘭子を誘って、その場で回れ右をした。やはりいたたまれなくなったのか、ベンチには松岡が座っていた。コーヒーを渡すと、「どうも」と会釈しながら受け取り、そのまま何処かに行こうとしたから、蘭子が呼び止めた。

「松岡さん、ちゃんと意見を言って下さいね」

「……」

蘭子に言われて、長い前髪の隙間で松岡の目が泳いだ。そして、覇気《はき》のないため息が松岡の唇から漏れた。その姿を見て、拓也の気力も体のどこかから漏れていくような気がした。

「とりあえず、コースの第一案が今週中には届きます。市長には時間を取ってもらい、検討して頂きます。その後で三回目のミーティングをやりましょう」

6

その翌週——。

「お、もうコースができたんか?」

拓也が丸めた模造紙を手にしているのを見て、木村市長は口元をほころばせる。

「〈ランニングライフ〉のイベント事業部から送られてきた第一案です。市の西側に点在する古墳群を巡るコースを考えてもらいました。市長のご意見をお聞きしたいと思いまして……。ＰＣの小さな画面で見るより、こちらの方が分かりやすいと思います」

丸めた模造紙をデスクに広げてゆく。

市長は拓也の対面に立ち、わくわくした様子だ。だが、デスクに広げられた地図を目にした途端、眉間に皺を寄せた。

「何で、市内で一番大きい〈大師城山古墳〉をスルーしとんねん。〝大王さん〟は土師市のシンボルやないか？　無視したらあかんやろ」

巨大な〈大師城山古墳〉は市庁舎の北東、隣の市との境界にあり、土師市の顔とも言える存在だ。さらに、その周囲には陪塚《ばいちょう》と呼ばれる小さな古墳が点在し、土師市の隣の白鳥市にまで広がる名所となっている。

「お言葉ですが、市長。〈大師城山古墳〉周辺道路については、〈土師健康マラソン〉の時に、近隣住民の理解が得られませんでした」

当時、〈ランニングライフ〉のイベント事業部にいた拓也は、上司の白石誠や土師市の職員と一緒に町会長の元へと日参したものの、ろくすっぽ話も聞いてもらえないという塩対応だった。結局は川沿いのサイクリングコースのみを走る形に変更せざるを得なかったという苦い記憶がある。白石もそれを覚えていたから、あえて〈大師城山古墳〉

を避けたコースを作ってきたのだ。

「そこを何とかすんのが、君の役目やろ？　リベンジや、リベンジ」

市長の鼻息は荒い。

「あと、何で同じ道を行ったり来たりしとんねん。その分、見どころが減るやないか」

容赦《ようしゃ》ない言葉が、次々と木村の口から溢《あふ》れ出る。

拓也は唇を噛《か》む。

高架化されていない線路の問題、交通規制や警備の負担の軽減、経費を抑える為の工夫について説明したものの、市長の難色は変わらない。

「何かぱっとせんなぁ。せっかく他所から来てもらうんやから、もっと色んなとこ走れるようにしたらどうやねん？　古墳だけちゃうやろ？　見どころは」

「お言葉ですが、市長。大会を開催するための予算がだいたい三億から四億円くらい必要になります。それを賄う財源として、ランナーを一万人と見積もって参加費収入が約一億三千万円、企業の協賛金収入は五千万から七千万が限界でしょう。となれば、土師市の公費負担は一億円を優に超えます。市長の仰ることを実現しようとすれば、さらに……」

「は？」

木村が鼻で笑った。

「公費で出せるのはせいぜい三千万、なんぼ頑張っても五千万が限界や。それ以上はビタ一文出されへんで」

「ご、五千万……」

予想していた通りとは言え、身体から力が抜けた。そんな拓也をよそに、木村市長はボールペンの先でコース図を描いた模造紙を突いた。

「ピンとけえへんというか、夢がないねん。いや、倉内くんの言う事は分かるよ。せやけど、同じコースを行ったり来たりするのは、やっぱり面白ないと思うねん。〔土師健康マラソン〕を無くしてまで開催するんやから、あれ以上のもんにせんとあかん」

反論は一切受け付けないとでも言うような木村の表情だ。

「承知しました。再検討いたします」

市長室を後にした拓也は「皆に、どう説明しよう」と頭を抱えた。

7

「そら、常識で考えたかて、コースに踏切を入れるのは無茶やろ」

市長から物言いがついたコース図を広げると、暫し腕組みをしていた青木が、「うーん」と唸《うな》りながら言った。

今、会議室に集まっているのは青木と蘭子だけだ。田所は遅れて参加する予定で、松岡は欠席だ。

「倉内くんの言う通り、ここは割り切って、西側だけ使うしかない思うけどなぁ」

電車が通過する度に踏切でランナーを足止めすれば、参加者からクレームが殺到するのは目に見えている。

電車の運行を止めるのはハードルが高い。たとえば一時間に一本しか電車が通らないような僻地《へきち》であれば話は別だが、土師市を通る私鉄は、ラッシュ時以外でも上下線合わせてそれなりの本数があり、乗車率も高い。広域に影響が出る交通インフラを止めてまでゴリ押しはできない。試しに全国のマラソン大会の例を見てみたが、唯一、路面電車の運行を停めて開催した大会があるきりだった。

「〈箱根駅伝〉は特別ですしね」

実は、〈箱根駅伝〉のコース上には、現在も踏切が存在している。五区と六区の中間地点付近にある、箱根登山鉄道の小涌谷《こわくだに》踏切である。かつてはランナーが止まって車両通過を待つ姿が見られたが、現在は一時的に電車を止めて、ランナーを優先させている。

だが、それは踏切を渡るランナーが二十一人しかおらず、ランナーを優先してもダイヤに深刻な影響が出ないからだ。つまり電鉄会社の心意気というか、〈箱根駅伝〉という百年を超える歴史があり、全国的に知られた巨大コンテンツへの敬意と配慮があってこそなのである。

「即席で櫓《やぐら》を組んで、簡易な跨線橋《こせんきょう》を作るという訳にもいかんしなぁ……」

「一万人のランナーが往復する事を考えたら、相当な強度の物を作らないといけないし、何日も前から工事の為に道路を通行止めにしなくてはならないです。それに鉄道会社も、うんとは言いません。危険すぎますから」

「まぁ、そらそうやわな」

青木が表情を変えないところを見ると、冗談半分の呟きだったようだ。

「倉内さん。市長が気に入らないのは、スタートとフィニッシュが同じ場所だったり、同じ道路を行ったり来たりする点ですよね？　そのコース設定には、何か意図があるんでしょうか？」

「審判やボランティアなど、各スタッフの人数を減らせるんです。また、スタートとフィニッシュを同じ場所にする事で、ランナーの手荷物のトラック輸送が不要になり、経費を抑える事ができます」

更衣室、トイレの設置も一ケ所に固められるから、その分の予算を他に回せる。

「なるほど。ちゃんと理由があるんですね」

蘭子は資料に何か書きつけた。

「ワンウェイコースにすれば、もう少しバラエティに富んだコースを設計できるけど、予算やマンパワーを考えるなら往復コースか周回コースです」

「ちょー待ってや。そのワンウェイとか周回とか、ちゃんと説明してや」

「あ、失礼しました。ワンウェイというのは、スタート地点とフィニッシュ地点が異なる片道コースの事です。フルマラソンの場合、40キロ以上の距離を移動するので、ワンウェイの場合は景色の変化を楽しめる利点があります。今回のように、市内の名所を見てほしい場合には適しています。が、公認を取ると考えたら、制限が出てきます」

「こうにん？」

「あ、説明します。マラソンなどのロードレースは、〈公認大会〉と〈非公認大会〉の二つに分けられますが、公認大会と認められるには、陸連が掲げる要件を満たさないといけないんです」

主催権のある組織が主催者である事、審判員が公認審判員である事など、細かな規定を満たさなければならない。そして、距離や高低差の誤差など公認コースの条件を満たしたうえで、〈コース検定〉を受けることになる。

一ロードレースは道路の傾斜、風向きのような気象条件によって記録が左右されます。当然、高い所から下ったり、追い風が吹くコースの方が良い記録が出る。なるべく公平な条件に揃える為の措置なんです。で、コース検定というのは、42・195キロの距離を正確に測るためのもので、日本陸連の検定員がジョーンズカウンターという計測器を前輪に付けた自転車で、車の交通量が少ない深夜から早朝にかけて距離を計測します。マラソンが公認コースであるための条件を挙げますと……」
一、距離は短くてはならず、長さの誤差も42・195メートルまでしか認められない（さらに短小防止ファクターもあり）。
二、スタートとフィニッシュの高低差は42・195メートル以内でなければならない。
三、スタートとフィニッシュの直線距離の差は21・0975キロメートル以内でなければならない。
「そして、公認の有効期間は五年間。五年経ったら再度計測しなければなりません」

「めっちゃ面倒臭いやん」

「確かに手間ですが、長い目で見た時に、公認を取った方がランナーを集めやすいので、僕は取る方向で考えています」

「まぁ、五年後は別の人間が準備チームに入ってるやろしな」と他人事《ひとごと》のように青木が呟く。

「公認レースにするかどうかは、とりあえず保留にしておいて……。往復コースは分かりますよね？　その名の通り、来たコースを折り返すだけ。〔土師健康マラソン〕がそうでした。土師川の西岸にあるサイクリングコースにスタートゲートを置いて、そこから川に沿って走って7キロで折り返して、スタートゲートまで戻ってきたら、また折り返し。三往復して42・195キロを走りました。そして、円を描くように走るのが周回コースです。先ほど申し上げたように、利点は、ランナーの荷物を移動させずに済む点。つまり、トラック輸送が不要となり、手配しなければならない業者を一つ減らせるという訳です。それだけで、シェイプアップされた大会にできます」

窓から夕陽が差し込んできた。

「とりあえずコースに関しては、もう一度〈ランニングライフ〉に相談して、作り直してもらいます」

とは言え、さすがの白石もお手上げだろう。

「言うてる間に仕事納めやで」

「すぐに依頼しておきます。年明けには第二案を送ってもらえるでしょう」

「年明け言うたら、倉内くん。あんた、〈箱根駅伝〉は現地で母校を応援するんか？」

「昨年まではそうしてたんですが……」

大会当日は鉄道を駆使して、選手への声かけに奔走していた。応援というよりは、前後の選手との差を伝えるなど、サポート役として協力したようなものだ。

「年始は親戚が来るんで、親からは自宅にいろと言われてるんですよね。大学に進学してから、正月はずっと不義理してきましたから」

その時、ドアが勢い良くノックされた。

「すみません。遅くなりました」

黒いバッグを手に、忙《せわ》し気な様子で駆け込んできた田所に「共立銀行さんは、いつも遅刻やなぁ」と青木が呟く。

「遅れて来といて申し訳ないですが、三十分後に出ます。予定が押していて……」

全員が集まったところで、拓也は本題を切り出した。

「今回のマラソンの根底には、市長が掲げた公約〝行きたい町から住みたい町へ〟というテーマがあります。住みたい町ってどんな町でしょう？ 暮らしやすい、安全、交通の便が良い。色々あると思いますが、地元の企業が元気で町全体に活気があるという点も重要じゃないでしょうか？ つまり、地元の企業さんに協力を仰ぎたいんです」

通常、メジャースポーツイベントを目指すのであれば、誰もが名前を知っているようなナショナルカンパニーやグローバル企業にスポンサーをお願いするものだ。だが、今回のマラソン大会では、地元企業にスポンサーを依頼したかった。

「そこで、マラソンとか駅伝が好きで、社会貢献したいと考えていらっしゃる社長さん、土師市の為ならと、全面的に協力してくれそうな方を田所さんにご紹介頂きたいんです。どなたか、心当たりはありませんか？」

「その要望、もう少し具体的にお願いします」

「たとえば、市民ランナーには経営者や企業のトップの方もいらっしゃいます。そういう方であれば、競技に対する理解も早いでしょうし。あとは、元陸上部員だったとか……。つまり、単にお金を出すだけでなく、人を出してくれたり、広報に動いてくれたり、アイデアを出して下さるような柔軟な方だとありがたいです」

思案を巡らすように、田所が腕組みをし、目を閉じた。

「お金を出すだけでなく、人やアイデアまで出してくれそうな人……ですか」

腕組みを解いて右手を顎にやりながら、田所が思案している。その口元を、拓也はじっと見つめた。

「……競技への理解があるかどうかは定かではありませんが、〈足利《あしかが》ワイン醸造元《じょうぞうもと》〉さんはどうでしょう？　面白い事を色々やってる事業者です」

「ワインの生産者さんですか？」

土師市の特産品の一つがフルーツで、給水所《エイド》やエキスポで取り扱うのに農協とは調整中だが、アルコール飲料については全く考えていなかった。

「走った後のビールが楽しみというランナーはいますが、ワインですか……」

フルマラソンを走った後にアルコールを摂取《せっしゅ》するのは健康上、あまり推奨できない。

「足利さんではワインだけでなく、梅やブドウのジュースも作っています」

田所の説明によると、〈足利ワイン醸造元〉は昭和初期からワインを作り始めたそうだ。そして、一九八〇年代のワインブームの時期に、大手メーカーの下請《したう》けとして事業を大きくした。

そして、先代が早くに亡くなった為、当時、まだ二十代だった長男の足利翔太《あしかがしょうた》が四代目となった。

「二十代で後継者ですか？ それは凄《すご》い」

「事業を継がれる時には負の遺産というんですか？ 誰が作ったのか分からないような借金が膨《ふく》れ上がっていたり、ろくに稼働していない部門があったりと、本当に大変だったそうです。足利さんは人や設備を入れ替えながら、経営の健全化に努《つと》められました」

傾いた事業を立て直す為に、まずワインの下請け事業から撤退し、直売に切り替えた。その上で、観光事業に着手したという。

「後継者がいない農家から畑を買い取り、その敷地内に工場を増設したり資料館を建てたり、観光バスを停められる駐車場まで作りました。つまり、土師市の観光コースに組み込めるようにしたんです」

見学者を受け入れる他、盛んにワインに関連したイベントを開催して人を呼ぶなど、その手腕は地元を活気付けるロールモデルにもなっていた。当然、地域再生の担い手として期待もされている。

「ちなみに、どのようなイベントを開催してるんですか？」

「私が見学したのは、ワインの試飲や勉強会です。内容はプロ向きで、かなり本格的なものでした。一般客に人気があるのが、季節のコース料理とワインをペアリングしたディナー会です。施設内には厨房が完備してあって、そこで取引先のレストランから呼び寄せたシェフがコース料理を作って振る舞うんです。合わせるワインは自社の製品でレストランより格安なので、予約開始と同時に満席になると、評判になっています」

「上手《うま》い方法ですね。シェフにすれば自分の店を宣伝する絶好の機会だし、まさにウィンウィンの関係……」

ワインにレストラン。それを、どうマラソンに結びつけようか。暫し物思いに耽《ふけ》っていると、「一度、見学に行かれますか？」と田所が言った。

「足利さんの所では、常に農作業のボランティアを募集していますし、繁忙期《はんぼうき》でなければ社長自ら案内して下さいますよ」

8

東都大学駅伝部監督・清水邦久は、テレビの映像を見るような心持ちで沿道を眺《なが》めていた。

コロナの規制が緩和されてから初めて開催された〔箱根駅伝〕。往路《おうろ》のフィニッシュ地点である芦ノ湖《あしのこ》駐車場には各大学の幟旗《のぼりばた》が立ち並び、何重もの人垣ができていた。

その中を、5区の選手が駆けてくる。寒さで鼻と口の回りを鼻水で汚していたり、脚が動かなくなり、立ち止まっては屈伸《くっしん》をしてまた走るを繰り返すランナーもいる。中には意識が朦朧《もうろう》としたような状態で走っている選手もいて、箱根の山越えの過酷さを物語っていた。

駆け込んできた彼等は、フィニッシュテープを切ると同時にスタッフにタオルごと抱きかかえられ、仲間達の元へと誘導される。

次々と他大学の選手がテープを切るのを見ながら、清水は東都大のランナーを待つ。

〝総合3位以内〟という目標を掲げて臨んだ今年の大会は、5区に襷が渡った時点で二桁順位と振るわなかった。既に、十人の選手がフィニッシュしている。

優勝争いが見込めなくなった東都大に、メディアは新たに〝シード権争い〟という目標の下方修正を求めてくるだろう。突きつけられるマイクに向かって、平静を装《よそお》って声を張る自分の姿を想像してみる。

(復路にも力のある選手が残っています。シード権は当然として、上位入賞もまだ諦めていません)

駄目だ。

目ぼしい選手は往路に投入したから、ただの空元気《からげんき》なのはバレバレだ。

今では芦ノ湖に浮かぶ水鳥のボートすら、自分達を笑っているように見えた――。

予選会を突破して初出場した〔箱根駅伝〕で、いきなりのシード権獲得。一躍脚光を浴び、輝かしい未来を期待された。

あれから、もう十年だ。

良い選手が揃ったのに不発だった年。上手く調整ができたという感触を得られた年に限って、誰かが怪我で離脱。なぜ上手くいかないんだ？

今年は――。

今年こそは――。


息苦しさで、目が覚めた。

動悸《どうき》がおさまるのを待って寝返りを打つと、清水は腕にはめたＧＰＳウォッチを確認しようとした。だが、手首から先が痺れて感覚がない。寝ている間に拳を握りしめていたようだ。指先に血流が行き渡るのを暫し待つ。

――夢か。本番前に縁起が悪いな……。

つい先ほど見ていた夢。どこまでが夢で、どこからが現実か分からないような映像が、まだ脳裏に残っていた。

窓に目を向けると、外はまだ暗い。

ようやく指先に感覚が戻ったところで、左手の甲を目元に近づける。ＧＰＳ機能を搭載した時計は、十二月二十九日の午前四時三十八分を表示していた。

今朝もアラームが鳴る前に目が覚めてしまった。

妻の春美《はるみ》は、隣のベッドで寝息を立てている。足音を忍ばせて寝室を出ると、二人所帯にはやや狭いダイニングキッチンでコーヒーメーカーをセットする。

元は企業の社員寮だった建物には管理人室があり、今はそこを夫婦の居室としていた。洗面所で簡単に身支度《みじたく》をし、湯が沸く音を聞きながらジャージに着替える。身支度が整う頃には、ダイニングキッチンにはコーヒーの芳香が充満している。

この一人の時間が、清水にとっては気持ちを切り替える大切な時間となる。春美もそれを分かっているから、たとえ目を覚ましていても「コーヒーなら私が淹《い》れます」とは言わず、大人しく寝室で寝た振りをしてくれているのだ。

コーヒーメーカーとカップを洗い、綺麗に拭き上げてから部屋を出る。

廊下に出ると、途端に若い男子学生の気配に呑まれ、むせ返りそうになる。汗を吸ったタオルや生乾《なまがわ》きの衣類の他に、制汗剤や湿布薬のようなケミカルな匂いが、彼等が素足《はだし》で歩く廊下や触った箇所、吐く息を吸収した壁から染み出してくる。

廊下を歩きながら、辺りを素早くチェックした。

大勢で共同生活をしていれば、どうしても物は溢れる。廊下の突き当たりには差し入れの段ボールが積み上げられ、壁には大会要項や寮内の風紀に関する注意喚起の紙の他、当番表や部員達が書いた各々の目標などが貼られている。

大きな試合が近づくと、天井近くに大会のポスターや目標——今は〝箱根駅伝 総合3位以内〟——が書かれた紙製の横断幕が掲げられる。

不思議なもので、気が緩《ゆる》んでいる時はまとまりのなさばかりが目立つのに、大会が近づいて緊張感が高まってくると、きちんと折り目がついたように物が整頓され始める。

今日は朝練をオフにしたから、寮内は静まり返っていた。それでも、一年の集大成となる〔箱根駅伝〕を数日後に控えた寮内には、ぴんと張りつめた空気が流れていた。

やがて、朝食の時間になる。

時間通りに食堂に集まってきた部員達は、いつもよりゆっくり寝ていたせいか、まだ寝ぼけ眼《まなこ》だ。とっくに冬休みに入っているから、一限目の講義に出席する為に慌ただしく寮を出て行く者もいない。

朝食を終えたらマネージャーを束ねるリーダー、主務と事務連絡だ。

今年度の主務は三年生の森口樹《もりぐちいつき》で、入学早々に周囲とのレベルの差を痛感し、自ら裏方に回ると申し出た部員だ。マネージャー歴が長いのもあって、安心して実務を任せられる。

「昨夜、箱根駅伝当日のタイムスケジュールが送られてきました。例の『夜明け前』の……」

『夜明け前』というのは、各界で〝あと一歩〟のところで足踏みしている人物や組織に密着するドキュメンタリー番組だ。過去には創造大学《そうぞうだいがく》陸上部も出演した。近年、駅伝で急速に力を伸ばしている大学で、番組に出演した翌年の全日本大学駅伝では、ダークホースとして優勝をかっさらった。

〝これから強くなるチームの、〔箱根駅伝〕までの道のりを番組にしたい〟

そうオファーを受けた時、すぐに快諾はできなかった。番組制作の為、半年間かけて取材をさせてほしい。そんな条件が付いていたからだ。

練習中にメディアにうろちょろされるのは目障《めざわ》りだったし、カメラを向けられて張り切る選手ばかりではない。集中力を欠く原因にもなるし、中には怪我を克服しようとリハビリ中の選手もいるのだ。終始、カメラで追われるのは正直、迷惑でもあった。

考えた末、「練習の邪魔にならないようにしてくれるのであれば」と条件を付けて撮影を許可した。それもあって、練習中は物陰に隠れて遠巻きに撮影するといった配慮がなされている。

十年前に初出場でシード権を獲得した東都大は、翌年は5位と健闘し、あと一歩で上位入賞を狙える位置にまで躍進した。だが、その成績がピークで、近年はシード権を取れずに予選会から走った年もあった。

成績不振に陥った原因の一つは、強化費だった。

清水が東都大の監督に就任した後、数年と経たずに〈箱根駅伝〉に出場できたのは、清水の古巣である〈ＳＤ製薬《エスディーせいやく》〉から強化費が寄付され、そのおかげで寮内の設備を充実させたり、合宿や遠征を十分に行えたからでもある。その見返りとして、東都大のエースを〈ＳＤ製薬〉に入社させるのが暗黙の了解となったが、そのスポンサーである〈ＳＤ製薬〉が駅伝競技から撤退し、陸上部は廃部の憂《う》き目《め》に遭った。

それもあって、東都大は〈箱根駅伝〉で健闘はしても、そこから一歩抜け出せないチームになってしまっている。

「番組のディレクターさんは、往路が終わった時点で、監督の単独インタビューを希望しています。どうしましょう？」

思わず渋い顔をしてしまう。

「それは、難しいな」

「……ですよね」

〈箱根駅伝〉は一日で終わりではない。往路の順位によっては、予定していた復路のオーダーを入れ替え、作戦を変更したり、選手に指示を出すなど、やる事は幾らでもある。

「単独じゃなく、他のメディアさんと一緒の囲み取材なら応じられる。そう伝えておきます。あと出演料の件も、ちゃんと釘《くぎ》を刺しておきました」

出演を渋った理由の一つに、ギャラの件もあった。

大学本部を通じて問い合わせると、「学校の宣伝になる事だから、無償で協力してほしい」と言われた。宣伝とは言うが、カメラが入るなら寮内を片付けたり、撮影しやすい環境を整えるなど、向こうの要求にも応じなければならない。「ギャラが出ないのなら取材は受けられない」と言うと、ようやく「交渉しますので、是非、出演して下さい」と言ってきた。

そして、年が明けた一月三日。

東都大は〈箱根駅伝〉で総合3位という快挙を成し遂げ、悲願の表彰台に立った——。

9

長机に座った坂口唯《さかぐちゆい》は、欠伸《あくび》を嚙み殺そうときつく目を閉じた。

「ぱっとせえへんねぇ」

そのタイミングで、上司のねちっこい口調が耳にまとわりついてきて、慌《あわ》てて目を開く。

「こんな貧乏臭いハリボテ、どこの業者に発注したの？」

部屋の隅には段ボールで作られた、子供の背丈ほどの埴輪《はにわ》が置かれている。「ぱっとしない」と全否定されたからか、穿《うが》たれた目や口が悲し気に見える。

そして、同じように潮垂《しおた》れた表情の職員が傍に立っている。

「あ、いえ、えー、市内にある施設で作って頂きました。あの、もちろん無料です。なので、これを使って何かできないか……と、そのように考えておりまして……」

動揺しているのか、答える職員の口調も歯切れが悪い。

段ボールで作った埴輪は、イベント会場に展示する為に、P県内に住むペーパークラフト作家が、老人ホームや児童福祉施設に出向き、指導して作らせたものだ。一応、型紙はあるものの、目や鼻といった顔のパーツは作った人が穴を開けるので、微妙に一つ一つ表情が違って見える。笑っていたり、怒っていたり、泣いていたり、各々の人柄を表しているようだ。

「タダだからいいってもんじゃないでしょう?」

仏頂面《ぶっちょうづら》で言う上司の小言を聞きながら、坂口唯は手元のスマホを盗み見た。時間が押していた。一時間で終わるはずの会議が、既に三十分も延長している上、未だ終わる気配がない。

――早く終わらないかなぁ。みんな、もう疲れてるよ。

今、この部屋では〝新年度に向けて、白鳥市を全国にアピールする為のアイデア出し〟が行われているが、状況は捗々《はかばか》しくない。人気のコンテンツとのコラボはお金がかかり過ぎるし、かと言って素人を起用すると、段ボール製埴輪のように「ぱっとしない」と切り捨てられる。

ご当地キャラにしても、付け焼刃《つけやきば》で作ったキャラクターでは効果を出すのは難しい。最終的にはリスクの少ない、他所の成功例と似たようなアイデアしか出てこない。

それに、この上司は「何かないか？」とアイデア出しを迫るくせに、出てきた企画の粗探《あらさが》しをした上、全否定してくるのだ。そして、そこで話が止まってしまう。その繰り返しだった。

行き先を見失った会議は重い空気に支配され、職員達はもう何度も時計を見ている。

「坂口くんはどう思う？」

急に指名され、スマホを取り落としそうになる。

「まだアイデアを出してないの、君だけだよ。若い女の子らしい発想というか、思い切った提案、何かないの？」

唯は新卒で白鳥市役所のシティプロモーション課に配属され、現在三年目だ。主に市のPRや広報活動に携わっているものの、未だに「女の子」と呼ばれ、一人前扱いされていないと感じていた。

「そうですねぇ……」

頭を絞り、脳内からアイデアのとっかかりを手繰《たぐ》り寄せる。

ふと思い浮かんだのは『おもしろ動画』によるＰＲだ。

大分県は〝おんせん県〟として売り出すのに、水着の女性達が温泉でシンクロナイズドスイミングを披露《ひろう》する動画を公開した。YouTube《ユーチューブ》では２６０万回を超える視聴回数で注目を浴びている。

「温泉とシンクロをかけてシンフロね。じゃあ、白鳥市の場合は何があるの？　売りは古墳だけど、何をどうコラボさせるのか、具体的な案を出してくれる？　あ、予算が多くかかるものは駄目だからね」

最後の一言で、会議室の空気がさらに重くなる。

何をやるにもお金はかかるのだ。

綺麗な動画を作ろうと思えば予算がかさむ。先の温泉でのシンクロナイズドスイミングのように、アイデアが当たれば良いが、お金だけかけて失敗すれば目も当てられない。

他に「ご当地キャラを新たに打ち出しては？」という意見も出たが、これも却下された。

「みんな、簡単にご当地キャラとかゆるキャラとか言うけど、あれも百万円、安くても五十万の予算が必要になる。せやのに、〈くまモン〉とか〈ひこにゃん〉みたいに知名度があって、キャラクタービジネスとして成功してるのはほんの一部。ほとんどが無名キャラや」

その時、年嵩《としかさ》の女性職員が口を開いた。

「課長。山城市《やましろし》には〈カモネギ部長〉がいるじゃないですか。うちもそれに対抗して、課長が埴輪のコスプレするのは如何《いかが》ですか」

〈カモネギ部長〉は、白鳥市の南側の土師市を跨《また》いだお隣、山城市のご当地キャラで、名産品である鴨肉からイメージして生まれたものだ。他所のご当地キャラと一線を画すのは、着ぐるみではなく、スーツを着た等身大の男性が、鴨のぬいぐるみを被り、白葱《しろねぎ》を手にしている所だ。

そして、中の人は山城市役所に勤める現役の管理職という触れ込みで、以前は〈カモネギ課長〉だったが、中で演じている職員の部長昇進に伴って、〈カモネギ部長〉と名称を変更した。

「君は私にピエロになれと言うのかね？」

課長が女性職員を睨みつける。

「駄目だ駄目だ。来週までに、もう一度練り直してくるように」

時間を大幅に過ぎて、会議は終わった。

会議室を出ると、唯はダッシュした。廊下の窓から身を乗り出して外を見渡すと、庁舎の外でいつも客待ちしているタクシーは全て出払っていた。

一旦デスクに戻ってパンプスを脱ぐと、常備してあるスニーカーに履き替える。そして、バッグから出した財布とスマホをポケットに押し込むと、部屋を出て階段を駆け降りた。

向かう先は土師歴史博物館だ。白鳥市と土師市の境目にある〈大師城山古墳〉に隣接した〈土師古墳公園〉の敷地の北側にあり、土師市内の古墳から出土した副葬品、埴輪や青銅器《せいどうき》などを収蔵している施設で、ここから直線距離で一キロほど。中学高校と陸上部で鍛えた唯の脚力なら、走れば五分もかからない。

白鳥市庁舎を飛び出し、片側二車線の国道に出れば、そのまま南に向かって一直線だ。行き交う車が吐き出す排気ガスに塗《まみ》れながら、唯は走った。

一見、何の変哲もない町に見えるが、一歩中に入れば住宅に囲まれるような形で、鍵穴の形をした見事な前方後円墳が現れるから、他所から来た者は驚く。それも一つではなく複数。すぐ傍を走る私鉄も、古墳群を避けるようにカーブを描いて敷設されている。

やがて、眼前に白鳥市を斜めに突っ切る高速道路が現れ、その高架下を潜ると、土師古墳公園に植樹された緑が目に飛び込んできた。

右に行けば〈大師城山古墳〉があり、道の左側には公園の北側に建てられた土師歴史博物館の茶色い外壁が見えてくる。

建物の中に駆け込むと、既に参加メンバーがロビーに集まっていた。

「すみません！　遅くなりました！」

汗ばんだ顔を上気させた唯に、松岡が目を丸くした。

「え？　もしかして走ってきたの？」

松岡は、ここ土師歴史博物館の職員だ。

その時、パンパンと手を叩く音がした。

「はーい。メンバーが集まったようですねっ。これより〔三市合同・古墳祭〕運営委員会を始めますよっ！」

中学校の元社会科教員の名越光子《なごしみつこ》が、運営委員会のメンバーに呼びかける。

〔三市合同・古墳祭〕とは、白鳥市、土師市、山城市という三つの市が共同で開催するイベントだ。

実は、古墳という共通項で三市が集まるのは初めての試みだった。これまで連携が上手くいかなかったのを、今回は唯を含めた各自治体の若手同士が音頭をとり、観光ボランティアの名越にも協力してもらって、ようやく合同開催に漕ぎつけた。

自治体職員、民間のボランティア合わせて十名で構成された運営委員会のメンバー達は、お喋りしながら博物館内のミーティングルームへ移動する。

「今日は、まずイベント会場のステージに出演されるグループと出店ブースの最終確認をしましょう。どなたから始めましょっ？」

司会進行の名越が皆の顔を見回す。

「あ、では、私が」

　唯が挙手した。

「白鳥市立第二小学校のコーラスグループですが、シンガーソングライターのマリエさんの出演が確定しました。第二小学校はマリエさんの母校で、マリエさんは教員と保護者で構成されたコーラスグループの指導もされています」

「マリエさんも登場されるのでしたら、盛り上がりそうですねっ」

「あと、白鳥市在住の作家さん達によるグッズの出店も確定しました。用意した資料は先にPDFで送っていますので、御覧下さい」

「あ、プリントアウトしてありますからねっ！　一枚ずつ取って、お隣に回して下さーいっ」

　名越は用意がいい。歯切れの良い口調で言うなり、唯が作った資料を左右に振り分ける。画像入りの資料には、前方後円墳の形のペンケース、クッション、古墳をモチーフにしたTシャツなどの写真が並ぶ。

「もう、皆さん古墳愛が凄すぎて、ヤバいんです。私はリスペクトをこめて〝興奮の冷めない古墳作家〟って呼んでるんですけど……。古墳の話題にもついていけなくて、もっと勉強しなくちゃって焦ってます。いかがでしょうか？」

　唯は集まった一同を見回し、反応を窺う。

「このグッズだけど」

松岡が手を上げた。

「僕としては副葬品にも興味を持ってほしかったなぁ。古墳作家の方の興味って、古墳の外見……特に前方後円墳の形状に偏《かたよ》ってる気がして」

松岡の発言を機に、参加者がぱらぱらと発言する。

「そう言えば、副葬品をデザインしたグッズって少ないですよね」

「せいぜい埴輪とか……あとは勾玉《まがたま》ぐらい？」

「確かに」と、同意しながら、唯はメモを取る。

「今のご意見、作家さん達にぶつけてみます。ただもう製作する時間がないので、来年への課題としてですが……」

「僕は、この名刺を作ってほしいな」

土師市の職員が、唯が渡した名刺をひらひらさせている。

それは、白鳥市内にある印刷所がデザインと制作をしたもので、前方後円墳の古墳マークを名前の横に印字したものだ。

「残念ながら、それ、白鳥市職員専用なんです」

「えっ、そうなの？　だったら僕、白鳥市に転職しようかな」

笑いが起こる。

各市、各団体の最終確認をした後は、緩やかに雑談へと移った。とは言え、その内容は古墳にまつわるものばかりだ。

「ユネスコの暫定リストに記載されたまま、二十年以上塩漬けにされてる世界遺産への登録、あれ、何とか叶えたいものですね」

「確か、前土師市長の菅原さんは〝土師市の古墳を世界遺産に〟を公約に掲げてましたよね」

結局は、それを果たせないまま現在の木村市長に替わってしまったことになる。

誰かが「ふんっ」と鼻を鳴らした。

「あの公約、所詮《しょせん》は菅原前市長のパフォーマンスでしかなかったと思うわ。そもそも、大阪の百舌鳥《もず》・古市《ふるいち》古墳群が先に世界遺産に登録されたやん。似たような文化遺産が国内にあったら、登録は難しいと言われてる。彦根城《ひこねじょう》がそうや。先に姫路城《ひめじじょう》が登録されたから、ずっと棚ざらしや。土師市の古墳も、行政の熱意がイマイチやし、やる気があるんかないんか……」

苛立《いらだ》たし気に髪を掻《か》きむしる。

「無理もありません。地元の運動でリスト入りした訳じゃないですからね」

国が作ったリストに、機械的に載せられていたのだという。

「リスト入りした時に、もっと熱心に運動してたら良かったんや」

「かえすがえすも残念ですよね」

「せっかく良いものがあるんだから、観光資源として盛り上げたいよね。うちでも白鳥市を内外にアピールするアイデア出しをしてるんですけど、これといった意見が出なくて……」

唯は重く淀んだ会議室の空気を思い出した。

「坂口さん。確か、今日がその会議だって言ってたよね。どんなアイデアが出たの？参考までに聞かせてよ」

「ペーパークラフト作家による段ボール埴輪の制作とか、ご当地キャラとか……。私はおもしろ動画の制作を提案したんですけど、具体的な動画案を出せって言うくせに予算は出せないって釘を刺されてしまって。見兼ねた職員の一人が〈カモネギ部長〉をやってみたらって言ったら、課長が不機嫌になって」

笑い声が上がった。

「確かに、あれは上手いですよね」

「役所内で一緒に働いてる身としては、笑いをこらえるのに必死で……」

そう言ったのは、山城市の職員だ。

「土師市さんは、何か町おこし的なイベントやらないの？　歴史博物館さんが主導になって何かやれそうじゃない？」

誰かの言葉に、今度は松岡に視線が集まる。

「あぁ、うちは特に……。でも、実は土師市が水面下で進めている企画があって……」

松岡は左右を見回し、声を潜めた。

「それが、古墳を巡るマラソン大会になりそうなんですよ」

市長の発案で進行中だと言う。

「そんな私も知らないイベント、何で松岡さんが知ってるんですかっ？」

土師市の職員が食いつく。

「なぜか僕が準備チームに加わってるんです。面倒臭がって、誰もやりたくないからでしょうね。気が付いたら勝手にメンバーに入れられちゃってて」

「やれやれ。非常勤の松岡さんに一体、何をさせる気なんですかねぇ」

皆が苦笑いし、口々に揶揄《やゆ》する中、唯だけが言葉を呑んでいた。

——その発想はなかった。

「松岡さん。その企画、そっくりそのまま会議に出したいぐらいです」

そう言うと、松岡が慌てたように手を振る。

「あ、まだ内緒だから」

たとえ会議で誰かが「マラソン大会をしよう」と言ったところで、すぐさま却下されるだろう。

羨《うらや》ましそうにしている唯を慮《おもんぱか》ってか、松岡が続けた。

「いやいや、うちだって……。たまたま東京の民間企業でマラソン大会の起ち上げと運営をしていたっていう職員がいて、市長が思いついたんだ。さすがに手回しが良くて、すぐにコース決めを外注に出したり、協力してくれる銀行さんを連れてきたり……」

聞くうちに、自然とため息が漏れた。

「羨ましい。そんな実行力のある人がいるなんて」

「坂口さんだって、〈カモネギ部長〉的に何かできるんじゃないの？　趣味と実益を兼ねて」

「趣味と実益……ね」

松岡と知り合ったのはコミケだった。

唯がコスプレして場内を歩いていたら、カメラを手にした男性に声をかけられ、撮影を断ったにもかかわらず、ずっとついてこられた事があった。その時、助けてくれたのが松岡だった。

松岡はスタッフ用の帽子と腕章を身に付けていて、「僕の友達に何か御用ですか？」と相手に話しかけてくれた。おかげで、つきまとってきた男性は、ブツブツ呟きながら立ち去ったのだった。

その時は御礼を言っただけで終わったが、後日、松岡と思わぬ形で再会する事になった。

若手職員が集まる研修に、松岡が参加していたのだ。コミケで見かけた時の堂々とした態度とは打って変わって、随分と静かだったので、最初は分からなかった。

だが、松岡はすぐに唯に気付いていて、「もしかして『魔導士《まどうし》・パイクーチン』のコスプレをしていた人ですか?」と声をかけられた。

唯は声に特徴があり、いわゆるアニメ声だから、すぐに分かったらしい。その際、彼が土師市歴史博物館で働いていると聞き、今回のイベントの運営に誘ったのだった。

「そのマラソン大会、実現したら私もエントリーしようかな。学生時代はずっと陸上やってたから、走るのは得意なんですよ。あ、そうだ！　中にはコスプレしてマラソンを走るランナーもいるっていうし、この機会に挑戦してみようかな」

唯の趣味がコスプレというのは、ここに集まっているメンバーは皆、知っている話だ。

「いいんじゃない？　ついでに、白鳥市もそのマラソン企画に乗っかっちゃいなよ」

「だったら、ゲストランナーの候補として僕が進言しようか？」と松岡が言う。

「本当ですか？　ゲストランナーってことは招待で走れるのかな？」

「はいはい、そろそろ雑談はお終い。最後に会場設営の段取りの確認をしますよっ」

名越が仕切って話題は変わったが、会合の間中、唯の頭にはずっとマラソン大会という文字が張り付いていた。

10

「今の時期、大事な作業は剪定《せんてい》です」

足利翔太は鋏《はさみ》を手に説明を始めた。

集まったボランティアは皆、帽子にダウンジャケットで防寒している。が、翔太は年がら年中、長袖の作業着に軍手という軽装だ。冬は寒そうに見えるが、動いているうちに身体は温まるし、夏は直射日光から肌を守ってくれる。

この畑のブドウの樹は、翔太の背丈より低い位置で左右に分岐し、等間隔で上に向かって枝を伸ばしている。すっかり落葉しているから、一見すると枯れているようにも見える。

ブドウといえば、棚状に仕立てられ、頭上にぶら下がって生《な》っているのを思い浮かべるようで、ブドウに詳しくない見学者には驚かれる。あれは棚仕立《たなじた》てという日本の伝統的な栽培法で、生食用の仕立てだ。ワイン用のブドウは今、目の前にあるような垣根仕《かきねじ》立《た》てが、世界の産地で見られる代表的な仕立方法だ。

「ブドウの樹は、前の年に葉や実をつけた枝から、翌年の枝が伸びます。その枝には、このように新芽が出てきます」

皆によく見えるように、白い軍手をはめた手の平を芽の背後にやる。

「この時、芽数が多いと枝が出すぎて、樹に負荷がかかり、ブドウの品質が落ちてしまうんです。剪定は、そういった事を予防するために行います。〈足利ワイン醸造元〉では、一本の枝に一個か二個だけ芽を残します。この節《ふし》のところで……」

大型の剪定鋏で、自分の指と同じくらいの太さの枝を切り落として見せる。

「本日、皆さんにやって頂くのは、この剪定という作業です」

説明を聞き終えたボランティア達は、各々《おのおの》の持ち場へと散り、枝を切って行く。雲一つない寒空の下、パチン、パチンと乾いた音が響く。

「頑張りすぎずに、楽しんで下さいね」

急に動きが止まった女性がいたから、そちらに向かう。

「あ、その枝は狭い範囲に芽が三つ、くっつくように付いてますね。無理せずに、三つとも残して下さい」

指示を与えながら、鋏の音に聞き耳を立てる。リズミカルにパチン、パチンと切っているのは例年、作業に参加してくれている常連さんだ。

見回りながら、ボランティア達の動きに目を配る。剪定はそう難しい作業ではないが、相手は素人だ。残さないといけない芽をうっかり切り落としてしまわないように、目を光らせる。

今日の参加者の中で、ひときわ若い男性が太い枝を切るのに苦労していた。

確か、倉内という名の参加者だ。

初めての参加であり、この年代の男性が平日にボランティアに来るのは珍しかったから、名前を覚えていた。

「新品の鋏だと使いづらいかもしれませんね。こっちを使ってみて下さい」

自分が普段使っている、年季の入った鋏を手渡す。

「す、すみません」と、相手が恐縮している。

無理やりねじ切られて大事な芽を傷つけられてはたまらないから、暫く傍で様子を見守っていると、枝は無事に切り落とされた。

「手際が悪くて、かえって仕事の邪魔をしてるみたいで申し訳ありません」

「お気遣いなく。僕達の仕事を多くの方に知ってもらいたいですし、この機会に農業に興味を持ってもらえると、ありがたいです」

言いながら、倉内を観察する。

ボランティアを募集する際には、参加者から名前と年齢、連絡先を聞くだけだから、相手の詳しい素性《すじよう》は分からない。ただ、倉内には勤め人の匂いが感じられた。それも大きな組織、それなりに安定した職場で働く人間の雰囲気だ。そして、おそらく独身。

メーカーの売り込みか営業だろうか？　不審に思ったが、ひとまず礼を言う。

「今日はお越し頂いて本当に助かりました。お好みのワインなどございますか？　うちは試飲もできますので、良かったら作業の後で味わっていって下さい」

「この後、仕事に戻りますので、それは次の機会に……。というか、僕、あまり飲めなくて……」

倉内は軍手をはめた手で、バツが悪そうに鼻の頭を撫《な》でる。

「だから、赤ワインと白ワインの違いもよく分かってないんです」

下戸《げこ》の上に、仕事を抜け出して来たというから、ますますこの倉内という人物の素性が気になってくる。

「ブドウの品種、製法が違います。赤ワインは黒ブドウを使い、果汁と皮、種を一緒に発酵《はっこう》させます。だから色が付き、渋味が生まれるんです。赤ワイン用の品種は、カベルネ・ソーヴィニヨン、ピノ・ノワール、メルローが有名です。対して白ワインは主に白ブドウを使って、果汁だけを発酵させる製法を用います」

白ワインに使われるのは、シャルドネ、ソーヴィニヨン・ブラン、セミヨンだ。

「黒ブドウから白ワインを作る事もありますが、果皮《かひ》を除いて果汁のみで作りますので、色が着くことがありません」

他にも醸造する際の温度や日数も違う。

「あの、厚かましいお願いをするようですが、ワインについて勉強したいので、色々とご教示いただけないでしょうか？　また日を改めて……」

「はぁ、それは構いませんが……。うちには資料館もあるので、いつでもお越し下さい。私が説明させていただきます」

「いいんですか？　是非！　あ、自己紹介が遅れました」

倉内は名刺を取り出した。

「……市の職員さんでしたか」

視察か何かだろうか？　だが、それなら事前に連絡があってしかるべきだ。

「それでは、またご連絡下さい」

倉内から離れて他のボランティアの面倒を見つつ、彼の目的は一体何なのかと思いを巡らした。

警戒すると同時に、興味を覚えた。

11

「どうぞ」

足利翔太の案内で、拓也は〈足利ワイン醸造元〉と看板のかかった工場に足を踏み入れた。

工場の外観はログハウス風だが、中は床がコンクリートの打ちっぱなしで、工場然としている。窓はなく、照明が薄暗いせいもあって、実際の室温よりもひんやりしている。その中ほどに置かれた機械の前に、翔太の先導で進む。赤いベッド状の躯体《くたい》に、銀色のタンクが組み込まれている。

「ブドウを絞る機械です。ここから、こうやって覗いてみて下さい」

翔太が腰を屈《かが》めて機械の下に潜《もぐ》り込んだから、拓也も真似た。そこには人が屈めるほどのスペースがあり、隅に寄せられたバルーンが見える。

「白ワインを作る際には、まず、こちらの絞り機でジュースにします。タンクの内部には、空気で膨らむ大きな風船のような装置が備え付けられていて、膨らんだ風船がブドウをタンク内側の側面で押しつぶすことで、ブドウの果汁を採ります」

金属で覆《おお》われた狭い中、翔太の声が響く。

「てっきり人が足で踏んだり、棒でかき混ぜて作ってるのかとイメージしてました」

機械の外に出ながら、拓也は言う。言ってから、我ながら幼稚な発想だと思ったが、翔太は笑わなかった。

「もちろん、昔は人の手や足を使ってましたし、今でもそういう製法で作っている醸造元さんはあります。ですが、一度に大量のブドウを絞れるプレス機を使うのが一般的ですね。このプレス機の歴史は意外に古くて、古代ギリシャ時代には現在のプレス機の土台となるものが生み出されてたんです」

プレスの方法には幾つか種類があるが、〈足利ワイン醸造元〉では、空気圧式膜圧搾機を使用している。

「そして、絞ったブドウ果汁に酵母《こうぼ》を入れて、冷やします。こちらはイタリア製のタンクです」

ステンレス製の大型のタンクは、触れるとひんやりと冷たい。

「酵母はブドウの糖分を食べてゲップをします。それがアルコール分です」

ブドウの果汁は、酵母の力で発酵されてワインになる。だが、常温で酵母を加えると一瞬でアルコールになり、酸《す》っぱい飲み物が出来上がる。そこで、温度管理をして醸造するのだ。

「いい品質のブドウを使っても、醸造が悪ければ駄目なんです。このタンクは魔法瓶みたいなものです」

翔太の許可を得て、工場の中を撮影した。見ると、ブドウ品種の説明と、一年間の作業スケジュールを記した紙も貼られてあり、そちらも撮影する。

次に、社長室も兼ねているという事務所に案内された。

額装《がくそう》された表彰状と共に、シェフと肩を組んでいる翔太や、海外のシャトーの前で撮影した写真がランダムに飾られている。

「どうでしたか、先日の剪定作業は？」

拓也はボランティアの翌日、すぐに〈足利ワイン醸造元〉に再訪問のアポを取り、今日の約束を取り付けたのだった。

「いやぁ、あの広さの畑でしょう？　大変な作業だと思い知りました」

翔太は満足そうに頷いた。

「農業は重労働だから辛い時もありますけどね。炎天下の夏も、凍《い》てつくような冬も、我々の手仕事が絶えることはありませんし。でも、それ以上の達成感があるんです」

炎天下の作業も厭《いと》わないと言う割りに、翔太は色が白く、口髭を細く整えた外見は、代々続く農家の倅《せがれ》というよりは、洒落たバーの店主のようだ。

足利翔太は大学の農学部に進み、そこで産官学連携のワイン醸造に携わった。卒業後はワインを扱う食品メーカーに就職し、営業部で販売を担当。ソムリエの資格も持っていて、ワイン作りから販売、レストランでの接客まで経験している。

「ここ数年は緊急事態宣言が出たり、人の移動も制限されたりで、本当に苦しかったんです。資料館を作ったものの、誰にも来てもらえなかったので」

「お察しいたします」

「ただ、ずっと外に向けていた目を内側に向けて、ワインの品質向上に力を注ぐ事ができたのは大きかった。アテにしていた観光や、外食産業からの注文は激減しましたが、代わりに通販の利用が倍増しましてね。外食できない分、自宅で楽しむ為にワインを買って下さる個人の顧客が増えたんです。そこで、取引のあるレストランに協力を募り、〈おうちでワイン〉という企画を思いつきました」

自社のワインと食材のセット商品を開発して売り出したのだという。

銀行員の田所が事前に見せてくれたオンラインショップには、真空パックされたパテやリエット、ピクルスといったワインに合いそうな食品の他、土師市の名産であるフルーツとのセット商品まであった。

「まさに、ウィンウィンの関係ですね」

「うちとしては、ワイン単体だけでも、そこそこ利益は出ていたんです。が、才能のある若いシェフ達が、店を畳《たた》もうかというところまで追い詰められていたんですね。声をかけると、大勢の方が賛同して下さいました」

「足利さん。その才能を、我々にも貸していただけないでしょうか?」

翔太が目を瞬《しばたた》いた。

「それは、どういった形での協力でしょうか?」

拓也は準備チームで用意した資料を出した。

「へぇ、フルマラソンの大会ですか」

資料を手にとり、ぱらぱらとめくっている。

「やはり、古墳なんですね」

目を落としたまま翔太が呟く。

「ランナーが走るのは、土師川の西側だけとなります。なので、〈足利ワイン醸造元〉さんには、エイドやエキスポへの出店という形でご協力いただく事になろうかと。もちろん、ランナーに配るパンフレットには広告を掲載させて頂きます」

「土師市の魅力はそれだけじゃないと思いますが……」

「我々も同じ気持ちです。できればこの辺りも走ってもらいたいのですが、残念なことに私鉄の線路が邪魔をしていて、東側をコースに組み込めないいんです」

「あぁ、開かずの踏切ですか」

朝夕のラッシュ時には、そこで渋滞が起きるので、そう呼ばれている。

「確かに、あの踏切をコースに入れる訳にはいきませんよね」

納得したような表情で、翔太が言った。

「あの私鉄は古墳を避けるように線路が敷かれていて、神社の敷地を分断するように走っていたり、川の流れに沿って急カーブしていたりで、高架にするのが難しいんですよね……でも……」

予定のコース図をじっと見つめていた翔太が、顔を上げた。

「倉内さん。今、思ったんですけど……。このマラソンって、踏切のない箇所を利用できないんですか？」

「踏切のない箇所とは？」

「時間帯にもよりますが、線路の向こう側に行きたい時、僕らは土師市内の踏切を使わずに、白鳥市か山城市の方まで迂回《うかい》して、跨線橋を利用します。かえってその方が早いんですよ」

一瞬、翔太が何を言ってるのか分からず、無言で見つめ合った。

「あ、そっか、ごめんなさい。土師市主催のマラソン大会ですものね」

翔太の言葉を聞いて、何かが胸に引っかかった。

翔太がさり気なく時計を見た。

そろそろ暇《いとま》を告げる時間になっていた。

「足利さん。また改めてご連絡を差し上げます。本日はお時間を頂き、ありがとうございました」

「いえいえ、こちらこそ。よかったら近くまでお送りしますよ。ついでですから」

「助かります。それでは遠慮なく」

翔太が運転する軽トラックに乗り込む。

車は入り組んだ道を何度も曲がりながら、ゆるやかな斜面を下って行く。

「このあたりの畑が、デラウェアです」

フロントガラス越しに、通りがかった畑を指さす。

「デラウェアって、種の入っていない粒の小さなブドウの事ですよね」

土師市の地ブドウでもある。

「他にマスカットベリーA、他ではあまり作られていないナイアガラという品種。これらは生食用ブドウで、ワイン用ブドウに比べて実が大きいんです」

そして、ワイン用のブドウは、フルーティーでまろやかな赤ワインになるメルロー、ボルドー地方の代表的品種であるカベルネ・ソーヴィニョン、白ワインの王様・シャルドネなど数種類のブドウが、それぞれ棚式、垣根式で植えられている。

「学生時代に農家さんを手伝わせてもらった事があるんですが、収穫するまでに多くの作業があるんですね」

工場の壁に貼られた写真入りの年間スケジュールには、幾つかの作業が書かれていた。

「収穫を経験したというのは、学業の一環としてですか？」

「実は大学時代、東京の武蔵小金井の寮に住んでたんです。僕は寮の管理を任されていて、食費を浮かせる為に近所の農家さんと交渉して、市場に出せない野菜をタダでもらう代わりに、作業を手伝ってました。あ、駅伝部の寮です」

「へえっ。都内の大学で駅伝部……。もしかして、〔箱根駅伝〕に出てたりして？」

「東都大です」

翔太が「おおぉっ！」と感嘆の声を上げた。

「やりましたよね。悲願の表彰台、おめでとうございます」

「ありがとうございます」

今年はついに大学記録を更新し、3位という結果を出した。

拓也は自宅のテレビで観戦していたが、フィニッシュテープを切った瞬間、炬燵から出て小躍りしていた。

「本当によくやってくれました。特に四年生が頑張ってくれたのが、嬉しくて……」

有望な下級生で固めた往路が9位に終わり、どうなる事かと危ぶんだが、10区には5位で襷が渡り、アンカーが二人抜いて3位に押し上げた。

復路のアンカーに襷が渡ったあたりから、東都大の同期生LINEグループの通知が頻繁に入るようになり、夜中までずっと鳴りやまず、皆で喜びを分かち合った。

「あの最後の区間を走った選手はキャプテンでしたっけ？　ずっと期待されてたのに、怪我で走れない事が続いて……。大学で競技引退を決めていたから、最後の駅伝にかける思いは誰よりも強かったようですね」

言ってから翔太は照れたように笑った。

「や、釈迦《しゃか》に説法ですね。これ、テレビの受け売りです。正月は他に好みの番組もないから、駅伝ばかり観てまして……。じゃあ、倉内さんも箱根を走られたんですか？」

「いえ。途中からマネージャーに転向したんで」

「へぇ、マネージャーってどんな仕事をするんですか？」

「下級生のうちは、寮内や選手の管理、大会へのエントリーなんかをやってました。もちろん練習時には給水ボトルやブルーシートを準備したり、タイムを測ったりも。それから主務……マネージャーをまとめるリーダーの事ですが、主務になると監督と選手の橋渡しやマスコミ対応……」

話すうちに、苦い思い出が蘇ってきた。

東都大に入学した後、拓也は順調に記録を伸ばしていた。二年の夏に故障で離脱したが、復帰を目指してリハビリに励《はげ》んだ。

そんな時期に、駅伝部監督の清水との面談でマネージャーへの転向を打診された。

その年、リクルートに成功した東都大は、来春に有望な選手を入学させる目途《めど》をつけられた。そこで、将来的には主務になってチームを支えていってほしい。そういう内容だった。

なぜ自分が裏方に回らなければならないのか？

故障からの復帰さえも待ってくれないのか？

完全に納得した訳ではなかったが、記録では彼等に負けていたし、ここで下級生と張り合うよりは、支える側に回った方がいいのかもしれない。そう考えて、拓也はマネージャーへの転向を受け入れたのだった。

「色んな役割を任せられていたんですね。企業でいうところの渉外《しょうがい》担当だ。忙しかったでしょう？」

競技経験者ではない翔太には、競技を諦める無念さは伝わらなかったようで、無邪気に質問を重ねてくる。

「そうですね。マネージャーへの転向は事実上、競技を引退する訳ですから残念でしたが、将来的に企業で働く事を考えたら、主務を経験させてもらえて良かったです」

「仮に、うちに就活でそういう人が来てくれたら、一発で採用ですよ」

まんざら社交辞令でもなさそうな表情で言う。

「僕は選手時代は自分の事しか考えてなかった……それが、主務になると全体を見るようになりました。入学した時は大した記録を持ってなかった子が、見違えるほど記録を伸ばして活躍してくれると、我が事のように嬉しかったり」

「分かります。僕も畑に行って、作物の成長を見る度に喜びを感じます。世話をすればするだけ大きくなってくれる。こんなに嬉しい事はないですから」

やがて目の前が開け、旧街道へと出た。

かつて街道だった道路には、江戸末期の旧豪農のお屋敷や蔵が建ち、中には空いている部屋を民泊《みんぱく》のゲストルームとして貸し出し、収益を上げている農家もあるという。古いお屋敷が続く街並みと、山の麓《ふもと》に広がるブドウ畑の景観が楽しめるこの区域は、土師市のもう一つの観光名所だ。

――土師市主催のマラソン大会ですものね。

その光景に目をやりながら、拓也はさっきの翔太の言葉を反芻《はんすう》していた。

12

足利翔太に土師駅前まで送ってもらい、歩いて庁舎に向かっている途中で白石からメールが入った。新しいコース案が添付されている。すぐに開いて中身を確認した後、すぐに白石に電話をする。

「白石さん、コース案、ありがとうございます。ですが、今回の案はちょっと……」

『うん。分かってるけど、それしか方法はないよ』

「実は今回のマラソン、できたら公認を取りたいと考えていて……」

白石が押し黙る。

そして、ため息が聞こえてきた。

『なぁ、拓也。あれもこれもって、あまり欲張らない方がいいと思うよ』

「分かってはいるんですが……。一度、準備チームのメンバーと検討してみます」

電話を切る。

すぐに観光部に電話して、青木を呼び出した。

「緊急に集まって、話し合いたい事があります」

『あんた、今、何処におるねん』

「庁舎の近くだ」と伝えると、不機嫌そうに『残業する気はないで』と返ってきた。

「……青木さんのお好きな店で、どうでしょう？　準備チームの親睦会も兼ねて……。あ、そうだ！　浦部さんと松岡さん、田所さんにも声をかけてもらってもいいですか？　急な話なので、来られる方だけで構いません」

返事がない。

「もしもし、どうしました？」

『……まぁ、いずれ親睦会はやらんとあかんなぁと、俺も思ってた。予約は任せてや。個室をとるさかい』

庁舎に戻ると、遅い昼食をとる為に食堂に行く。この時間帯だと麵類しか提供していないから、かけそばを注文する。

そばを啜《すす》っていると、繁爺と政爺の話し声が聞こえてきた。二人の声は徐々に近づいてきて、そのまま食堂に入ってきた。コーヒータイムは、彼らの午後のルーティンの一つだ。

「拓ぼんやないか。久しぶり」

「あれ？　こんな時間に飯かい？」

マラソンの準備チームが発足して以来、そちらの仕事にかかりきりで、彼等と顔を合わせるのも久しぶりだ。

「なんや、顔色、悪ないか？」

ぐっと顔を寄せて覗き込まれたから、膏薬《こうやく》の匂いがした。

「あんまり調子ええ事なさそうやのー」

盆の上に置いた整腸剤を目ざとく見つけた繁爺が、ひょいと瓶を取り上げた。

「ちょっと見ん間に、やつれたんやないけ？」

政爺も同調する。

「ピーピーやったら、ええ薬あんで。高野山《こうやさん》の胃腸薬で陀羅尼佑《だらにゆう》いうて、もう名前だけで効きそうやろ？　わしのん分けたろか？」

ボロボロのウエストポーチから何か取り出そうとするから、「いえ、それには及びません」と押しとどめる。

「遠慮すな」

「お気持ちだけ頂いときます」

「まぁ、そう言いな」

そして、強烈な臭いを放つ、オシロイバナの種のような黒い物体を押し付けられる。

そこへ青木が顔を覗かせた。

「倉内くん、何しとんねん？　今頃、腹膨《ふく》らましたら、夜のお楽しみが台無しやないか」

壁にかけられた時計は、四時になろうとしている。

「お昼を食べ損ねてしまって……」

陀羅尼佑を手にした政爺が、青木に視線をやる。

「また飲み会け。ええ身分やのぉ。おい、青木。肝臓の数値は元に戻せたんか？」

「いやぁ、何ともないですよ。だいたい医者は大袈裟なんやし」

「肝臓は沈黙の臓器と言うぞ。舐めとったらあかん」

そして、ウエストポーチに手を入れる。

「青木、飲む前に、ウコンを飲んどけ」

煩《うるさ》く絡む政爺を無視して、青木が今夜の段取りを告げた。

「六時に〈花《はな》いかだ〉の予約がとれたで」

今から残りの仕事に着手しても、六時前に終わらせるのは難しい。

「なるべく早く行きますから、先に始めてて下さい」

かけそばを半分残したまま席を立つ。そしてデスクに戻り、マシンガンを撃つようにキーボードを叩く。

タイムカードを押して庁舎を出た時は、約束の時間から三十分が過ぎていた。彼等が酔っぱらう前に話し合いをしなければならない。駅へと向かう人波を縫うようにして、拓也は走った。

古民家を改装した居酒屋〈花いかだ〉は、あまりに周囲の風景に溶け込みすぎて、すぐにはそれと分からなかった。看板も控えめだ。

「やっと来た！　やっと！」

青木は一杯目のジョッキを飲み干し、二杯目を注文しているところだったが、蘭子のジョッキには、まだ半分以上、ビールが残っている。松岡と田所の姿はない。

「二人には用事があるとかで断られたわ。ほんまかどうか知らんけど」

「急な呼び出しに応じて頂き、ありがとうございます」

まずは二人に頭を下げる。

「親睦会だって聞きましたけど、そうじゃないですよね？」

蘭子は鋭い。

「はぁ、まぁ。庁舎の会議室で顔を突き合わせているよりは、もっと砕けた場所で、ざっくばらんに話し合った方が良いかと思いまして……。というか、皆さんのご意見を聞きたくて……。暗礁《あんしょう》に乗り上げているコースの問題についてです」

白石から送られてきた新しいコース図を印字したＡ４用紙を取り出すと、蘭子がテーブルに並んだジョッキや皿を移動させた。

「お手元で御覧になって下さい。スマホよりは見やすいかと……」

暫し、三人は手元の紙に目をやる。

「え？　何なん？　このコース」

全体の形としては、市の南側を底辺にしたUの字型のコースに変更された。

「この間のと、全く形が変わっとるやないか」

「あっ！」

蘭子が声を上げた。

「高速道路を走るんですね。それは思いつかなかったです」

川を越えて東側へと行く経路は、踏切を越えて橋を渡る以外に、実はもう一つあった。市の南側を走る高速道路を利用する経路だ。

山城市との境界近くにある〈土師Ｉ　Ｃ《インターチェンジ》〉から高速に上り、東へ五キロほど走れば〈東土師ＩＣ〉があり、そこで高速を下りれば、旧街道に行きあたる。そのまま北上すれば江戸時代の趣《おもむき》が残る街と、ワイン畑が広がる一帯に自然と辿《たど》り着ける。

「良かった。これで解決しましたね」

「そうでもないんです」と言うと、「なぜですか？」と蘭子が訊いてきた。

「何でや？」

青木も身を乗り出してくる。

「事前の計測ができないんです」

「計測？」

「一般道であれば夜間、車が少ない時間帯に距離を計測できます。しかし、高速道路は夜間も車の往来が激しく、かと言って計測の為に道路を封鎖する訳にもいかず……」

一旦は盛り上がった場の空気が、急速に萎《しぼ》むのを感じる。

「例を上げますと、〔横浜マラソン〕の失敗があります。コースに高速道路が含まれているのですが、やはり事前の計測ができず、大会当日、交通規制をかけた時間内に計測せざるを得なかった。その際、僅かに距離が足りない事が発覚し、公認が取れなかったという苦い前例があるんです。僕としては、せっかく一万人規模の大会にするのであれば、公認を取りたいと思っていました。ですが……」

実質一年の準備期間で公認を取るのは、はっきり言って難しい。やはり白石が言うようにここは欲張らず、妥協した方がいいのだろうか？

「なぁ、倉内くん。その公認って、どうしても取らんとあかんのか？」

マラソン大会の中には、公認記録のクリアが参加条件となる大会がある。そういったレベルの高い大会への参加記録や、或いは自己ベストの更新を狙うランナーであれば、しっかりとコース検定をしている陸連公認コースの大会を選ぶ。

そう説明しようとしたら、代わりに蘭子が答えてくれた。

「青木さん。〔大阪国際女子マラソン〕のようなエリート限定のレースでは、公認記録の提出が必要になるんですよ」

蘭子の援護射撃は嬉しかったが、それと現実問題は別だ。

「ただ、公認コースや公認レースの運営にはそれなりの費用がかかります。そうなると当然、その費用は参加費に跳ね返り、参加者の負担となります。つまり、エントリー代金が高くなってしまいます。それに、公認を取るのは至上命令ではありません」

「参加者には、あまり負担をかけたないけどなぁ」

「僕も同じ意見です。ただ、以前も申し上げたように、第一回の大会は宣伝を兼ねていると割り切って、赤字覚悟で手厚くおもてなしをする方がいいと思うんです。二回、三回と回を重ねるうちに、カットできる部分も見えてきますし」

「その、公認を取るとかいうのも、おもてなしになるんか?」

「ターゲットをファンランナー……つまり走るよりも写真を撮影したり、エイドを楽しんだり、もしくはコスプレして走るようなランナーだけを対象にするのであれば、わざわざ労力をかけて公認を取る必要はありません。それに、公認を取らない方がコース設定の自由度は広がります。あと、公認じゃないから格が落ちるとも言えません。ワンウエイコースで実施される〔ボストンマラソン〕は、非公認のレースでありながらワールドマラソンメジャーズに選ばれています。歴史もあり、皆が出場したいと憧れる大会で、大迫傑《おおさこすぐる》も川内優輝も、公認記録が欲しくて走った訳ではないんですね。ただ……残念ながら、これから起ち上げる我々のマラソンには〔ボストンマラソン〕のような知名度も歴史もありません」

　蘭子に目をやると、眼鏡のつるに手をやりながら、真剣にコース図を見ていた。

「倉内さん。仮に私が参加者だとしたら、この第二案のコースには魅力を感じません。ここは安易に譲らない方がいいんじゃないでしょうか」

「青木さん、如何でしょうか？」

「うん……やっぱり、高速道路を走らせるのは味気ないし、土師市の良さは伝わらへんと思う」

「お二人のお気持ちは分かりました。ありがとうございます」

「しかし、他にええ方法はあるんか？」

「実は、僕から提案があります」

　拓也は唾を飲み込んだ。

「この大会、土師市だけでやるのではなく、周辺都市と一緒に開催するのは如何でしょう？」

蘭子がぎょっとしたように息を呑む。

「な、な、何やて？」

青木も素っ頓狂な声を上げた。

「も、もっかい言うて」

「ですから、今回のマラソン大会を土師市内だけで行うのでなく、お隣の白鳥市、さらに山城市と合同で開催できないか。そう申し上げているんです」

翔太との会話から思いついたアイデアを話す。

「なるほど。両市には跨線橋があります。つまり、線路を跨げる場所までコースを伸ばすんですね」

いつもの冷静さを取り戻したのか、蘭子が頷いている。

「ちょー待ってや。大会まで、あと一年ちょっとやで？」

「分かってます」

厳しいのは当然、分かっている。

だが、複数の自治体と合同開催する事で、これまで頭を悩ませていた問題が全て解決するのだ。

「協賛してくれる企業も、合同開催にする事で増えるんじゃないでしょうか」

「ほんま、待ってや。展開が急すぎて、頭がついていかれへんわ。口で言うのは簡単やけどな、複数の自治体が合同で何かをやろうとしたら、労力は何十倍にもなるで」

蘭子がきっと、まなじりをつり上げた。

「青木さん。私はそうは思いません。より街の魅力が伝わるのであれば、土師市だけで開催する事に固執しないように市長に進言すべきです」

「そら、浦部さんは民間の人やから……。簡単に言わんとってくれるか」

「そうやって面倒を回避するの、よくありませんよ。いかにもお役所……」

「さしあたって、僕の話を聞いて下さい」

不穏な雰囲気になりそうだったのを、拓也が取りなす。

「これが僕が考えた、新たなコース図です」

分かりやすいように、コースを書き込んだ白地図を取り出し、テーブルに広げた。四隅にジョッキや皿を置いて重しにする。

「土師古墳公園をスタートしたら、そのまま〈大師城山古墳〉を左手に見る格好で北上して、すぐ白鳥市に入ります。そして、白鳥市内を走らせてもらう。あちらの市にも古墳がありますから、古墳をテーマにするというコンセプトは変えずに済みます」

「知らんでー。土師市と白鳥市も仲がええとは言えんし」

青木がブツブツと言う。

拓也が子供の頃から二つの市の間には深い溝があった。両親によると「白鳥市には一部、富裕層が暮らす区域があり、そのせいでお高くとまっている」のが理由らしい。

拓也はスマホを取り出し、事前に調べた内容を確認した。

「白鳥市の南側には、土師市の古墳群に関連する遺跡があります。また、山城市でも遺構から埴輪片が見つかっていますから、やはり古墳というテーマに関連づけられます。個人的には、三つの市を周回する事で、同時に土師市の東側もコースに入れられて、よりバラエティに富んだコースが設計できると考えています。つまり、白鳥市と山城市と合同で開催する事で、コース設計上、難しかった二つの問題がクリアできます。まず一つは土師市の顔である〈大師城山古墳〉の傍を走れる。もう一つは線路の向こうの農村地帯も走れる。今回の話に関しては、周辺の市と一緒に開催するのが得策だと思います」

倉内は「どうでしょう?」と、二人の顔を交互にを見る。

「無理やで。あんたが〈ランニングライフ〉の社員やったら、そういう提案もできたかもしれへん。せやけど、今は土師市の職員なんやで」

蘭子が反論する。

「青木さん、トップから降りてきた話を『はい、分かりました』と引き受けて、それを人にやらせようとしても誰も動かないですよ。それに土師市には、若手職員から新しい事業や業務の改善案を募る〈職員提案制度〉が設けられていたはずです。こちらから提案しましょうよ」

「あぁ、あれか……。名前だけで、死んでる制度な」

「駄目ですよ。上に言われた事をその通りに実行してるだけじゃ。そもそも、改善案を出せるお手本となる職員が必要だから、倉内さんのような、民間経験者を中途採用してるんでしょ？　どんどん良い提案を出していきましょうよ」

「浦部さんの言う通りです。自分達で企画し、それをまとめて上に認めさせる。つまり、トップダウンだった事案を、ボトムアップする。白鳥市と山城市との三市合同マラソン大会。この企画を、こちらから市長に提案するんです」

「せやから、倉内くん……」

「まずは水面下で、自治体内の若手、中堅、管理職の理解を得て、市内外の業者の賛同を得て、市民の協力も取り付ける。そして、最後はP県知事を巻き込む。市長が気付いた時には、〝三つの市が力を合わせて町おこし〟という美しいシナリオが出来上がっている。つまり、外濠《そとぼり》を埋めてから、市長に知らせます」

「無茶やて」

「そうでしょうか？　陰で動くのは僕達ですが、発案者として市長が評価されるように仕向けたら、市長も悪い気はしないんじゃないでしょうか。市長の手柄にするんです」

「いいと思います。ただ、県知事の花咲《はなさき》さんへの進言は市長にお任せした方がいいんじゃないでしょうか？　つまり、こちらでお膳立てして、花を持たせるんです」

　蘭子が賛同してくれた。

「浦部さんは気楽でええなぁ」と言う青木を、蘭子が冷たい目で睨んだ。

「いや、浦部さんが仰る方法でいきましょう。市長が鼻高々で花咲知事に提案できるように、さらに魅力的な大会を考えます。つきましては青木さん、是非お願いしたい事があるんです」

「お願い？　僕に？」

「〈足利ワイン醸造元〉さんとは、懇意ですよね？」

「足利さん？　なんべんもやり取りしてるよ。土師市のホームページにも観光名所として掲載してるし、広報誌にも出てもろた」

「今回のマラソン大会、売りの一つは古墳ですが、それだけだと弱い。農協を始めワイン業者、外食産業にも入ってもらいたいんです」

　レストランといった外食産業を巻き込んだ企画〈おうちでワイン〉を成功させている翔太の協力を得て、腕自慢のシェフ達を呼び寄せられたなら、他所の大会にはないグルメマラソンを開催できる。

「土師市のような地方都市で開催されるマラソンの悩みは、大会終了後、ランナーがその日のうちに都市部へ移動してしまう事なんです。そこで、わざわざ移動しなくても飲食を楽しめるような場所を充実させたい」

足利ワイン醸造元の取引先は、拓也の予想をはるかに越えていた。ワインをレストランに直売するだけでなく、観光客を誘致する為に旅行業界にも顔が広かった。社長の足利翔太の人脈を使えばバス運行会社やホテル、レストランからも協力を取り付けられそうだ。さらに、鴨肉の産地である山城市内のレストランとは、鴨肉に合う赤ワインを共同で開発するなど、密な付き合いが続いているという。

「農協や食肉市場、市外のレストラン経営者が参加してくれれば、土師市が単独で開催するより、エイドの内容を充実できます。旬のフルーツを提供したり、何ならシェフ達には出張してもらって、その場で肉を焼くなど、食事を提供してもらってもいいじゃないですか。屋外での飲食に関しては、コロナの情勢が悪化していた時期でも、比較的寛容でしたし。土師市に足りない物を提供してもらい、同時に周辺の都市も潤《うるお》う。まさにウィンウィンの関係じゃないですか？」

「何やて？　ウイーンウイーン？」

「ウィンウィン。経営用語です。取引をする双方どちらも得をするという。まずは両市の職員に声をかけて、説明会を行いましょう。さしあたっては中堅から若手の職員を攻略です」

「一つの自治体でやるだけでも大変なんや。それが三倍……。いや、十倍以上になるかもしれへんねんで？」

「仲間が増えるんですから、それだけ知恵も集まります。我々以上に専門分野に強い人間がいれば、対処を任せられます」

青木は肩をすくめた。

「倉内くん、あんた、頭は大丈夫か？」

「大丈夫です。早速、両市の目ぼしい職員に声をかけて、集まる機会を作りましょう。僕はスポーツ振興課を当たりますから、青木さんは観光部に連絡して下さい。急ぎましょう」

そう言いながらスマホを取り出した拓也に、青木は腕時計を見た。

「え、こんな時間に白鳥市と山城市に声かけるん？」

「いえ。両市には明日連絡します。その前に、こういう事にうってつけの人を知ってるんで、まずは相談です。とりあえずメール投げといて、アポが取れたら、なる早で話を聞いてきます」

「あんたの事、今日から『無茶ぶりの倉ちゃん』て呼ぶわ！」

「倉内さん」

蘭子のささやき声が横から滑りこんできた。

「とりあえず何か頼みましょう。さっきから店員さんが飲み物の注文を取ろうとして、うろうろされてますよ」

拓也があまりに熱弁を振るっていて、声をかけづらかったらしい。

「ほんなら倉ちゃん、生《なま》でええか？」

「いえ、ウーロン茶をお願いします」

「あいたたっ……ほんまに飲めん奴やったんや」

青木がボソリと呟くのが聞こえた。

第二章　ワインと古墳と……

1

「さむっ……」

拓也はぶるっと身を震わせる。

電車のドアが開いた途端、氷点下の空気が車内に滑り込んできた。拓也は襟を掻き合わせながら、ホームに降り立つ。急行停車駅の駅舎は、やたらと構内が広く、殺風景だった。

駅舎を出ると、風に追い立てられるように目の前のアーケードに駆け込んだ。港町らしく、魚介を売りにした居酒屋が目立つ。

目当ての場所は商店街を出て、すぐの場所。国道を挟んだ向かいにあるビルだ。エレベーターで上階に向かい、受付で名乗ると、すぐに中に通された。

「お待ちしてました」

部屋の最奥にいた男性、田辺《たなべ》が名刺入れから名刺を取り出しながら立ち上がった。

「今度、土師市で新しいマラソン大会を開催するんやて?」

田辺は定年退職後、ここ〈南大阪《みなみおおさか》ツーリズム〉の局長をしている。南大阪の観光関連事業を束《たば》ね、〔南大阪マラソン〕の運営も担当している機関で、大阪南部の複数の自治体から職員が出向していた。

「はい、まだ公《おおやけ》にはしてませんが。一応、私が準備チームのリーダーを任されています」

自己紹介や名刺交換する間を惜しんで、会話が始まる。

「色々とお伺いしたい事があって、お時間を頂きました。実は僕、〔南大阪マラソン〕を走った事あるんです」

話は十年ほど前に遡《さかのぼ》る。

拓也は新卒一年目に〔南大阪マラソン〕に出場した。

大阪の南部、九つの市に跨がって走るコースは平坦で、調子よく飛ばしていたら、後半、南北の港を繋ぐ巨大ブリッジで海から吹く強風に晒《さら》され、瞬《また》く間に体温を奪われて失速した。初マラソンにして、いきなりの洗礼を浴びた形だ。

「ありがたいなぁ。最近、エントリー数が減っててな。また、うちの大会に出場してえな」

さすがに、それは厳しかった。〈ランニングライフ〉退職後は、ろくにトレーニングもしていないのだから。

「ところで、倉内さんの前職は〈ランニングライフ〉さんらしいけど、うちがお世話になってるとこやん。僕が教えられる事、何もないと思うねんけど、何でまた？」

「実は今度の大会、土師市だけでなく、周辺の都市も巻き込んだ大会にしたいんです」

「ははぁ、それでうちに。まぁ、〔南大阪マラソン〕ほど複数の自治体を跨ぐ大会も、そうそうないからな」

「はい。と言っても、まだ正式には決まってなくて、準備チームの内々で共有してるだけです。実は、開催予定が来年の三月で、逆算するとあまり時間がなくて……」

「時間ないなぁ。上の人は無茶を言うから。〔南大阪マラソン〕も準備期間は実質、一年なかったで」

運ばれてきたお茶を一口すすると、田辺は遠くを見る目をした。

〔南大阪マラソン〕の計画が持ち上がったのは、もう三十年以上も前で、東京マラソンより歴史は古い。発案したのが代議士で、元々あったマラソン大会を吸収する形で発足した経緯も、土師市のケースと似ている。

「代議士の趣意書が出て、実際に実行委員会が出来たのが、大会開催の半年前の七月や」

当時、三十代だった田辺も、創設に携わった。

「そら、大変やったよ。誰が金を集めるんかとか、地元の調整はどないすんねんとか、もうバッタバタで、ゲストランナーに誰を呼ぶかとかは後回しやった。〔大阪マラソン〕の準備期間が二年やったから、やっぱりそれぐらいの時間は欲しいわな」

そして、「ははっ」と笑う。

「懐かしいなぁ。まだマラソンブームやなくて、今の主流になってる都市型マラソンとは違《ちご》た。何せ、制限時間が4時間30分やで」

1キロを6分20秒で走り続ければ制限時間内で走れる計算だが、実際にはスタートロスや給水の時間が必要だ。元長距離ランナーの感覚からすれば〝遅すぎる〟と感じるタイムでも、それなりの練習を積んだランナーでないと、そのペースで42キロを走りきれない。

「役割分担は、どうされましたか？」

「運営は、倉内さんの元職場〈ランニングライフ〉に頼んだ。コース図の絵も描いてもろた。お金を集めるのは地元の地銀で、発足当時で二億円集めて、十年後は一億円にまで絞ったんや」

地元の調整は行政が中心に行い、警察は信号を止めたり、白バイで先導したり、交通安全・交通規制に関わる部分のみ。警備を含めた安全管理は主催者責任だ。

審判は陸協、ボランティアは地元の団体に行政を通じて依頼。学生や生徒、行政の職員、ボーイスカウト、ガールスカウト、体育協会の他、一般公募もしたという。

「何せ、やる事が多いねん。ひとつひとつは難しい仕事やないんやけど、いちいち文書を出したり、手間が多いんや。あ、協賛企業はお金は出してくれても、人までは出してくれへんよ」

自嘲気味に笑った後、表情を引き締めた。

「ただな……。恵まれとったんや。当時は今ほどマラソン大会もなかったから、関係者も寛容で、警察も協力的やった。『こっちのコースを使《つこ》た方がええんとちゃうか』とか助言もしてくれたから、何とか間に合った」

「へぇ。今じゃ考えられませんよね」

「ほんまに長閑《のどか》な、ええ時代やった」

「実は、土師警察署とは今回が初顔合わせになるんです。〔土師健康マラソン〕では公道を使っていなかったので」

「そんなん、偉いさんを使たらええやん。たとえば、ツテを頼って県警の本部長クラスと会うて、その人から口きいて貰うとか」

「是非、そうしたいですね」

「人でも物でも、利用できるもんは、何でも利用しいや」

そう言って、田辺はニヤリと笑った。先達《せんだつ》の経験談は何よりも役に立つ。改めてそう思った拓也は、田辺に一番訊いてみたかった質問をぶつけた。

「これからマラソン大会を起ち上げるにあたって、田辺さんは何が重要だと思われますか？」

「そうやね……」

田辺は視線を天井に向け、言葉を探るように暫し口を噤《つぐ》む。

「やっぱりバックボーンとかテーマを絞り込むのが大事やな。〔大阪マラソン〕やったらチャリティ、〔京都マラソン〕は環境、〔神戸マラソン〕は復興をテーマに〝感謝〟とか。公道を止めて開催するんやから、マラソンをする意義というか目的というか、まぁ、大義名分やな。地域をどうしたいんか、そういうもんがないと納得してもらわれへん。あと、コンセプトがはっきりせえへん大会は、人が集まらへんよ。できたら大会にはキャッチフレーズをつけたいな」

例えば〔奈良マラソン〕なら〝世界遺産を走る〟とか〝コース周辺には野生の鹿がいる〟だし、〔別府大分毎日マラソン〕は〝別府湾を望むコースで、トップランナーと市民ランナーが競う〟だ。鹿児島県の〔いぶすき菜の花マラソン〕は〝満開の菜の花〟、山梨県の〔富士山マラソン〕は〝富士山の絶景が楽しめ、外国人ランナーも多数参加〟になる。

コース内にある坂や難所を特徴にしている大会もあれば、逆に公認コースである点、記録が出やすいフラットコースを売りにしている大会もある。地元農協が全面協力して旬のフルーツを提供したり、のどかな田園風景や昔ながらの街並みといった、ソフト面を呼びものにするのも一つの方法だ。

「では、田辺さんも関わった〔南大阪マラソン〕では、今後どのような取り組みをされる予定でしょうか？」

「うちが今、考えてるのは、〔つくばマラソン〕みたいに〝科学〟というコンセプトで実施でけへんか考えてる。たとえば大阪体育大学のスポーツ科学部や関西大学の人間健康学部と連携して参加者の健康や、競技力を向上させるような試みをやってみたい」

「いいですね。今や市民ランナーが心拍計付きのGPSウォッチを使いこなす時代ですから、関心も高いでしょう。ところで、制限時間をさらに緩める予定はないんですか？」

当初は4時間30分だった制限時間も、今は5時間以内になっている。

「いやいや。ワンウェイコースの悲しさというか、制限時間を長くすると、フィニッシュ地点に近い方の自治体から苦情が来るんや。なので、いっそそこを特徴にしまっさ」

「ところで……ざっくばらんにお聞きしますが、マラソンを開催する事で、観光需要に繫がってます？」

「あかん、あかん」

田辺は手を振った。

「ランナーは宿泊も観光もせんと、走ったらさっさと帰ってまう」

聞けば、フィニッシュ地点が特急停車駅という利便性が禍《わざわい》してか、遠方や海外から参加したランナー達は走った後、そのまま特急に乗って大阪市内に戻り、繁華街で観光したり宿泊しているのが実状だという。

「コース内にインパクトのある観光名所がない上、制限時間が厳しいのがウリの大会やさかい、ファンランナーにはウケが悪いねん。だいたい、エントリーするランナーも高齢化しとって、平均年齢が四十を過ぎとんねん。走った後は、遊ぶ元気もないんやろ」

観光名所の利用。

若いランナーの取り込み。

そして、完走後のランナーをいかにして地元に留め置くか。

それがキーポイントのようだ。

「多くの自治体と連携しての大会、さぞかし大変だと思うんです。田辺さんが実際に経験した問題など、具体的にご教示いただけますか？」

「うちの場合、コースの性質上、調整が難しかった。どうしても格差が出るんや。交通規制の時間とか人員の配置とかが不公平になったりしてな。たとえばスタート地点はすぐに交通規制を解除して、ボランティアの人らも解散させられるねんけど、フィニッシュ地点に近い自治体ほど負担が増えるんや」

本当は、ハーフ地点で折り返せばバランスが取れるのだが、その方法だと今の半数の市しか関われない事になり、〝南大阪全体のお祭り〟というコンセプトが崩れてしまう。

「駅伝には複数の自治体に跨がって開催される大会があるし、〔奈良マラソン〕は奈良市と天理《てんり》市の合同でやってる。せやけど、うちみたいに、九つの市を走るマラソンはそうそうない。これは我々が誇れるところやから、縮小する気はないねん」

「しかし、これだけ数多くの自治体が絡んでくると、各々の市民の理解を得るのも大変ではないですか?」

「まぁ、そこは綾《あや》を付けられる前に、こっち側に取り込むようにした」

「どう取り込むんですか?」

「協賛企業になってもらうんや。ホームページやパンフレットに、企業の名前がどーんと載るんやから、向こうにとっても悪い話やないやろ。商工会議所ごと丸め込んで、大会の実行委員会に入ってもらうねん。企業さんらは地元の商工会議所に入会してるやろ? みんなで大会を盛り上げようという雰囲気になったら、もう共犯者や」

〔南大阪マラソン〕でも、コース上にある全ての都市の商工会議所の他、市町村振興会に協力を頼んでいるという。

「とにかく、文句を言うてきそうなとこ、障害になりそうなとこには先手を打って、協力して下さいて頼むねん。あと、商店街への配慮としては、コース上にある店舗を全て歩いて回って、事前に根回ししとく。味方を増やしとくねん。そんなん綺麗ごとやと思うかしらんけど、案外、誠意って伝わるもんやで」

一時間ほど話を聞いた後、話題は自然と拓也の転身へと移った。

「しかし、何で〈ランニングライフ〉を辞めたん？」

「色々と思うところがあって。親も僕が戻ってきて安心してるみたいですし」

「もしかして、一人息子でっか？」

何かを察したように言う。

「そんなとこです」

両親からは特に強く「帰ってこい」と言われた訳ではない。だが、いずれ戻らなければならないなら、早いうちがいいと考えたのも事実だ。

今後、出会うであろう妻となる女性が、土師市で暮らす事に同意してくれるとは限らない。ならば、いっそ最初から土師市に根を張り、地元の女性と結婚すれば話は早い。ご縁があればの話ではあるが。

「それに……僕は陸上競技の世界しか知らなくて、それはまずいんじゃないかって焦りもあったんです。外の世界に出て、自分を試したいと考えたんです」

確かに〈ランニングライフ〉での社会人生活は楽しかった。周囲にいるのは皆、走る事が好きだったり、ランナーをサポートするのが生きがいという人達ばかりだった。

そんな社風もあって、拓也はトレーニングを再開し、フルマラソンも何度か走った。市民ランナーとしては速いが、実業団の選手には及ばない。そんな記録しか出せない自分は、やはり競技者としての能力が足りなかったのだと納得し、これからも選手やランナーをサポートする側として生きようと、決意を新たに仕事に励んだ。

それがある時、ここに居続けるのは自身の成長を阻《はば》むのではないかと、うすら寒い思いに囚《とら》われたのだ。これでは学生時代と同じではないか——と。

「このまま陸上競技、それもランニングだけに特化した世界で生きて行く事に、危機感を覚えたんです。それ以外の事を何も知らないまま年をとってしまいそうで……」

滔々《とうとう》と喋りながら、拓也は「我ながら筋が通らない話だ」と考えていた。

自分を変えたかったと言いながら、実際には〈ランニングライフ〉にいた時と同じように、マラソン大会の起ち上げに奔走している。

なぜ自分は今、ここにいるのだろう?

自分を変えたいと思いながら、また同じ場所に戻ってくるのはなぜなのか?

そんな拓也の逡巡《しゅんじゅん》をよそに、田辺は「生真面目やなぁ」と呟き、茶碗に残った冷めたお茶をすすった。

2

午前八時二十六分。

職員証をタイムレコーダーにかざした松岡豊彦は、大きな欠伸をした。

昨夜は深夜アニメを見ながらＳＮＳのＴＬ《タイムライン》を追いかけていたところ、誰かが投稿した感想が炎上しているのを見つけた。ついつい参戦してしまい、気が付いたら空が白んでいた。

まだ誰も出勤していないようで、職員が詰める事務室は真っ暗だ。この部屋には窓がなく、やたらと蛍光灯が多い。電気のスイッチを入れると、寝不足の目に青白い光が眩《まぶ》しく映った。

フロアの隅に置かれたデスクに通勤用のリュックサックを置くと、松岡は展示会場へと行き、清掃がてら湿度と温度のチェックと、展示物の状態を確認する。

事務室とは反対に、こちらは薄暗い。

ここに収蔵されているのは遺跡、主に土師市内に分布する古墳から出土した副葬品だ。いまのところ国宝級の発見はないものの、県や市の文化財に指定されたものがあり、それなりに人の目を集めている。

とは言え、隣の白鳥市で出土した〈水鳥の埴輪〉のような目玉となる展示物はない。

「松岡くん。ちょっとええ？」

デスクに戻ると、春休みに開催される子供向けワークショップの準備を頼まれる。

「学校と公民館に置いてもらうから、チラシ作っといて」

パソコンを立ち上げ、ソフトを開く。

ソフトウェアの扱いに苦手意識があるのか、それとも「雑用は松岡に」と思っているのか、やたらとチラシの作成を頼まれる。

学芸員の資格を有してはいるものの、松岡は非常勤職員だった。大学、そして大学院で考古学の専門課程を修了しても、学芸員としての就職は狭き門だ。

学芸員の募集には、現役学芸員の転職希望者が応募してくるし、採用もたった一名だったりするから、その少ない枠を豊富な実務経験を積んだ学芸員と奪い合うことになる。

非常勤待遇ではあるが、通常ならガラス越しにしか見られない副葬品に直に触れたり、日常的に目にすることができるのは、何物にも代えがたい魅力だった。子供の頃、初めて発掘調査に参加し、その時に覚えた興奮を未だ忘れられずにいる松岡にとっては。

画面上に表示された［春休み子供ワークショップ］という文字を色付きの罫線《けいせん》で囲みながら、松岡は夢想した。いずれ、歴史的発見をする自分の姿を。

だが、いつまでも妄想に浸ってばかりもいられない。

「チラシが終わったら、次は今週末に開催されるイベントの予約人数も確認しておいて。配布物も人数分、揃えておくのよ」

五十代になろうかという女性職員の容赦ない声が、肩越しに飛んできた。

「発注した器材は、段ボールに入れて倉庫に置いてあるから。分かる？」

言われるままデスクから立ち上がり、倉庫へと向かう。

今週のイベントは〔粘土で作る埴輪〕だ。参加人数は七名で、参加者の年齢は四十代から七十代。説明書や板、木ベラや穴を開ける為の棒の個数をチェックして、倉庫から出してくる。子供がいない分、随分と気が楽だ。

松岡は、子供向けのイベントが苦手だった。イベント当日は、担当職員も子供達と一緒に粘土弄《いじ》りをするのだが、さり気なく目配りをし、上手く作れていない子供を手伝ってやる必要があった。中には「自分でやる！」と言ってムクれたり、癇癪《かんしゃく》を起こして道具を放り投げて壊してしまう子供もいて、その度「もっと上手く対応して」と正職員に叱《しか》られるのだ。

こんな事をやる為に、大学で考古学を学んだのではない。だが今は立場も弱く、自分の意見も通せない。

唯一の救いは残業がない事で、おかげでプライベートでは趣味に没頭できた。だから、土師市で新設されるマラソン大会の準備チームが、「土師歴史博物館から人を出してほしがっている」という噂話を耳にした時も、その話の輪には入らなかったし、自分には関係ない事だと聞き流していた。ある条件と引き換えに、上司から話を持ち掛けられるまで は。

（来年の雇用継続の件、便宜《べんぎ》を図るから）

非常勤という立場は一年で契約が切れ、継続雇用されるかどうかは、その時になって

みないと分からない。理想の職場かと言われたら、決してそうではない。しかし、つい

つい〝この話を受ければ、あと一年は残業のない職場で働ける〟と考えてしまった。

「松岡くん、午後からマラソンの仕事だっけ？」

時計を見ると、正午になろうとしていた。

準備チームに加わってからは、午前中は博物館で勤務し、昼休みを挟んだ後は、市の

庁舎内にある部屋に顔を出している。

「庁舎に行くんだったら、これ投げ込んどいて」

Ａ４サイズの封筒が、デスクの上にドサリと置かれた。厚みから考えて、企画展のプ

レスリリースだろう。リュックサックと封筒を手に博物館を出る。

駐輪場から自転車を取り出していると、〈大師城山古墳〉の方角に、大きな白い鳥が

飛んで行くのが見えた。渡り鳥だろうか？　このところ、見慣れない鳥を見る事が増え

た気がする。

ここから土師市役所までは約二キロ。

公園の向かいにある大師中学校で右折し、〈大師城山古墳〉に沿って住宅街を行くと、裁判所や税務署が集約された場所に到達する。そこから道路を挟んだ向かいが市役所だ。

市役所の背後には町名から名付けられた野木山《のぎやま》古墳がある。市内では二番目に大きな前方後円墳で、甲冑《かっちゅう》など大量の製鉄武具が出土しており、周囲に複数の陪塚《ばいちょう》もある事から、大王クラスの人物が埋葬されていたのではないかと言われている。

ちょうど土師市役所の裏手にあり、白鳥市との境界になっている。

——住民票を取りに来て、この大きさの古墳を拝めるのなんて、ここくらいのもんだよな。

松岡は自転車に乗ったまま市役所の裏手へと回り、野木山古墳の周りに巡らされた周遊路を走った。

古墳をすぐ近くに見る事ができるロケーションにもかかわらず、周知されていないせいなのか、いつ来ても人がいない。そのまま道なりに進み、北側へ入ると、水を湛えた濠《ほり》が現れ、水鳥達が遊んでいた。

ここは松岡のお気に入りの場所だ。夕暮れ時ともなれば夕日が木々の間から差し込み、墳丘《ふんきゅう》が濠の水面に映り込む。季節によっては水面がオレンジ色に染まり、景色が黒い切り絵となる。

――ここを見せないで、どうするんだよ。

狭い周遊路に大勢のランナーを入れる訳にもいかないのだろう。外注先から送られてきたコースを見た限りでは、古墳沿いの国道を走るだけだった。

とは言え、この辺りは市の境界が複雑に入り組んでいる。野木山古墳も西側の一部が白鳥市のエリアにかかっていて、周遊路もそこで行き止まりとなっている。

古墳を売りするマラソン大会と言いながら、市内で一番目と二番目に大きな古墳の周りを走らないなんて、看板に偽りありというか、企画倒れも甚《はなは》だしい。

――ま、値打ちの分からない人間に、インスタ映《ば》えだ何だと騒がれて、この静かな場所を荒らされたくないしな。

松岡は自転車をUターンさせると、土師市役所へと向かった。

一旦、地下に降りてコンビニで弁当を買い、エレベーターで三階まで上がる。普段は滅多に人が通らないであろう北向きのうす暗い場所に〈土師マラソン準備チーム〉と貼り紙がされたドアがある。

室内に入ると、リーダーの倉内拓也は出かけているようで、青木の姿もない。

彼等は今、スポンサー集めに奔走している。市内の銀行、商工会議所に声をかけ、田所は「目標金額は一億円」と言っていたが、一日限りのイベントに一億円使うのであれば、その予算の一部を人件費に回して、学芸員の採用枠を増やしてもらいたい。

「あ、リリース……」

預かっていた封筒から中身を取り出す。博物館で開催される企画展のリリースかと思いきや、違った。松岡もかかわっている土師市、白鳥市、山城市が三市合同で開催する〔古墳祭〕の案内だった。

当日はステージが設けられ、そこで市民有志による歌や踊りの披露、抽選会やゲームも催される。ステージ周辺では古墳のジオラマが展示され、キッチンカーやグッズの出店まで並び、賑《にぎ》やかになる。

ふと、その案内に書かれた文字に目が釘付けになる。

〝当日は白鳥市から、リアル白鳥姫子《しらとりひめこ》が応援にかけつけます！〟

白鳥姫子というのは、古墳時代の装束《しょうぞく》を身に着けた白鳥市の二次元キャラだ。白鳥市出身の漫画家が書き下ろしたイラストで、広報誌のほか白鳥市のＳＮＳアカウントでも使用されている。〝美少女を描かせたらナンバーワン〟と評判の漫画家だからか、ファンからは「白鳥市が才能の無駄遣いをした！」と非難囂々《ごうごう》だ。

――二次元キャラを三次元キャラに？　まさか白鳥姫子の着ぐるみを作ったんじゃないだろうな。

この間の会合ではそんな話は出なかったし、リリースにも詳細は書かれていない。気になって仕事どころではない。

——坂口さんなら、何か知ってるかも。

唯にLINEを送って返事を待つ間、コンビニで買ってきた弁当を広げる。やけに衣が分厚い唐揚げを頬張《ほおば》っていると、廊下で人の気配がした。

はっとした。

倉内が、お通夜のように沈んだ表情で入室してきたからだ。

いかにも運動部で揉まれてきた雰囲気を身に纏《まと》っている彼は、爽やかな容姿の持ち主で、松岡と同い年とは思えない、体育会の大学生のような体付きを維持している。対して松岡は、このあいだの健康診断で〝メタボ予備群〟と医師から注意を受けた。「年齢と共に代謝が悪くなるから、これまでと同じような食生活を続けると、瞬く間にメタボですよ」と。

社会に馴染めないまま年齢だけ重ねた自分と違って、倉内は高い山を縦走《じゅうそう》するように、明るい場所を歩んできた人間だ。彼を見る度、ほの暗い嫉妬を覚える。だが今、その倉内が挨拶することさえ忘れて〝この世の終わり〟とでも言いたげな顔でデスクにへたり込んだ。

「いつまで落ち込んどんねん。あんなもんやって」

一緒に入室してきた青木が倉内の後ろに回り込み、肩を揉むような仕草をした。

「落ち込んでません……。飲めない酒を無理して飲んだせいで、……気分が悪いだけです」

デスクに突っ伏したまま、倉内が言う。

どうやら二日酔いのようだ。

「しゃあないなぁ、あれしきの酒で……。おい松岡、飯が終わったらスポドリでも買うてきたって」

「その前に、記者クラブに寄ってきてもいいですか？」

「ええよ。好きにして」

弁当の残りを掻き込んでから記者クラブへと行き、各メディアのデスクにリリースを配った後、自販機でスポーツドリンクを買った。

部屋に戻ると、青木が倉内に何か言っていた。音を立てないように、そっと入室する。

「……せやから、人に期待したらあかん。あんなもんやって。集まって、話を聞いてくれただけでも御《おん》の字《じ》や。そない思わんと……」

そーっと近づき、倉内のデスクにキャップを緩めたスポドリを置いた。「すみません」と言いながら、倉内はスポドリに手を伸ばした。身体を起こして一口飲むと、また突っ伏す。

その様子をじっと見ていると、青木が「一応、松岡にも報告しとくわ」と説明を始めた。

「このあいだ、親睦会やったやろ。お前は用事があるとかで欠席やったけど」

特に用があった訳ではないが、面倒臭いので断ったのだ。

「そこで倉ちゃんが、三つの市で合同でやりたいって言い出したんや。は？　マラソンや。土師市だけでやるより、白鳥市と山城市と一緒にやった方がええんちゃうかって話になった。で、俺が両市の知り合い……というか飲み友達に電話して、集まってもろたんや」

その席で「一緒にフルマラソンの大会をやりませんか？」と切り出したところ、予想の上を行く塩対応で全く相手にされなかったという。

「『それって、要は土師市さんが得するだけですよね？』て言うから、倉ちゃんが一年ごとに持ち回りで担当して、その時に主導する市に有利な条件で開催したらどうやって提案したら、余計に場の空気が微妙になってしもた」

「はぁ」と返事しながら、松岡は思った。

――そりゃそうでしょ。余計な仕事が増えるだけだし、そんな面倒くさい事、誰もやりたくない。

突っ伏したままの倉内を前に、青木が独り言のように呟いた。

「そら、確かに三つの市でやった方が土師市にはメリットがある。せやけど、向こうはどうやろ？　ようするに線路の向こうの東側を走らせたいから、お宅の道を走らせてくれ。そういう事やろ？　向こうにとったら『土師市の都合ばっかり聞いてられへん』てなるで」

「でも、何処かにいるはずなんです。やる気のある人が」

　重力に逆らうように、倉内がデスクから上半身を持ち上げた。

　ふいに脳裏に唯の顔が浮かんだ。

（その企画、そっくりそのまま会議に出したいぐらいです）

　土師市で町おこしの為のマラソン大会が企画されていると言った時の、唯の反応だ。彼女なら乗ってくるのではないか。そう考えたものの、その場だけの社交辞令かもしれないし、彼女の真意を聞いた訳ではない。

「せっかくのええ思い付きやけど、今回は諦めよや。身の丈に合わせて、土師市だけでこぢんまりとやったらええやないか。あの高速道路を使う案、いっぺん市長に出してみいや。要は市長が満足したらそれでええんやから……」

　倉内はと見ると、今度は椅子の背もたれに上半身を預け、天井を睨んでいる。あまり寝ていないのだろう、目の下には隈《くま》ができ、顔が少し黒ずんで見える。

　少年の面影が残る顔が、再び唯に重なる。

　彼女は「自分達が会議でマラソン大会を提案しても、すぐさま却下されるだろう」と言っていた。

だが、土師市にはノウハウを持つ男、倉内がいる。

ただし、スケールの大きな大会を開くには、土師市という土地の条件が悪すぎる。それを何とかする突破口が、周辺の都市を巻き込んでの共同開催なのだ。

もし、この話を松岡が唯に提案し、彼女が上司を動かしたら、唯の中で松岡の株は上がる。何より、彼女が準備チームに合流して、一緒に過ごす時間が長くなれば――。

「おい、松岡。どないしてん、ニヤニヤして。気色悪い」

青木が気味悪そうな顔で身を反らしている。

「あのぉ……」

口が勝手に開いていた。

――よせ、やめとけ。

脳内でそう囁《ささや》く声が聞こえたのに、思ってもいなかった言葉がするりと喉から滑り出た。

「喜んで協力してくれそうな人、心当たりがあるんですが……」

松岡の発言をいつものようにスルーした青木に対して、倉内が反応した。

「本当ですか?」

うつろな視線から、大して期待してなさそうなのが分かった。

「中途半端な気持ちじゃ、できないですよ」

倉内に念押しされて、急に弱気になる。

ああは言っていたが、本当に唯が協力してくれるかどうか分からない。

「じゃあ、いいです。はい……」

「何やねん、お前は」と青木が不機嫌そうに言う横で、倉内の目が静かに閉じられた。眉間に皺が寄っている。

その時、ヴヴッと場違いな音が室内に響いた。

LINEの着信音だ。

尻ポケットからスマホを取り出すと、唯から返事が届いていた。

「え、え、えええぇぇぇーっ！」

その返信を見て、驚きの声を上げていた。

「おいっ、松岡っ！　さっきから何やねん？」

青木がオラつくのを尻目に、高速で文字入力して唯に返信する。即座にリアクションがあり、松岡は「よっし」と拳を握る。

「おいおい。勤務中にLINEか？」

呆れ返る青木に、返す刀で「この人が協力してくれるそうですっ！」と叫んでいた。

青木が、そして倉内が松岡の手元を凝視する。

「白鳥姫子？　これ、白鳥市のご当地キャラじゃないですか？」

青木の怒声が、松岡の顔を目掛けて飛んできた。

「お前はアホかーっ！」

3

拓也達が〈古墳祭〉の会場に到着した正午前、既に大勢の人が集まり、賑わっていた。

「クラフトビールはいかがですかー？」

法被《はっぴ》姿の若い女性が、出店の前で声を張り上げていた。

「おっ、ふるさと納税の返礼品にもなってる評判のビールやないか」

「ありがとうございます。一杯、五百円になりまーす」

売り子が差し出した紙コップを受け取ろうとする青木を、蘭子が窘《たしな》めた。

「仕事中ですよ」

「今日は全国的に休日やで。別にええやん」

「そういう問題ですか？」

睨み合う二人の間に立って、売り子が戸惑っている。

「いや、仕事といっても視察ですから、一杯ぐらい良いんじゃないですか」

拓也は二人に割って入って、千円札を二枚出す。

「三人分、いいですか？」

「さすが倉ちゃん、話が分かるやん！」

「ありがとーございまーす。三杯いただきましたー！」

売り子は紙コップに注がれたビールを青木、松岡、蘭子の順に渡していく。

その時、マイクがハウリングを起こし、耳をふさぎたくなるような雑音が背後でした。

同時に盛大な拍手が聞こえてきた。芝生が敷かれた公園内の広場に屋外ステージが設置されていて、楽器を手にした男性が立っている。

「あっ、マリエさんのステージが始まりますよ」

マリエがどういう人物か、拓也は知らなかったが、どうやら有名人らしい。

ペグを動かしながらギターをチューニングする音に、ボンボンとベースの響きが重なる。ドラムがバスドラを2回キックした後、スネアとハイハットでリズムを刻み、クラッシュシンバルをジャーンと決めた。その合間を縫って、キーボードがキラキラキラと効果音を出すと、歓声が上がった。

バンドが音を出して場を温めている間、音響《PA》スタッフが各楽器の音量を調節する。

その間に、四人でステージ前の観覧席に移動する。

やがて、ステージの脇から古墳時代の衣装——着物状の上着に巻きスカート——を身にまとった女性達が登場した。

ひときわ目を引く大柄な女性がハンドマイクを手にして、バンドの音に「ワオッ」「ヒューッ」と絡んだ。ヤジを飛ばした客をステージの上から弄《いじ》ると、笑い声が上がる。

彼女が、マリエらしい。オペラ歌手のような堂々とした体付きで、長い髪をセンターパートにし、その上から鉢巻《はちま》きのような布を絞めている。白と赤の衣装が、妙におどろおどろしい。

やがて、ギターがファンク調のカッティングをかきならした。

ステージの中央でどっしりとかまえるマリエの後ろで、十人ばかりの女性が音楽に合わせて左右に身体を動かす。

「うーっ、ほうふんっ！」

声の圧に、拓也はのけぞった。

マリエの声を追いかけるように、バックも同じフレーズを歌う。年齢も体型もバラバラの彼女達は、白鳥市にある市立小学校の教職員と保護者達で組んだコーラスグループらしい。

「えんぷんっ！　っあ！　ぜんぽうこうほうふん！」

呪文めいて聞こえる言葉は、〝古墳の形〟なのだと松岡が説明してくれた。

「あぁー、ぜんぽー、ぜんぽー、ぜんぽーこーえんふんっ！　はっ！」

そのうち、ステージと客との間でコール&レスポンスが起こり、アンコールを含めて四曲を歌い切った後、ステージの端から司会の女性が出てきた。

こちらも古代衣装だが、色は白とピンクで、ツインテールにした紫色の髪の根元にピンクの花をあしらっている。天女を思わせるショールは針金でも入っているのか、後光《ごこう》のように彼女の肩と頭上に固定されてあった。

「うわあぁ、随分と盛り上がりましたねぇー。マリエさん、そして白鳥市立第二小学校の教員と保護者の皆さん、ありがとうございましたぁー！　会場の皆様は今一度、盛大な拍手をお願いしまぁす！」

「マリエさーん」と観客からの声援に混じって、「ひーめこぉ～！」と真横から野太い声が上がった。

松岡だった。

拓也の隣で頬を紅潮させ、手にした団扇《うちわ》を振っている。団扇には、今、ステージに立つピンクの古代衣装の女性の写真に重ねて、〝姫子〟とプリントされている。

ステージ中央に立つ姫子が、声援に答えるように手を振ると、「くぅっ～！」と松岡が悶絶《もんぜつ》した。別の誰かが乗り移ったかのような豹変《ひょうへん》ぶりに、拓也は言葉を失った。

「白鳥市は、その……、随分と古墳に力を入れてるんですね。この辺りの古墳群で最大の古墳は、土師市にあるのに……」

拓也は恐る恐る、松岡に話しかけた。

「規模は土師市の方が大きいですけど、副葬品の質や、古墳にまつわる物語性では白鳥市に軍配が上がります。近年、古代史上空白の期間と言われる四世紀の副葬品が、白鳥市から見つかっていますし、古墳ファンの間では大勢の推《お》しがいるイケメン古墳を始め、悲恋伝説にまつわる姫君と兄弟の古墳、登れる古墳もあって、多様性において土師市は、やや見劣りしますね」

松岡はいつになく饒舌《じょうぜつ》だった。

「この団扇も、白鳥市が作ったんですか？」

入口で手渡され、それまで所在無げに持っていた〝姫子団扇〟を振って見せる。市民の血税で作ったのかと思うと、何とも複雑だった。

「この団扇は、クラウドファンディングで集まったお金で作りました。本当は、高松塚《たかまつづか》古墳の女子群像が持ってるような、円翳《えんえい》の形にしたかったんですが、応援団扇ってあまりバリエーションがなくて……」

彼の口ぶりからすると、なぜか松岡が団扇製作に一枚嚙んでいるらしい。そのエネルギーを、マラソン準備チームの活動にも注いでほしかった。

「これでステージは終了。出店を見に行きましょう」

松岡の音頭で、揃って席を立つ。

古墳モチーフを使ったTシャツやバッグ、アクセサリー類の他に、大中小と揃った前方後円墳型クッションに、ペンケース、キーホルダー。古墳はシンボリックな形をしているからか、案外垢《あか》ぬけて見える。

「倉内さん。是非ご紹介したい方が……」

ゆっくりと見て回りたいのに、松岡にせっつかれ、引きずられるようにして〈白鳥市観光部シティプロモーション課〉と書かれたブースに連れていかれる。

お堅いブースかと思いきや、他の出店と同じように布で作った古墳グッズや、思わず手に取ってみたくなるような商品が並んでいる。

聞いてもいないのに、松岡が説明を始めた。

「新卒五年目までの若い職員が研修を受け、自分達でも勉強会を開いて、ここまでのグッズを作り上げたんです。何でも民間に丸投げする職員が多い中、頑張ってるんです。どうです？　うちのマラソン大会にも協力してもらいましょうよ」

確かに、グッズはどれもセンスが良い。大会のロゴ入り記念Tシャツのデザインを彼等に発注すれば、面白い物が出来上がってきそうだ。

「初めまして。松岡さんからお話は聞いています」

売り場には、先ほどの白とピンクの衣装を身に着けた白鳥姫子がいて、名刺を差し出してくる。肌が白い上に紫色の鬘《かつら》とカラコンを付けているせいで、お人形さんのようだ。

「あ、どうも」

恐る恐る受け取る。

イラストが描かれたポップなデザインで、〈白鳥姫子〉と名前が書いてある。その傍らには、楕円形《だえんけい》に切り抜かれた〈白鳥姫子〉の写真も印刷されてあった。

「ついでに、こちらもどうぞ」

もう一枚、別の名刺を渡される。名前は坂口唯。肩書は、白鳥市観光部シティプロモーション課とある。

「えっ、あなたは白鳥市の職員なんですか？」

唯はニコニコしながら自己紹介を始めた。

「はい。コスプレで白鳥市を盛り上げる、これも観光部職員の大事なお仕事です」

鼻にかかった甘い声で言いながら、その場でくるりと一回転する。そして、両手の指でショールを摘まんでポーズを決めた。

どう反応しようか戸惑っていたら、松岡が脇から割って入った。

「坂口さんはその世界では有名な人気レイヤーで、雑誌の取材を受けた事もあるんです」

松岡がスマホを操作し、全身がタイツのようになった白いスーツに、赤い髪、赤い瞳の女性の画像を呼び出す。

「これ……パイクーチン？」

「知ってるんですかっ！」

「ええーっ⁉」

松岡と唯の二人が同時に叫んだ。

「倉内さん、何で知ってるんですか？　『まどパク』は渋過ぎて子供にはウケなかったんです。実際に視聴率は低迷。本来の予定回数を短縮されて放送された曰《いわ》くつきのアニメで、熱心なファン以外には知られてないんですよ！　もしかしてアニオタ？」

「あ、いや、大学の後輩に好きなヤツがいて……」

その後輩とは駅伝部の部員だ。寮の部屋はフィギュアだらけで、壁には『魔導士・パイクーチン』のポスターを貼っていた。フィギュアの数がどんどん増えていき、ついに同室の部員から文句が出たから、数を減らすようにと注意した覚えがある。拓也はアニメにもコスプレにも興味がなく、接点はそれだけなのに、唯の顔がぱっと明るくなる。

「うわぁ、感激っ！」

唯が嬉しそうに手を組み、身体をくねらせた。

「しかし、ご当地キャラのコスプレとは大胆ですね」

「昔はレイヤーさんを見るだけでしたけど、最近は仕事のストレスを発散する為に、プライベートでコスプレしてたんです。で、町おこしのアイデアとして『私が白鳥姫子のコスプレをします』って提案したら、上司が急に乗り気になって……」

ブースには、そこかしこに白とピンクの古代衣装を身にまとった白鳥姫子のイラストが掲げられている。少年誌で連載を持っている有名な漫画家に描いてもらった事は、拓也も知っていた。

「このイラスト、随分とお金がかかったんじゃないですか？」

「それがですねー、漫画家さんが白鳥市の出身で、ご厚意から格安で書き下ろして下さったんです。あ、ここだけの話ですよ。本来でしたら、私のコスプレも微妙なんですが、町おこしが目的であれば二次使用料はいらないと仰って下さって。今後、話題になって〝リアル白鳥姫子〟のグッズを作ったり、民間の方がカタログやチラシに使用する場合は申請が必要になりますが……」

「という事は、既にリアクションがあったんですね？」

「おかげ様で、メディアや各方面から取材のオファーが来ています。あ、そうそう、五月には白鳥市総合文化センターで開かれる春の全国交通安全運動の出発式で、一日署長をさせて頂く事も決まってるんですよ」

出発式の後は、そのまま近所のショッピングモールやスーパーへと赴《おもむ》き、チラシを配布しながら交通安全を呼びかけるそうだ。

一方、松岡は先ほどからスマホで、盛んに白鳥姫子を撮影している。

「松岡さん、そういう趣味があったんですね」

拓也の声に、はっと我に返ったように松岡がスマホを構えるのを止めた。そして、「あうー」とか、「うーむ」とか、これまたよく分からない唸《うな》り声を上げると、咳払《せきばら》いをした。

「だ、だから、坂口さんのような人が白鳥市にはいるんです。彼女にも是非、準備チームに入ってもらいましょうよ」

——ふうん。彼女にいい所を見せたいのか……。

じっと見つめていると、松岡はそわそわと落ち着かない様子で視線を彷徨《さまよ》わせた。

「倉内さん。今、土師市で進んでいるというフルマラソンの大会、是非、三つの市でやりましょう。私も上司を説得してみますから」

白鳥姫子、ならぬ坂口唯が力強く言った。

「この三つの市は古墳という共通項を持っていながら、連携が下手すぎると、私もかねがね思っていました。宝の持ち腐れだなって……。今、私はコスプレで白鳥市が周知されるように動いていますが、取材に来られる方は白鳥市のことよりも、私個人についてお聞きになる方が多いんです。それが残念だし、とても歯痒《にがゆ》くて……」

悔しそうに唇を噛む。

「倉内さん」

今度は、がっしと手を摑まれる。

「あ、はい」

カラコンを入れた大きな瞳で真っすぐ見つめられ、ドギマギしつつも居住まいを正す。

「マラソン開催時には、リアル白鳥姫子を使って下さい」

「はい？」

「つまり、この私が白鳥姫子のコスプレで大会を盛り上げるお手伝いをいたします。ちなみに、この機会にＳＮＳでリアル白鳥姫子のアカウントを作ったところ、フォロワーが一週間で一万人集まりました」

「い、一万……」

「クマモンの八十万人には遠く及びませんが、白鳥姫子の活動をアップすれば、十万ぐらいにまでは増やせると思います。それだけのフォロワーがいれば、多少はマラソン大会の認知に協力できると思います」

「それは大変有難いです。ただ、そうすると各市からご当地キャラを出すのが公平ですね。土師市には〈みずら君〉と〈ニャルドネ〉がいますが……」

〈みずら君〉は古代時代の装束をした少年を模《も》したご当地キャラで、〈ニャルドネ〉はワイン品種のブドウ・シャルドネと、猫を合体させたゆるキャラで、なかなかの人気者だ。

「では、山城市からは〈カモネギ部長〉をお呼びしましょう」

「坂口さん。今のところ四体のご当地キャラの参加が見込めますが、たとえば、こういったキャラを使ってどんな催しができるでしょうか？」

「集客を期待するなら、全国各地から何百体ものご当地キャラやゆるキャラを集めてのコンテストですね。どこでも大人気で、盛り上がります」

各都市での成功例を上げてくれるものの、何かピンとこなかった。

「う～ん。楽しそうではあるのですが、もっとマラソン大会に相応《ふさわ》しいイベントが欲しいんですよ」

何かを考えるように、唯が拳を顎に当てる。

「だったら、我々がランナーとしてエントリーして、皆で一緒にコースを走るのは如何でしょうか？」

「えっ⁉　坂口さん、その恰好で走るんですか？」

白鳥姫子は裾《すそ》の長い古代衣装を着ているだけでなく、鬘や針金入りのショールを身に着けているのだ。

「こう見えて、学生時代は陸上部だったんです。マラソンは走った事ありませんけど、今から一年かけてトレーニングすれば完走できる自信があります。それから〈カモネギ部長〉の中の人、実はなかなかイケてる市民ランナーだって噂ですよ。土師市で新たにマラソン大会が開催されるのであれば、絶対にエントリーするはずです。それなら、いっそ〈カモネギ部長〉の恰好で走ってもらって、大会を盛り上げて頂きましょうよ」

「いや、そういう問題ではなく……」

〈白鳥姫子〉と〈カモネギ部長〉はまだしも、〈みずら君〉と〈ニャルドネ〉は全身、着ぐるみなのだ。

「だったら、二体はリレーマラソンで。中間地点で襷を繋ぐのはどうでしょう?」

「ハーフマラソンを舐めてもらっちゃ困ります」

「倉内さん」

またもや、じっと見つめられ、落ち着かない気分になる。

「松岡さんからお聞きしました。倉内さんは今回の大会のもう一つの特徴として、農産物などを使った盛りだくさんなエイドを考えていらっしゃるそうですね。それも、土師市の名産品であるワインと、ワインのおつまみになるような料理を提供すると。だったら、いっその事〔メドックマラソン〕にするのは如何でしょうか?」

〔メドックマラソン〕とは、フランスはボルドーのメドック地区で開催されるマラソンの事で、各エイドで提供されるのはメドックの名産品のワインだけでなく、地元の特産品、チーズや肉、牡蠣《かき》も用意される。支給品を頬張り、酔っ払いながら走ると、最終のエイドではアイスが振る舞われ、ゴールを目指す。まさに街をあげてのお祭りなのだ。

そして、〔メドックマラソン〕の売りは、グルメだけではなかった。

ボンヤリとしていた拓也の頭の中で、きらりと何かが閃《ひらめ》いた。

――そうかっ、その手があったか……。

拓也の思考を読み取ったかのように、唯が言葉を発した。

「そうです！　ランナーにも仮装して頂くんですよっ！」

白鳥姫子ならぬ唯が、傍らから何か取り出した。企画書のようだ。

「〔メドックマラソン〕では毎回、コスプレのテーマが決まっています。たとえば〝映画のように〟や〝スーパーヒーロー〟といった風に……。参加者が趣向を凝《こ》らした仮装をする中、どうやって目立つかも勝負の一つで、タイムだけでなく、仮装も競うんです。観光会社がツアーを組む際には、仮装コンテストの開催を予定していて、入賞者には景品も用意されます。だったら、我々は古墳の町にちなんで、古代人や埴輪のコスプレで走ってもらうのは如何ですか？　その様子をメディアに取材してもらえば、三つの自治体のアピールにもなりませんか？」

それまで静観していた松岡が、唯に加勢する。

「このあいだの会議でも意見が出たように、古墳の全体像って上空から見ないと分からないんです。目線の高さで見ると、興味のない人にとっては、やたらと木の生えた小山でしかない。でも、ヤマトタケルノミコトや卑弥呼《ひみこ》の衣装、或いは埴輪の被《かぶ》り物を被ったランナーなんかが大勢で走ってくれたら、歴史的な背景と古墳がより引き立ち、絶好のアピールになりませんか？」

松岡がマラソン大会を盛り上げようとしているのか、単に唯に良いところを見せたいだけなのか、それは分からない。だが、単に主催者側が古墳や古代をアピールしたところで、それだけでは弱いと拓也も感じていた。

「お二人の仰る事、よく分かりました。確かに古墳が点在する街や農村地帯を、大勢の仮装ランナーが走ると考えたら、絵的には面白いと思います。〝和製メドックマラソン〟としての特色も出せるでしょう。ただ、そうなると、全てのランナーに仮装を強いる事になりますよね。その時点で、記録狙いのランナーには敬遠されてしまいます」

「本気の仮装ではなくても良いのでは？　たとえば参加賞に古墳柄のTシャツを用意しておいて、それを着て頂いたら仮装しなくても良いという風にするとか」

「記録狙いのシリアスランナーは、自分が所属している組織や、大学名の入ったウェアを着るのが原則なんです」

「だったら、仮装を参加条件にするのではなく、代わりに仮装して走る場合には、何か特典を付けるなどして、仮装ランナーに呼びかけましょう。そういう方法だったら、同じ大会で競技志向のランナーとコスプレイヤーとを棲み分けられると思います」

彼女の熱意は伝わってきたが、コスプレについて門外漢の拓也には、不確定要素が多すぎた。腕組みをして考え込んでいると、唯がぐっと前のめりになった。

「倉内さん。コスプレイヤーのネットワークって凄いんですよ。意匠《いしょう》をこらした仮装ランナーが走るとなれば、それを見る為に全国から人が集まります。沿道もコスプレイヤーで埋まりますよ、きっと。ほら、箱根駅伝でもいらっしゃるでしょう？　例年、仮装して同じ場所で応援しているグループがいて、名物になっているのを。あと、仮装したお客様は割引するとか、沿道のお店でも何らかのサービスを付けて頂くなどすれば、盛り上がると思います。それから……」

唯は息継ぎするように、口呼吸した。

「後夜祭《こうやさい》を開催するのは如何でしょう？　イベントが夜まで続くのであれば、この辺りの何処かで飲食したり、中にはもう一泊される方もいると思います。それだけ観光業界が潤うんです」

「後夜祭……ですか」

唯の圧に怯《ひる》みながらも、彼女が次から次へと繰り出してくるアイデアに、拓也もいつしか引き込まれていった。

4

「これが、来年の三月に開催予定のマラソン大会のコース案です」

集まった準備チームのメンバーに、拓也は第三案のコースを見せる。〈ランニンググライフ〉から昨日、拓也のもとに送られてきたものだ。

「今から市長に提案しに行きます」

拓也はごくりと唾を飲み込んだ。

「ほんまにいけるんか？　市長が一言『あかん』て言うたら、ここまでやってきた事が水の泡や」

思わず、笑ってしまう。

〝ここまでやってきた事〟と言うが、拓也に言わせれば、それは大会運営のほんのとば口に過ぎない。

「それに、市長に『知事に口をきいてくれ』て頼むのん、さすがに厚かましないか？　仮に市長を説得できたとして、花咲知事が断ったりしたら、市長のメンツは丸つぶれやん」

「現知事の花咲さんは市長と同じ〈太陽党〉で、新興の政党が票を集め、この数年で圧勝するようになるところまで成長できたのは、木村健太郎のネームバリューがあったからです。木村さんの頼みであれば、知事も動いてくれるでしょう。それに三市合同での企画は、P県知事にとっても悪い話ではないですよ」

「みんながみんな、マラソン好きな訳やないで」

「とにかく、まずは市長を説得します」

筒状に丸めた模造紙と資料を手に、拓也は部屋を出た。


「マラソンの概要ができたそうやな？　さっきから楽しみで楽しみで……。どれどれ」

木村は上機嫌で拓也を迎え入れると、ソファに腰を下ろして、身を乗り出した。

これから起こる事を想像して、拓也は気持ちを奮い立たせる。

「はい。コンセプトは［日本版・メドックマラソン］です」

売りは仮装とワインで、仮装は〝古墳の町にちなんで、古代の装束や埴輪、何か古墳を連想させるコスプレ〟というテーマを設けた。

「ほう。おもろいやないか。要するに仮装パーティーやな。ええでええで」

「本家フランスのメドックマラソンでは、コース上に設けられたエイドでワインを試飲できますが、本大会ではフィニッシュ後のお楽しみといたします。さらに後夜祭を開催してコスプレイベントを実施しますので、市内での飲食や宿泊にも期待できます」

本当は激しい運動後のアルコール摂取も、あまり勧められないのだが、そこは自己責任という事にする。

「僕、現役時代は一杯やってから試合に出とったけどなぁ」

木村は豪快に言い放ち、愉快そうに腹をゆすった。

「まぁ、水みたいにワインを飲むフランス人と違て、日本人はアルコールに弱いさかいな。おい、いつまで突っ立っとんねん。落ち着かへん」

座るように言われたから、テーブルの向かい側のソファに浅く腰かける。

「で、コースはどないなっとんねん？」

「はい。こちらを御覧下さい」

傍らに置いていた模造紙を広げ、コース図を書いた地図を市長の前に置いた。

「スタートゲートは土師古墳公園の中に作るんやな。公園のケヤキ並木のアプローチでランナーは待機……と」

満面の笑みで覗き込んだ木村の顔から、見る見るうちに表情が消えていった。

ランナーは号砲が鳴ったら公園を出て北上して白鳥市内へと入り、白鳥市役所の手前で左折。その周辺に点在する古墳の傍を走った後に右折して、跨線橋を渡りさらに北上すると5キロ地点、最初の給水ポイントになる。

さらに北上して川に突き当たり、東に走った後は土師川の分岐点で方向を変えて南下する。そして、再び白鳥市から土師市へと市域を跨ぎ、川の西岸にあるサイクリングコースに入る。このコースは〈土師健康マラソン〉でも利用した場所だが、こういう道を使用する事で、多少は交通規制も楽になる。

暫くサイクリングロードを走った後、途中で橋を渡って対岸へと行き、ブドウ畑の広がる農村地帯に入る。ここには〈足利ワイン醸造元〉の工場や宿泊施設もある。

そして、旧豪農のお屋敷街を道なりに走って川まで戻ってくれば、そこが中間地点だ。そのまま橋を渡って南下、真っ直ぐ走れば山城市となる。

山城市に入った後は暫く川に沿って南下、埴輪片が出土した地域を縦断したら西へ進み、跨線橋を渡って山城市役所前を右折する。

その後は片側二車線の広々とした道を、ひたすら走って北上。人口密集地でもあるこの区間は、沿道に大勢の観客が集まる事が期待され、彼らの声援がランナーを後押ししてくれるだろう。

そして、残り8キロあたりで一旦、白鳥市に入り、野木山古墳を越えた交差点で右折。土師市役所の前で折り返し、白鳥市と土師市の複雑に入り組む境目を出入りしながら、〈大師城山古墳〉を西から北へと半周して、スタート地点でもある道路に戻ってくる。ランナーはスタートした時とは反対向きに道路を南下し、取り付け道路から土師古墳公園に入って、園内に設けられたフィニッシュゲートを潜って終了。そういうコースになっている。

「土師市の北側にある白鳥市、そして南側の山城市にはいずれも跨線橋があります。つまり両市と合同開催にする事で、今、ネックとなっている線路問題が解決でき、より土師市の魅力を伝えられると同時に、将来的にも両市との連携が強化できる。そういうコ

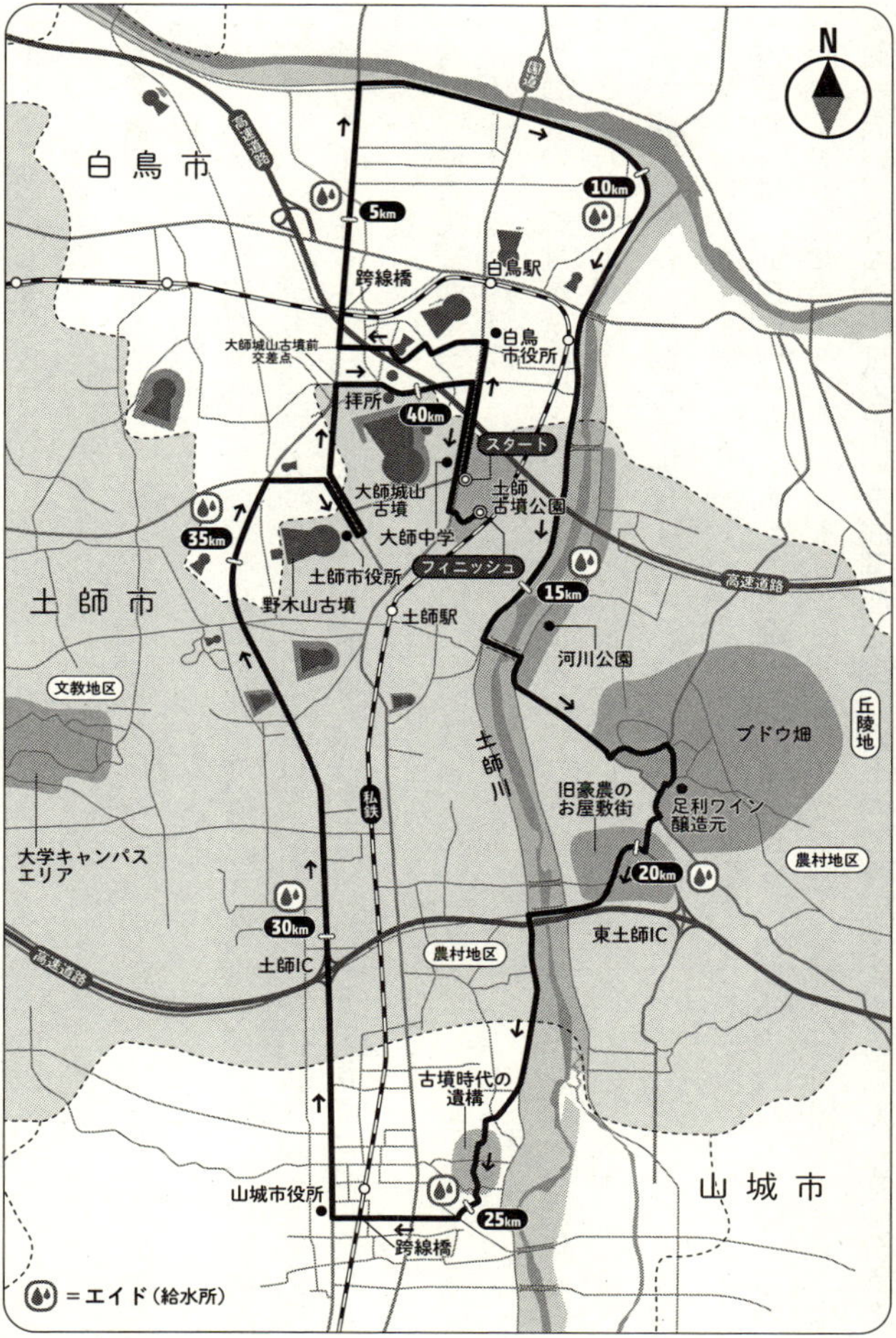
N
白鳥市
高速道路
国道
5km
10km
白鳥駅
跨線橋
白鳥市役所
大師城山古墳前交差点
拝所
40km
スタート
大師城山古墳
土師古墳公園
大師中学
35km
土師市役所
フィニッシュ
15km
土師市
野木山古墳
土師駅
高速道路
河川公園
文教地区
丘陵地
ブドウ畑
土師川
旧豪農のお屋敷街
足利ワイン醸造元
私鉄
大学キャンパスエリア
20km
農村地区
30km
東土師IC
土師IC
農村地区
高速道路
古墳時代の遺構
山城市
山城市役所
25km
跨線橋
=エイド（給水所）

ンセプトで設計しま……」

目の前が暗くなった。

顔を上げると、木村が立ち上がっていた。

「どういう事や？　説明してもらおか？」

恐る恐る、だが毅然とした態度で拓也は背筋を伸ばして立ち上がった。

「ご覧いただいた通りです。今回のマラソン大会は三つの市で合同開催する。その方向で検討を重ねました。つきましては、市長から花咲知事に提案して頂きとうございます」

「君、頭は大丈夫か？」

木村の顔は真っ赤だ。

「土師市の名を日本全国に広め、ここに住みたいと思うようなマラソン大会を開催したい。その一念です」

「僕が頼んだのは、土師市で開催するマラソンや。それが、何でこんな事になっとんねん？」

「市長からは、面白いマラソン大会をと命ぜられましたが、土師市内だけで完結しろとは聞いておりません」

「おいおい、そんな子供みたいな屁理屈を捏《こ》ねんとってや。そんなん言わんかて分かると思たから、言わへんかっただけじゃ」

木村市長の鬼のような形相がそこにあった。

5

「どやった？」

準備チームの部屋に戻ると、パソコンのモニターを見入っていた青木が顔を上げた。

拓也は右手の親指を立てて突き出して見せる。

「え⁉　ほんま？　嘘ぉ！」

「嘘じゃありません。木村市長はマラソン大会の三市合同開催を承諾してくれました。花咲県知事にも協力を頼んでくれると……」

「あり得へん、あり得へん」

「それがあり得たんですよっ！」

「良かったじゃないですか！」

「やったぁー！」

呆然とする青木をよそに、蘭子と松岡はお祭り騒ぎだ。

「最初の難関をクリアしましたねっ！」

「ばんざーい！」

「但《ただ》し……」

拓也は顔を引き縮めた。

「条件を付けられました」

「条件？」

三人の表情が笑顔のまま固まる。

「僕の母校、東都大学のユニホームに、今回のマラソン大会のロゴマークを付けて走らせろと言い出して……」

「えっ、どういう事？」

「つまり、土師市が東都大のスポンサーになるんです」

「スポンサー？」

「二〇二一年から〈箱根駅伝〉に出場する各大学のユニホームに、企業やいろんな団体のロゴを付けられるようになったんです」

三大駅伝は全てテレビで放送され、特に選手の上半身がアップで映し出される事が多い。当然、ロゴも一緒に映る。

「東都大のランナーがユニホームに大会公式のロゴをつけて三大駅伝の〈出雲《いずも》駅伝〉、〈全日本大学駅伝〉、〈箱根駅伝〉を走ったら、かなりの宣伝になる、と市長はそう言うんです。仮に全国規模のメディアに広告を打とうと思えば、億単位の金が吹っ飛びます。ですが、東都大のスポンサーになれたら、かけた金銭以上に大きな効果が生まれると……」

「要するに、三市合同のマラソン大会を宣伝して貰える訳ですね。なるほど、それ、いいアイデアじゃないですか。何か問題でもあるんですか？」

蘭子が眼鏡のレンズを光らせた。

「僕は気が進みません」

「なぜ？　倉内さんらしくないですよ」

「いやいや」と青木が横から割り込む。

「東都大やったら他からも頼まれてるんとちゃうんか？　東都大の卒業生には、財界の大御所もうじゃうじゃおる。それに、今年は3位と大健闘したんやし。倉ちゃんが渋ってるのは、そういう理由やろ？」

「……」

「でも、倉内さんは元駅伝部員で、現監督の教え子ですよね？　優先してもらえるように頼めないんですか？」

蘭子が勢い込んで言う。

「そんなに甘くはないです」

部活動には金がかかる。大学から支給される部費や、メーカーから提供される商品だけでは足りず、後援会やOBからの寄付、差し入れに頼っているのが実情だ。

「それなのに、東都大は解禁から四年続けてスポンサーロゴを付けて走っていません。おそらく、選べないからでしょう。各方面に義理立てしているか何かの理由で……。僕は後援会対応の窓口も担当していましたから、部の強化費が足りないのも、そんな時に手を差し伸べて下さった方々の事も知っています。駅伝部側から無理をお願いした時もありました。対して、土師市はこれまで東都大とは無縁でした。正直、そこに割り込むのは……躊躇《ためら》われます」

「だったら、どうするんですか？」

今度は松岡が詰め寄ってくる。

「市長に言われた条件をクリアしなかったら、三市合同開催は諦める事になるんですか？　最初の計画通り、土師市だけでやるんですか？　コースはショボくなりますよ。それよりなにより、白鳥市と山城市の協力者に顔向けできません」

唇を噛む。

「ですよね……。さしあたっては、駄目元《だめもと》で東都大と交渉してみます」

拓也は準備チームの部屋を出ると、頭を冷やす為に無意味に庁舎内を歩き回った。お互いが得をするウィンウィンの関係を築く。それが拓也のポリシーだ。

三市で一緒にマラソン大会を開催する事で、皆が潤う。土師市にとっては両市を巻き込む事で、より土師市の魅力を発信できるし、両市にとっても全国にその名をアピールする絶好の機会だ。

これぞ、ウィンウィンの関係。そう思っていた。

だが木村市長にとっては、それだけでは足りないのだ。発案者としての存在感をアピールしたい。「土師市が中心になって動いたからこそ、これだけ大きなイベントを開催できた」と、派手な実績を作りたいのだ。

一方、東都大駅伝部にとって、土師市と組むメリットは何か？　過去に土師市で合宿をした実績もなく、土師市から何かを提供された訳でもない。単に元部員の一人の生まれ故郷で、送られてくる名産品のゼリーが美味しいくらいの印象しかない。

潤沢《じゅんたく》な資金をバックに寄付をしてくれるメーカーや卒業生達に割り込むには、今から急ピッチで信頼関係を築く以外にない。果たして、そんな方法があるのか？

――いや、何が何でも、やるしかないだろ？

そう決意を固めると、すぐに土師共立銀行の田所に連絡を取った。さすがに彼は理解が速かった。

『幾つか質問させて下さい。その東都大のユニホームにつける大会のロゴマークは、誰が決めるんですか？』

「コンペで募集しようと思います。公募する事で、大会の周知に繋がりますから」

『なるほど。いつロゴを決定できますか？』

「夏までには目途をつけます」

〔出雲駅伝〕は十月上旬の開催だ。逆算すると八月、遅くとも九月の上旬には先方にロゴを提出しないといけない。

「あと、これは交渉次第なのですが……。東都大駅伝部の合宿を土師市で行ってもらえないかと考えています」

『合宿？　土師市で？』

「はい。これまで何の繋がりもないのに、さすがにスポンサーに名乗りを上げるのは厚かましいです。もちろん、ただ合宿してもらうだけでは終わりません。大会前のマラソン関連イベントに絡めて、自治体のホームページで合宿開催の告知をします。見学者が来てくれたら、マラソン大会の開催もアピールできると思います」

『合宿の時期はいつ頃になりますか？』

「タイミングとしては、トラックから駅伝へと練習内容をシフトする夏が良いかと」

『マラソンは三月ですよね？　ちょっと時期が早すぎないですか？　夏にイベントやっても、半年後には忘れられてしまいそうです』

「いえ。大会のエントリー開始は八月の終わりを予定していますから、むしろ遅すぎるくらいです」

『承知しました。まずはロゴデザインの公募を早急に開始しましょう』

電話の向こうにいる田所に、拓也は手を合わせた。

「助かります」

6

それまで曲がりくねった峠道を走っていたタクシーが、ウインカーを点滅させながら、ゆっくりと左折した。竹林の中を暫く行くと、そこには隠れ家を思わせる料亭がある。

気配で察したか、既に顔なじみの女将《おかみ》が玄関前で待ち構えていた。銀鼠《ぎんねず》色とでもいうのか、地味な色合いの着物に白い帯を締めている。言葉少なに挨拶を交わした後、「こちらへ」と優雅な所作で歩き出す。

水を打った石畳を踏みながら、行燈《あんどん》を横目に苔《こけ》むした前庭を通り、そのまま離れの個室へと案内された。

「木村くん。申し訳ないが、先に始めてるよ」

そう言うのは、P県知事の花咲信一《しんいち》だ。

脚の悪い花咲の為に、和室用の低めの食卓と椅子が用意されていて、卓上には朱塗《しゅぬ》りの椀が一つ。その傍らには瓶ビールが置かれ、花咲の赤ん坊のように肉付きの良い手には、小さなグラスが握られている。

「女将が特別に出してくれたんやけど、この七草粥《ななくさがゆ》、美味いわ。木村くんもどうや？」

木村が伏せられたグラスを手に取ると、女将がすかさずビールを注ぐ。

「あぁ、ええで。勝手にやるから」

花咲は女将を下がらせた。

「こんなチマチマしたコップやなくて、ジョッキで飲みたいわなぁ」

グラスに残ったビールを飲み干すと、花咲は手酌でビールを注いだ。

「それより、あんた、ええ事を思いついてくれたな。前からフルマラソンの大会をやりたがってるのは知ってたけど、まさか、あそこまで規模の大きいもんとは思てへんかった。古墳の町を古代衣装を着たランナーが走るとか、走った後にコンテストを開催して二度楽しめるとか、そんな度肝を抜くようなアイデア、どっから湧いてきたんや？　全国にP県をアピールできる、ええ試みや」

「お褒め頂き、光栄です」

「白鳥市と山城市には、わしから言うとくから。まぁ、あの人らも色々とあったさかいな……」

過去に両市の市長達に何らかの便宜をはかったか、弱味を握っているような口ぶりだ。

「くれぐれも宜しくお願いいたします」

殊勝《しゅしょう》に頭を下げながら、木村は頰が緩むのを抑えられなかった。マラソン大会を開催するにあたり、一億円を優に超えると言われていた公費負担。土師市の今の財政状況を考えれば、特別予算として市議会で承認を得られる額ではなかった。にっちもさっちもいかなかったこの問題が、三市合同開催という方法で解消されるとは夢にも思わなかった。これで、公費負担を白鳥市と山城市に分散させられる上に、自治体の枠を取っ払って開催を取り仕切った自分の政治的手腕の評価も上がる。倉内には激怒したものの、内心では「ようやった！」と快哉《かいさい》を叫んでいたのだ。

「実は今、面白い試みを進めているところでして」

「ほぉ、まだ何かあるんか？」

「はい。実は今年の〔箱根駅伝〕で3位に入った東都大が、このマラソン大会のロゴをユニホームに付けて、駅伝を走ってくれるんですわ」

花咲が身を乗り出した。

「そらまた、えらいこっちゃ！〔箱根駅伝〕いうたら正月の全国放送やないか」

花咲は赤ら顔をさらに赤らめてご満悦の様子だ。

「タイミングを見てマスコミには発表しますので、今しばらくはご内密に」

その夜、ご機嫌の花咲を前に、木村は杯《さかずき》を重ねた。

7

——東都大学駅伝部寮。

監督の清水は部員達と共に食堂にいた。

壁にかけられたテレビが一番よく見える場所に、清水の席が作られていた。今から始まる『夜明け前』、東都大が協力して制作されたドキュメンタリー番組を観る為だ。

放送時間は二十時から五十四分間。

CMの後、番組のテーマソングが流れる。曲を作ったアーティストが「挑戦し続ける者達への応援歌だ」と言うように、サビの部分で〝誰もが主人公になれる〟〝あと一歩踏み出して今度こそ摑み取ろう〟と歌い上げる、明瞭なほどにポジティブな曲だった。

画面に、武蔵小金井に建つこの寮の全景が映る。カメラが中に入り、「おはようございまーす」という声と、シューズを履く部員達の間をすり抜けながら、どんどん寮内を進んで行く。部員の姿が映る度に、歓声やひやかしの声が上がる。

そして、部員達の食事を作るボランティアの主婦達と、それを指揮する寮母の春美が映し出された時、ナレーションが、ここが東都大駅伝部の寮である事を告げる。

次に白みかけた空の下、玄関前に集合する選手達に指示を出す清水の後ろ姿が映る。

朝練前の光景だ。

清水にとっては日常の光景が、淡々とした描写で画面上に再現される。自転車に乗って選手達を鼓舞《こぶ》する清水、ストップウォッチを手にタイムを計測するマネージャー。使う道具はシューズぐらいだから、長距離走の練習は見た目に派手さはない。

春から夏にかけてはトラック競技でスピードを追求し、自己ベストの更新を目指す。そして、夏合宿では全員が長い距離をきっちり走れるレベルに仕上げ、〔箱根駅伝〕に照準を合わせてトレーニングをする。それを物語るかのように、合宿で30キロ走をする選手達が画面に映し出される。

最初の見せ場は、〔箱根駅伝〕に出場するメンバーを発表する場面だ。日が落ち、煌々《こうこう》とライトに照らされた夜間のトラックで、四年生から順に名前を呼んで行く。四年生の登録選手を読み上げた後、三年生へと移るシーンでは、「今年こそは」と頑張っていた四年生の横顔が映され、清水の胸が痛んだ。唇を引き結んでいた彼は、メンバー発表の後、物陰で泣いている後ろ姿がカメラに捉えられていた。

〔箱根駅伝〕が終わった後、件《くだん》の四年生は退寮していた。

いや、彼だけではない。〔全国都道府県対抗駅伝〕の地元代表として走る部員のみ、ここで練習を継続するが、それ以外の者は実家に戻るなり、賃貸マンションを借りるなどしていた。そして、実業団に進む者も一月末には退寮し、ほぼ四年生全員がここを去る事になる。

まだ世間が〔箱根駅伝〕の余韻《よいん》に浸っている頃、新チームでは新しいキャプテンを中心に前シーズンの反省点を話し合い、今シーズンのさらなる飛躍に向けて練習方針を立てている。

清水の仕事は、彼等が立てた目標をどうやってクリアさせるかだ。これから順次、個人面談を行い、二月と三月のロードシーズン、四月から七月までのトラックシーズンで、どの大会をターゲットにするか、また目標タイムを設定し、狙うのは優勝か、それとも自己記録の更新かといった具体的なゴールを話し合う。

テレビ画面は、〔箱根駅伝〕の本戦を映していた。

東都大は往路に有力な下級生を配置していた。1区こそ上位と差のない5位と健闘したが、2区で次々と他校の留学生に抜かれてしまい、順位を下げた事で歯車が狂った。5区、山登りは期待の一年生で、番組の前半では自己記録を次々と更新したり、合宿で先輩を引っ張って走るなど颯爽とした姿を見せていた。放送では、自分から5区を志願する様子も流され、「山の神になりたい」と威勢が良かった。

それが往路のフィニッシュテープを切った途端に倒れ込み、二人がかりで運ばれるという残酷な現実を視聴者に突き付ける。

遠くなって行く彼等の後ろ姿に、ナレーションが重なる。

〝エースを投入した往路を終えて9位。総合3位を目標に掲げていたチーム内に暗雲が垂れ込める〟

5区を走った本人の反応はと横目で見ると、前列の端の方の席で俯《うつむ》いていた。高校の頃からエースとして活躍してきた本人にとっては、初めてともいえる大きな挫折だが、これを糧《かて》に成長してもらいたかった。

画面が切り替わり、今度は清水の顔が大写しになる。

「復路にも力のある選手が残っています。シード権だけでなく、上位入賞もまだ諦めていません」

メディアに囲まれ、何処かで聞いたようなセリフを口にしている。

大会前に見た夢の中では二桁順位だったから、それを思うとまだ巻き返しは可能。そんな風に自分に暗示をかけていたのを覚えている。

清水は翌日のオーダーを、四年生主体に組み直した。彼等にとって、最後の〔箱根駅伝〕だ。これまで積み上げてきた練習の成果を発揮し、下級生に手本を見せてほしい。そんな思いを込めたつもりだった。実際、当日変更で出場した選手達は頑張ってくれた。

他大学の有力選手達がブレーキで順位を下げる中、6区から9区まで一つずつ順位を上げていった。最終的な順位を決めたのはアンカーだが、着実にタイム差を縮めて前のランナーを捕らえた彼等を清水は評価していた。

テレビに流れる映像を見るうち、監督車のフロントガラスの前方に3位争いをする2チームと、それを取り囲む車両や中継バイクが見えてきた時の興奮を思い出す。沿道の観客達が振る旗が漣《さざなみ》のように見え、声かけポイントでは、並走しているチームの監督達の声も混じる。

負けじと清水は声を張り上げる。

追いつきはしたが、3位争いの選手達は元気で、まだ脚は動いていた。このまま引っ張り合いながら、前を追う展開となるか？　だが、牽制し合っていると、後ろが追い付いてきてしまう。

「怯むな！　思い切って行け！」

清水は、そう監督車から鼓舞したが、他の監督達や沿道の声援にかき消されて聞こえないのか、3位集団はかたまったまま並走を続けている。東都大のアンカーも前に出ようとしない。

ようやく動いたのが、最後の1キロ。

唐突に東都大のアンカーが前に出た。追いすがる他大のアンカーがビル風に苦しんでいる。一人、また一人と徐々に差が広がっていく。

終点の大手町に並んで待つ東都大の選手達が映し出された。スマホでレース動画を見ている者、タオルを手に迎える準備をしている者、そして、東都大の3位が確実になったところで、一人の選手がぽろりと涙をこぼした。アンカーがガッツポーズを決めながらフィニッシュテープを切り、皆にもみくちゃにされている。

そこで、番組のテーマソングのイントロが流れる。

音楽に被せるように、印象的なシーンを切り取った映像が挿入された。1区の選手がスタートし、元気良く走る姿。留学生に抜かれて順位を下げた2区の選手が倒れ込みながら襷を繋ぐシーン。メンバー入りできなかった部員が給水係として水を渡す瞬間。抜きつ抜かれつしながら走るシーンなどが次々と流れる。

その時々の思いや、フィニッシュテープを切った時の歓喜が蘇る。選手達も込み上げてくるものがあったのだろう。誰も声を上げず、食堂内には静寂と熱気が漂っていた。

番組が終わり、テレビを消した後も、選手達の顔は上気していた。

だが、いつまでも目標を達成した快感に浸っていては、何も始まらない。選手達の酔いを醒ますのは監督の役目だ。

「これは終わった事だ。二月からは〔丸亀《まるがめ》ハーフ〕に〔唐津10マイル〕、〔青梅《おうめ》マラソン〕、〔熊日《くまにち》30キロロードレース〕、〔クロカン日本選手権〕、〔日本学生ハーフマラソン〕と、ロードレースが目白押しだ。箱根総合3位はまぐれじゃなかったと証明する為に、練習の成果を見せてやれ」

時刻は二十一時。いつもなら選手達は自室で勉強や読書、ストレッチ、体幹トレーニングをしている時間だ。

選手達の流れに乗って食堂を出ようとした時、主務の森口に呼び止められ、その場に残った。

「出演料の振り込みは三ケ月後になるそうです」

「遅いな……。ま、払ってくれるだけマシか」

「あと、実際にこちらに振り込まれるのは、中抜きされた額になります」

大学の施設内での取材という事で、出演料の一部は大学のものになるらしい。

「雀の涙ほどの出演料なんですから、部に全額くれたっていいと思うんですけどね。ただでさえ強化費が少ないのに、本当にうちの大学ってケチですよね。本気で強化する気があるんですか?」

清水の気持ちを代弁するかのように、森口が唇を尖《とが》らせた。

東都大の前身となった私塾は明治時代後期に創設され、その歴史は古い。大学のブランド力で生徒を集めていたが、近年は少子化の波に呑まれ、志望者数は頭打ちだった。

そこで、受験シーズン直前に行われる大学スポーツの注目イベント〔箱根駅伝〕に力を入れ始めたのだが、その為の資金は潤沢とは言いがたい。

「来年は優勝したいっすよね。そうすれば、テレビの出演料もガッポリっす」

確かに優勝すれば、各方面からオファーが入り、やりようによっては収入に繋げられる。

中にはバラエティの出演料や講演料、書籍の刊行で強化費を荒稼ぎする強豪校の監督もいて、良い顔をしない関係者もいた。だが、なりふり構わず金をかき集めなければならないほど、どの大学も強化費の問題は深刻なのだ。

強化費の内訳は寮費を別とすれば、合宿費と遠征費が大きい。

東都大には現在、マネージャーとコーチを含めて五十人が在籍している。年間でトータル五十日間の合宿を実施するとして、一人あたり三食付きで一泊八千円×五十人×五十日、そこに移動費が加わるから、それだけで二千万円以上かかるのだ。

主だった遠征先としては七月に北海道で開催される記録会、冬には地方のロードレースへの参加があり、いずれも旅費が発生する。

他にトレーニングマシンや治療器具の購入、コーチや外部トレーナー、管理栄養士への人件費等々――。

良い選手を呼ぶにしても、スカウティングにはそれなりのコストがかかる。有望選手には授業料を免除してやるし、ケニア人留学生を入学させるにも費用はかかる。

「うちもクラファンやりますか？」

瀬古利彦《せことしひこ》や大迫傑を輩出した名門、早稲田大学がクラウドファンディングで二千万円を集め、強化費を捻出したのには驚かされた。

「クラファンな……。世間に頭を下げて金を集めると言えば聞こえはいいが、ああいうのはだいたいが身内の人間、卒業生の名士や陸上部ＯＢが出資してるんだ。うちもこれ以上、無理は言えない」

「だったら、スポンサーを募集しましょうよ」

二〇二一年から、大学駅伝のユニホームに大学名とユニホームの製造メーカー以外に、スポンサーのロゴを掲出できるようになった。

大企業と組めば、それだけで数百万から一千万円単位の収入が見込めるが、何処を選んでも角《かど》が立ちそうで、決められないまま大会に出場を続けていた。

「うちだって強豪校の仲間入りをしたんです。そろそろ真剣に考えてもいいんじゃないですか？」

その時、卓上に置いた清水のスマホにメッセージが着信した。

「何だ、倉内じゃないか」

「しまった。このあいだ倉内さんから差し入れをもらったのに、御礼を言わないままでした」

森口は自分のスマホを取り出し、慌てて倉内宛にメッセージを打ち込み始める。

その間に、倉内からのメッセージを読む。

［いつもお世話になっています。先日の〔箱根駅伝〕はお疲れさまでした。そして、総合3位おめでとうございます］

受信箱を開くと、そんな文面が目に飛び込んできた。

続いて、ドキュメンタリー番組を観た上でのレース全体の感想に触れている。往路での区間配置の失敗に関して思うところは、清水と同じだった。「さすが」と思いつつ、耳が痛かった。

――相変わらずだな。

倉内に対する清水の思いは複雑だ。

今から十五年ほど前、東都大学は駅伝に力を入れ始めたばかりで、箱根駅伝出場の実績もなかった。にもかかわらず倉内は入学してくれた上、マネージャーに転向した後は、ぬるま湯だった寮生活に細かいルールを作って徹底させ、今日《こんにち》に至るまでの礎《いしずえ》を作ってくれた。

ただ、助かっていた反面、妙に目端《めはし》が利くので、目障りに思えた時があったのも事実だ。監督としての経験が浅かった当時の清水は、指導のノウハウにもブレがあって、そんな焦りも倉内は察していたのだろう。時折、清水の与《あずか》り知らない所で根回しをしていたり、自分を飛び越えて独断で物事を進めてしまうようなところがあった。

それもあってか、倉内を褒めた記憶は数えるほどしかない。

選手として才能を開花させてやれなかった負い目と、指導者として未熟だったかつての自分を知られている耐えがたさ、その二つが清水の内側で綯《な》い交《ま》ぜになっているのだ。

そうこうしているうちに、森口のスマホにメッセージが入った。その内容を読みながら、怪訝《けげん》な顔をしている。

「監督。倉内さんが支援を申し出てくれてるんですが……」

「支援？　いつもの差し入れか？　あのゼリーは美味いからな」

ＯＢからの差し入れはスポーツドリンクやエネルギーバーが多いが、倉内は故郷の名産、ブドウの果肉を使ったゼリーを送ってくれるから気が利いている。おまけに、選手だけでなくマネージャーやトレーナー、ボランティアの主婦達の分まで送ってくれるから、皆には大好評だ。

「詳細、聞いてみます」

暫くすると、ピロン、ピロンと続けざまにメッセージが入る。

「えーっと……。うわっ、凄いですよ。合宿費を負担して下さるそうです。ワインを生産している事業者がやってる宿泊施設を格安で使えるようにしてくれると……。すぐ傍を流れる川沿いには、舗装されたサイクリングコースがあって、少し脚を伸ばせばトレランもできるとか」

——ありがたい話ではあるが……、話が上手すぎる。何か企んでるな、倉内の奴……。

唐突な提案に驚くと同時に警戒心を抱く。

「なぜ、いきなり支援するとか言い出してるんだ？　理由を聞いてみろ」

「はぁ……」

「奴がタダで、そんな事を言ってくるはずがない。きっと何か魂胆があるはずだ。突っ込んで聞いてみろ」

「……分かりました」

暫くして森口のスマホにメッセージが入る。だが、画面を睨んだまま、森口が固まっている。

「何だ。どうした？」

「あの……、倉内さんは……」

「いいから読め」

「はい、合宿費を支援する代わりに、倉内さんが企画するマラソン大会に協力してほしいと言ってきてます。来年の三月に、第一回の大会が開催されるとかで……」

清水はため息をついた。

「いかにも、あいつが考えそうな事だな。学生時代から物々交換とか、やたらとバーターが上手かったんだ。ひとまず……様子を見よう」

「えー、せっかくの支援なんですよ？」

ぐっと言葉に詰まる。

「せめて話を聞くぐらいしても、いいんじゃないですか？」

頬を膨らませながら、森口が言う。

――こいつは分かっていない。うっかり話を聞いてしまうと、倉内のペースになるってことに……。

黙っていると、森口は続けた。

「それでは、僕が個人的に倉内さんから話を聞いて、その内容を監督にお伝えする。その上で判断して頂くのでどうでしょう？」

「お前、倉内と個人的に連絡を取り合う仲なのか？」

今度は森口が黙り込む番だった。

大方、歴代主務の間で申し送りがされているのだろう。「何か困った事があったら、倉内を頼れ」とでも。

「勝手にしろ」

「はい。それでは勝手にします」

8

「おおよその内容は、先にもらったメールで把握した。広報の一環としてあの着ぐるみを被り始めたんだが、まさかこういう形でオファーが来るとはね」

拓也の対面に座った〈カモネギ部長〉こと、永山修一《ながやましゅういち》はコーヒーが入ったカップを取り上げた。着ぐるみを被って市の広報活動している姿からは想像もつかない、銀縁の眼鏡が似合うスマートな紳士だ。

「永山さんが、かなり走れる方だとお聞きし、失礼を承知でお願いに上がりました」

コース図を見せながら、今大会のコンセプトや意図について説明して行く。

「白鳥市からは〈白鳥姫子〉が、土師市からは〈ニャルドネ〉と〈みずら君〉の二体が出動します。永山さんにも〈カモネギ部長〉として是非、大会を盛り上げて頂きたいんです。ご当地キャラとしての知名度も非常に高いですし……」

「あの恰好《かっこう》で僕に走れって言うの？　君、なかなか面白い事を考えるね」

呆れたような、面白がるような、どちらともとれる口調だ。

やはり無理なお願いだったか？

眼鏡レンズ越しの目からは、永山の本心は分からない。鴨のぬいぐるみを被って広報活動に当たるくらいだから、もっと三枚目というか人当たりの良いタイプを想像していたが、一筋縄ではいかなそうだ。

「話は変わるがね」

永山は音も立てずにコーヒーをすすった。

「残念ながら、山城市の古墳や遺跡は、そのほとんどが宅地開発され、影も形も残っていないんだが……実は、長らく古墳に関して頭の痛い問題があってだね……」

道路の建設予定地に歴史的に重要な古墳が発見された件だ。墳丘内の構造や出土した土器などを調査した結果、古墳時代の初期に築造されたものではないかと言われている。

「予定通り道路を建設するか、それとも古墳の保存の為に計画を変更するか。十年以上、答えが出ていないんだよ」

道路を建設するとなると、古墳を取り壊す必要がある。古墳を削るために調査を再開しようとすれば、日本考古学協会から事業の見直しと保存を求める声明が出される。

「永山さんは、保存したいとお考えなのでしょうか?」

優雅な仕草で、カップがソーサーに戻される。

「僕は考古学者じゃないからね。住民の利便性を犠牲にしてまで、この古墳を保存すべきかどうか……、疑問は残るね。ただ、土師市さんが発案したマラソン大会が成功したら、うちの古墳問題も進展するんじゃないか。そう思えてね」

「それでは……」

「喜んで協力させてもらうよ」

ほっと胸を撫でおろす。

「ありがとうございますっ！」

「ところで……君、東都大学の駅伝部出身なんだって？」

「僕は途中で裏方に転向したので、箱根はおろか〈全日本大学駅伝〉も〈出雲駅伝〉も走ってませんが……」

「それでも、普通の人よりは速いでしょう？　羨ましい限りだよ」

聞けば、永山はサブスリーを目指して練習しているのだという。サブスリーとはフルマラソンを3時間以内で走る事で、全完走者の4～5％ほどしかいない。

「メタボ解消の為に走り始めたのが三年前。初めて走ったマラソンで4時間を切れたから、全く素質がないという訳ではないと思う。ちなみに、自己ベストは3時間21分だ」

競技経験のない市民ランナーで、3時間30分を切れれば上々である。

「凄いですね？　学生時代は何か運動をされてたんですか？」

「大学時代に、付き合いでテニスを少ししたくらいだな。ナンパ目的のサークルだったから、練習より飲み会の方に熱心だった」

それ以外には、さして運動経験はないという。

現在の練習内容を訊くと、平日は朝夕の通勤ランで距離を稼ぎ、週末にポイント練習を行っていると言う。

「市民ランナーの場合、月間走行距離は多くても３００キロ以内に抑えた方がいいです。それ以上走ると怪我のリスクが高くなります。ただ走るだけでなく、変化走やインターバルといった、スピードと心肺機能に刺激を与える練習を取り入れるか、あとは筋トレでしょうか」

「筋トレ？」

「これまで本格的な運動経験がなかったのであれば、効果が期待できますよ。わざわざ時間をとらなくても、デスクワークをしながらでもできますし」

「それはいい。最近は週末に仕事が入る事もあって、どうやってトレーニングの時間を捻出しようか悩んでいたんだ」

週末に走る時間がとれず、肝腎のポイント練習が不充分らしい。

ポイント練習とは、自己ベストを目指して走力をアップさせる練習だ。マラソンでサブスリーを目指す場合だったら、１キロを４分のペースで20キロ走をするような練習である。

「お察しいたします。実は僕も以前のように走る時間はとれてないです。私の前職の〈ランニングライフ〉みたいに、走る事も仕事のうちという職場環境だったら、永山さんもすぐに3時間を切れると思いますよ」

「できれば、その前の会社に転職したいね。君とは逆に」

冗談とも本気ともつかないような言い方だ。

永山が時計を見たのをしおに、拓也も「本日はありがとうございました」と辞去を告げる。

部屋を出ると、永山が並んで歩き出した。庁舎の出入口まで見送ってくれるらしい。

「しかし、マラソンの運営も大変そうだね。やる事は色々あるだろうけど、何か僕に出来る事があれば言ってよ」

社交辞令だろうが、その一言は嬉しかった。

「今は何をやってるの？」

「さしあたってはコースが決まりましたので、真っ先に県警に協力を仰ぎに行きます」

「警察は市長の管轄じゃないからねぇ」

「県知事が大会開催に前向きになってくれてるので、警察も協力はしてくれるでしょうけど、公認も取りたいから、できるだけ早く了承してもらいたいんです。スケジュールを考えても、ギリギリのタイミングでして……」

「ちょっとアテがあるから、僕の方から声をかけてみるよ」

「本当ですか？　是非、お願いいたします」

土師市庁舎に戻り、準備チームの部屋に入ると、青木がデスクから顔を上げた。

「どやった？　倉ちゃん」

拓也は買ってきたペットボトルのキャップを開く。空気が乾燥していて、喉がからからだった。

「協力してもらえそうです。何か手伝える事はないかって言って下さいました。さすがに部長クラスの人が、マラソン専任という訳にはいかないでしょうから、だれか部下に指示を出すんだとは思いますが……。それに、県警に知り合いがいるとかで、相談に乗ってもらえるかもしれません」

「あ、俺も噂は聞いた事ある。確か、今の県警本部長とは同級生やて……」

「へぇ、凄いですね。高校の同級生とかですか？」

「ちゃうよ。大学や」

飲んでいたお茶を吹き出しそうになる。

「ちょ、ちょっと待って下さい。警察官僚と大学の同級生って、永山さん、一体、何者なんですか？」

「え、知らんかった？　永山さんは東大卒で国家上級と地方上級、両方に合格したのに、P県庁に入った変わり種や」

そんなに優秀な人が、なぜ今は山城市役所にいるのだろうか。

「意味分からんやろ？　しかも、『転勤が嫌や』とかいう理由で、自分から地元の山城市に出向を願い出たらしいで。山城市も扱いに困ってるんちゃう？」

その時、拓也のスマホが鳴った。

知らない番号だ。

相手の女性は落ち着いた口調で「土師市マラソン準備チームの倉内拓也さんの携帯でよろしかったでしょうか？」と告げた。

「わたくし、P県警で秘書業務をしている長谷川《はせがわ》と申します。永山さまからのご紹介で電話いたしました」

「えっ？　あ、え……」

無様に慌てる。

訝《いぶか》し気に見る青木に、身振りで警察からだと知らせる。

「はい。明後日ですね。大丈夫です。お伺いいたします」

9

——二日後。

拓也はクリーニングから戻ってきたスーツを着こみ、爽やかなブルー系のネクタイを選んだ。

準備チームを率いる事になった時、拓也は赤いネクタイを締めるようにしていた。就活の際に、面接官にやる気をアピールする為に購入した物だ。三十代の拓也には少々若すぎるように思えたが、リーダーとして情熱を前面に押し出そうという意気込みの現れでもあった。

だが今日は〝やる気〟以上に〝誠実さ〟を見せたいと思った。

P県警察本部庁舎の受付で名乗ると、話は通っていたようで、案内された部屋には、丸顔で童顔の女性がいた。彼女が電話をしてきた長谷川なのだろう。

「どうぞおかけ下さい」

言われるままにソファに浅く腰かけると、女性は部屋の隅に設《しつら》えられたカフェ・コーナーへと行き、ポットから急須にお湯を注いでいる。そして、紙コップに入れた二人分のお茶を運んできたかと思うと、そのまま対面の席に座った。

「し、失礼しましたっ！」

慌てて立ち上がり、名刺入れを取り出す。

「土師市役所マラソン準備チームの倉内と申します！」

「初めまして。P県警本部長の野崎《のざき》です」

恐縮しながら押し頂いた名刺には、野崎妙子《たえこ》という名と共に顔写真が印刷されている。ふっくらとした体躯《たいく》に白い顔は何処にでもいそうな中年女性に見えるが、眼鏡の奥で細められた目には知性が感じられる。

「マラソン大会の資料、拝見いたしました。我々も鋭意努力いたしますが、市民の安全を第一に大会の運営をして頂きたい。それが私どものスタンスです」

野崎は静かだが、きっぱりとした口調で切り出した。

「ご提出頂いた書類によると、参加予定のランナーは一万人で、沿道には、それに見合った人数の審判やボランティアを配置……と。コロナの規制が緩和された現在は、沿道に相当数の観戦者が応援に駆け付ける事になろうかと思います。そうなると、一番懸念されるのがテロ対策です。倉内さんは当然、二〇一三年のボストンマラソンで起こった悲劇はご存知ですよね？」

フィニッシュゲート付近の広場で二度の爆発が発生し、三人の死者、三百人近い負傷者を出した大惨事だ。爆発物は、最も多くのランナーがフィニッシュゲートを通過する時間帯を狙って仕掛けられ、多くの死傷者を出す悲劇となった。そして、この事件を受けて、都市部で開催される大規模なマラソン大会にはテロ対策が必須となり、その影響で参加費が一気に高騰したのだった。

「警備について、どこに委託するかは決定しておりますか？」

「地元の警備会社を複数社集めて、連合で警備にあたっていただく予定です。それぞれの担当地域を決めて依頼します」

大手警備会社に丸投げすれば手間は省けるが、コストが嵩《かさ》んでしまう。取りまとめや指示確認などの労力は増えるが、主催者が業者集めをする事で少しでも経費を抑えられるのだ。

「承知しました。くれぐれも主催者責任で安全に開催するよう、改めてお願いいたしますね」

野崎は卓上の電話を手に取る。そして、一言、二言話した後、受話器を置いた。暫くすると扉がノックされ、女性が顔を覗かせた。

「長谷川さん、交通部に案内して差し上げて」

今度こそ、秘書らしい。

「あぁ、忘れるところでした」

部屋を出ようとした時、野崎に呼び止められる。

「警備部が何か頼みたい事があると言ってましたので、直接聞いて下さい」

野崎に向かって長谷川が頷くと、そっとドアを閉めた。

「交通部との打ち合わせが済みましたら、わたくしが案内いたします。詳細はそちらで。あ、こちらになります」

キビキビとした足取りで先導する秘書の後を、遅れないようについて行く。

「既に揃っているようですね」

部屋の前で立ち止まると、長谷川が扉の中の様子を窺う。ドアごしに和《なご》やかな笑い声が聞こえてきた。

「失礼します」

秘書はノックした後、暫しの間を開けてドアに手をかけた。

案内されたのは会議机とパイプ椅子が並んだ部屋で、拓也が入室した途端、全員が起立した。正面に立つのは交通乗車服を着た初老の男性で、複数の白バイ乗務員を伴っている。

名刺を手に進み出た年嵩の男性に、拓也も名刺を差し出す。

〈P県警第一交通機動隊隊長　甲本一人《こうもとかずと》〉とある。

額が禿《は》げ上がった顔は日焼けし、にこやかに笑っているものの目付きは鋭い。

「この度はご無理をお願いいたしますが、どうぞよろしくお願いいたします」と、ここは低姿勢で頭を下げる。

「うちには駅伝の先導を経験した事のある隊員が何人かおります。もちろん、それ以外の隊員もきっちり訓練させますので、お任せ下さい」

「どうぞ」と椅子を示され、ほっと胸を撫でおろしたのも束《つか》の間《ま》、続けて「コースに関して、こちらから要望があります」と切り出される。

「土師川の東側を走る中盤は許容範囲なんですが、スタートしてから7キロあたりまでと、山城市役所前を右折した後……。こういう片側二車線の幹線道路を長時間、通行止めにするのがちょっと大変なんです。前半はランナーが比較的早い時間に通り過ぎるので、すぐに規制解除できるからまだマシですが、後半のコースは頂けません。あと、気になるのは最後の5キロ以降ですね。土師市役所前を折り返した後なんですが、ここで〈大師城山古墳〉の北側を回って土師古墳公園に戻るという事で、この辺りの住民に長時間の制限を強いる事になります。ゴールする場所を変更するか、もしくは、制限時間を工夫してもらうか」

「時間、どの程度なら大丈夫そうですか？」

「スタートから5時間ですね。スタート時刻の3時間前から交通規制を行う事になりますから、それくらいが限界です」

迷いのない、きっぱりとした口調だ。

コスプレを楽しむファンランナーにとって、制限時間が5時間というのは相当厳しい。

制限時間が7時間の東京マラソンの二〇二一年の平均タイム（グロスタイム）は、男子が4時間33分48秒、女子が4時間52分09だから、5時間以降に駆け込んでくるランナーは少なくない。

「公道を使った市民マラソン大会の制限時間は6時間という所が多く、中には7時間という大会もあります。さすがに5時間は……」

甲本は表情を変えない。「そんな事は分かっている」と言いたげだ。こちらの覚悟を試されているのだろう。そうなると負けられない。

拓也はぐっと唇を噛み締める。

「それからフィニッシュの場所と後半のコース変更についても、譲れません。本大会は、あえて周回コースにする事でコストカットをしています。参加者の手荷物の輸送を省き、トイレや更衣室の設置を一ケ所にして出費を抑えれば、それだけ公費負担も減らす事ができる。そして、〈大師城山古墳〉はこの大会のラスボス的存在です。つまり最後の最後に現れるボスキャラなんです。参加者には拝所前を通ってもらい、厳かなその佇まいを体感してフィニッシュしてもらいたいんです。土師古墳公園周辺の住民にはご迷惑をおかけしますが、我々も日参してご協力をお願いするつもりですので、どうかご寛恕《かんじょ》いただきたく……」

「そういう事でしたら、コース近くに広めの農道があるので、そちらを活用してもらえると、信号を止める必要がなくなり、こちらとしても助かります」

「交通規制でお手数おかけする事は、重々承知しております。しかし、本大会は公認を取り、記録を狙うランナーを呼び込んで、将来的には国内トップクラスの選手を招待できる大会に育てたいと考えているんです」

甲本は腕組みをし、再び唸《うな》った。眉間に深い皺《しわ》が寄っている。

「今、お話を聞きながら考えたんですが、これ、往復コースにできませんかね？　そうすれば、稼働する人員も半数にできます」

「三つの市の魅力をＰＲする大会だと考えた場合、往復コースにしてしまうと、限られた場所だけを走る事になり、それぞれの自治体に散らばった名所を網羅できません。そこも絶対に譲れません」

「先ほど、経費を節約する為に、スタートとフィニッシュを同じ場所にすると仰いましたよね？　往復コースに変更すれば、警備やボランティアの人数も減らせますし、さらにコストカットできるのではないですか？」

「それは確かにそうなんですが、だからと言って、大会の魅力まで半減させる訳にはいきません」

甲本と目が合い、厳しい視線に怯みそうになる。だが、真っすぐに見返す。

「コストと大会としての魅力、そのバランスを考え抜いた上で吟味されたコースなんです。一つたりとも変えられません」

暫し睨み合った後、甲本はゆっくり鼻から息を吐きながら、両手を膝の上に置いた。

「分かりました。そういう事でしたら、仕方ありませんな」

「ありがとうございます」

「ですが、これだけは忘れないでいただきたい。我々の仕事はマラソン大会の先導がメインではありません。あくまで利用者にとって快適な交通環境を整え、事故のない安全な環境づくりをすることです。必ず周辺住民の理解を得るよう努力を続けて下さい」

拓也は頬を引き締め、背筋を伸ばした。

「はい、肝に銘じます」

それまで隅に控えていた秘書に、さり気なく退室を促された。そして、長い廊下を曲がったり、エレベーターに乗るなどして別室に連れて行かれる。

「こちらでお待ち下さい」

案内された部屋で待つ間、長谷川が携帯電話を取り出し、何処かに電話をした。

「はい。お越し頂いていますから、速やかにお願いします」

暫くするとノックの音がして、部屋に続々と人が入ってきた。

深い紺色の上下は、機動隊の出動服だ。ズボンの裾はブーツの中にたくし込まれている。二十代から三十代半ばくらいの年齢で、女性も何人か交じっている。

「倉内さん。ご存知でしたか？　実はうちの警備部には、箱根駅伝の経験者がいるんです」

長谷川の声に、思わず紺色の一団に目をやった。制帽を被った顔は誰もが若く、皆、同じように見えてしまう。

「も、申し訳ありません。寡聞《かぶん》にして存じ上げませんでした」

「そして、こちらの女性は、〔全日本大学女子駅伝〕を走りました」

制服を着た女性が、拓也に向かって一礼した。

「倉内さん。今回の大会に、ランニングポリスを導入しませんか？」

ランニングポリスとは、二〇一五年二月に開催された〔東京マラソン〕で、世界で初めて日本の警視庁が導入した警備形態で、警察官が一般ランナーに交じって並走し、走りながら警備を行うものだ。ボストンマラソンで発生したテロ事件から、警視庁が東京マラソンの大会実施本部に打診して実現したのが発祥だ。

続いて、同年の〔横浜マラソン〕で神奈川県警の警察官が、〔さいたま国際マラソン〕では埼玉県警の警察官がランナーに混じって走ったり、自転車での並走による警備を行った。

「ここに集められているのは、機動隊員を含めた警備部所属の長距離走経験者から選抜した者達で、全員5000メートルを14分から16分台で走れます。もちろん、女性も」

「それは、凄いですね……」

女子で5000メートルを16分台で走れたら、大学生としてはトップランナーだ。

体力と健脚《けんきゃく》自慢の機動隊員がコースを走りながら、不審者や不審物に目を光らせ、ランナーや沿道の観客の安全を守ってくれるのだ。

「助かります。いや、こちらから是非にとお願いしたいくらいです」

詳細は後日に詰めるとして、運営側の希望を伝える。

「観客にその存在を視認させる為には、警察官が交じっていると分かった方がいいです。警察官だと分かるような服装をして頂けると助かります」

「心得ています。P県警と名前が入ったビブスがありますので、それを使用しましょう」

「あと、小型カメラを取り付けた帽子を被って頂けると、より良いですね。ちょっと重いんですけど」

ランチューバーと呼ばれている動画サイトの運営者が、同じ方法で自分が出場した大会の模様を小型カメラで撮影した映像を配信している。

「お任せ下さい。リアルタイムで音声と映像を警備本部にてチェックできるシステムがあります。無線機や警棒、手錠も所持させます」

なかなかの重装備で走る事になるが、その為の訓練も行うというから頼もしい。

——これぞ、僕が求めるウィンウィンの関係だ。

マラソン運営側としては警備態勢を強化できて、警察側は日頃の訓練の成果を発揮できる。彼等もトレーニングで培《つちか》った走力を、何処かで披露したいと思っているはずなのだ。

「県警の健脚自慢の皆さん方に、純粋にレースを楽しんで頂けないのは残念ですが、どうぞよろしくお願いいたします！」

隊員達に向かって、深々と頭を下げた。

一人の隊員が前に進み出た。

「倉内さん、自分は高校を卒業して警察官になりました。高校の三年間を陸上に捧げましたが、高校最後の年は新型コロナのせいでインターハイが中止になってしまいました。これは警察官としてではなく、一人のランナーとしてのお願いです。今回の大会、是非、成功させて下さい。そして、来年以降も継続してほしいです！」

その目を見るうちに、拓也は忘れかけていた情熱を思い出した。

大学時代には、チームを裏から支えている自負とは裏腹に、度々〝走りたい〟という衝動に襲われた。

(今、チームに必要なのは、鷹のように全体が見えて、蟻のように状況に対応できる人材なんだ)

卒業した後に「どうして、あの時、監督の言いなりになってしまったのか？」と何度も後悔した。その度に拓也の胸に様々な思いが込み上げてきたが、いつしか「過ぎた事だ」と自分を納得させる術《すべ》を身につけた。

翻《ひるがえ》って、先のコロナ禍で貴重な選手生活をふいにした者が、どれだけいたか？

インターハイや甲子園大会を始め、様々なイベントや大会が中止になり、高校生にとっては一生に一度しか巡ってこない三年間を、唐突に出現した感染症によって取り上げられてしまった。拓也と違って、彼等は土俵に立つことすら叶わなかったのだ——。

腹の底から熱い塊《かたまり》がせり上がってきた。

「ありがとうございます」

拓也は声に力を漲《みなぎ》らせた。

「必ず、必ず開催し、成功させてみせますっ」

第三章　お前ら、何様やねん？

1

　そして月日は巡り、P県土師市の木村市長は、三月に開催された議会に〔古墳の町マラソン大会〕実施の議案を提出した。対立関係にある党派の議員より綾《あや》をつけられないかという懸念があったが、既に県知事が関わっていたり、マラソンに理解のある議員も多かった事もあり、過半数の賛成で可決された。


　三月某日、昼の十二時三十分。

　土師市役所の五階でエレベーターを降りると、記者クラブに詰める記者達が集まり始めていた。木製のローテーブルが壁から少し離れた場所に置かれ、メディア各社のＩＣレコーダーが今にもこぼれんばかりに敷き詰められている。

　記者達の隙間を縫うようにして人垣を抜けた時、木村市長の秘書の声が聞こえてきた。

「入館証と腕章が見えるように付けて下さい！」

ざわざわと喋り声や物音で溢れていた通路が一瞬、静かになる。

それまで薄暗かった通路にライトが灯され、煌々と明るくなった。

磨りガラスの仕切りに黒い影が映り、ドアが開いて木村市長が姿を現した。

「今日もご苦労さんです」

記者会見の始まりだ。これから、新設するマラソン大会の概要が発表される。

市長が大会要項を読み上げるのを、テレビカメラが捉えている。この記者会見の模様は、夕方のローカルニュース等で放送されるはずだ。

「つきましては、〔土師健康マラソン〕を吸収する形で、来年の三月に〔土師・白鳥・山城三市合同　古墳と埴輪の町マラソン〕を開催する運びとなりました。三市に点在している古墳群や遺跡を背景に、記録を狙う国内外のチャレンジランナーと古代衣装のコスプレでファンランを楽しみたい一般ランナーも参加できる贅沢《ぜいたく》なコンセプトの大会です」

木村が綺麗に締めくくった後、質疑応答の時間となる。

やはりというか、最初にコロナ対策について、記者から質問が飛んだ。

「ワクチンの接種は行き渡って、コロナは二類相当から五類に移行されました。今さらコロナを警戒するのも大袈裟でしょう？」

「確かにそうですが、一年後に変異株が猛威を振るい、医療が逼迫《ひっぱく》する事態が起こらないとも限りません」

「もちろん、その時には万全の態勢で臨みますよ」

次の質問へと移る。

「何度か開催され、実績を残している〔土師健康マラソン〕を終了させてまで、新たなマラソン大会を起ち上げる理由とは何なのでしょう？」

市長は神妙な顔で質問を聞いている。そして、すっと息を吸うと「よくぞ聞いてくれた」とばかりに力強く声を発した。

「一番のメリットは経済効果です。つまりは町おこしです」

そこからはバラエティ番組で鍛えた話術を駆使して、立て板に水の如く喋り続ける。

「土師市は古墳の町と言われてますけど、古墳てアピールしづらいんですわ。実際に中に入れる訳でもなし、日本の古代史に興味のある人は別として、観光を楽しみたい人には敷居が高いんです。そこで、今回のマラソン大会です。大勢のランナーが、古墳にちなんだ仮装をして、街中を走るんですよ。古代装束や埴輪、段ボールで作ったハリボテもあり。どうです？　考えただけで楽しいでしょう？　わくわくしませんか？」

市長は「と、まあ、それは置いといて」と、言葉を切る。

「何度も言うとるように、現在の土師市の財政は壊滅的なんですわ。原因は分かりますか？　前市長の菅原さんが二十年以上にも亘って、市政を私物化してきたからです。使われもしない箱物を建てたり、不必要な工事が行われたりと、全て前市長の息のかかった業者が絡んでいます。私は今、その尻拭いに必死ですわ。お宅は確か、税金の使い方を批判したせいで、菅原さんとの仲が険悪になってましたな？」

笑い声が起こる。

「はい。第三セクターが建てた巨大事業が破綻《はたん》した事について記事を書きました」

「あぁ、確かそんな話やった。まぁ、それはそれとして……。今回は僕の熱意に、白鳥市と山城市の両市長さんが賛同してくれた。そういう訳ですねん。あっ、それから、第一回のゲストランナーに豪華メンバーを揃える予定です」

——豪華なゲストランナー？

市長は何を先走っているのだ？　ゲストランナーに誰を呼ぶかなど、決めるのはまだ先だ。拓也の戸惑いをよそに、記者が質問を重ねた。

「それは実業団の選手ですか？」

「さぁ、それはお楽しみです。ちなみに、うちの職員に箱根駅伝経験者がいますんで、交渉を任せてるんですわ。彼は関東学連にも顔が利きますからな」

思わず「おいっ！」と声を上げそうになり、慌てて口を押さえる。

「民間から転職された方ですよね？　という事は、交渉相手は東都大学？」

その質問をしたのは、以前、拓也を取材してくれたことのある記者だ。「箱根駅伝から市職員への道のり」というタイトルの記事が、地域面に掲載されたのだった。

「はっはっは……。言わぬが花という事にしときまひょ……。それより記事の見出しは〝いっちょマラソンで町おこしや！〟とか、どないでっか？」

調子良く喋る市長に背を向け、拓也はそっと記者達の輪から離れる。

——何を勝手な事を！

今は夏合宿で東都大を土師市に呼ぼうとしている段階だ。スポンサーの件も、まだ交渉にすら漕ぎつけられていないというのに。

そのまま階段を降り、マラソン準備チームの部屋へと向かいながら、スマホを取り出す。

『あ、どうもです』

東都大主務・森口の快活な声が耳に滑り込んできた。

「あの件、監督はどう言ってる？」

『まだ検討中……だそうです』

市長からは、庁舎内で顔を合わせる度に「東都大の件はどうなった？」とせっつかれていた。準備チームとしてはそれどころではなく、警察との交渉ほか、住民への理解を求める為に、今はコース上の店舗や企業を一軒一軒回っているところだ。地味に見えて重要な仕事だが、偉い人達は裏方の仕込みよりも、見える部分を派手にしたがるものだ。

「今、うち以外にスポンサーに名乗りを上げてるとこって、どのくらいあるの？」

『たくさんありますよ。〈製茶本舗《せいちゃほんぽ》　華園《かえん》〉さんとか、〈リバティ寝具《しんぐ》〉さん……』

〈製茶本舗　華園〉と〈リバティ寝具〉はテレビでCMを流している大手メーカーで、それぞれ飲料水と安眠用マッサージ器を提供されているのは、拓也も知っていた。

『ただ、大手メーカーのロゴを付けて走るの、何だかなって感じなんですよね。いかにも商業主義に加担してるみたいで……』

「監督はどう考えてるんだろ？」

「うーん、〈ヘルスケア熊沢《くまざわ》〉さんで……とか言ってますけど」

熊沢は、拓也が在籍していた頃からお世話になっている、アスリート・ケアを専門とするメディカルトレーナーだ。特定の所属先を持たないフリーのトレーナーで、東都大駅伝部の専属ではない。他に幾つかのチームやプロアスリートと契約している。

元は長距離走の選手で、選手時代に怪我に悩まされた経験から治療の相談に乗ってくれるので、皆、熊沢を頼りにしていた。

「そうか……、熊沢さんが相手だと、うちは分が悪いなぁ」

スポーツ推薦で入学しているとは言え、身体をケアする為の費用は学生の自己負担だ。仕送りが十分ではない上、アルバイトもできない駅伝部員達の為に、熊沢は格安でケアをしてくれているのだ。

「熊沢さんは鍼灸師《しんきゅうし》の資格も持ってるから、大助かりだったよ。何せ、絆創膏《ばんそうこう》みたいなテーピングを貼るだけで痛みが消える。あれは神業《かみわざ》だな」

『うーん。でも……。言っちゃ悪いですけど、熊沢さんから物品や金は引っ張れないっすよね？』

「タダみたいな値段で診てもらってるんだから、そういう事を言っては駄目だ」

『分かってます。ただ、熊沢先生は何か違う……気がするんですよ。だから僕はずっと倉内さんからの提案を推してるんですが、なぜか監督があまりいい顔をしなくて……』

森口が言葉を濁《にご》す。

「そりゃあ、ずっとお世話になってるとこを差し置いて、うちにという訳にもいかないさ」

だがおそらく、本当の理由は別のところにある。

清水監督は煙たがっているのだ。

指導者として未熟だった頃の自分を知っている人間は遠ざけておきたい。それが、選手として一流だった清水のプライドなのだ。

「スポンサーの件はとりあえず横に置いといて、前に話した、土師市での合宿の件はどうだろう？　全くの無償ではないけど、宿泊費は例年の半額くらいに抑えられると思うよ」

『ほ、本当ですか⁉』

「ああ。その代わり、交流イベントに協力してもらいたいんだ」

『交流イベント？　我々は何をすればいいんですか？』

「合宿期間中に公開練習日を設けて一般市民に見学してもらったり、あとは子供向けのランニング教室の実施……だな。学校が夏休みの時期で考えている」

『だったら、七月の第一次合宿がいいですね。九月にはインカレがあるし、主力達も秋が近づくとピリピリし出すんで……』

「分かった。前に伝えてあったワインの生産者さんに連絡して、その時期に宿泊施設の部屋を押さえてもらうよ。それより、そっちは大丈夫か？」

『監督ですか？　任せて下さい！　こんな好条件、滅多にないですから。文句は言わせません』

2

「スポンサー⁉」

東都大の主務・森口からの唐突な申し出に、熊沢アキラはそのまま言葉を失った。

午後九時。

東都大駅伝部の寮には週に一度、水曜日の夕飯の後に訪問している。

今日はハムストリングスを痛めた選手にストレッチの方法を教え、何人かの選手の相談に乗り、マッサージを施術したので、いつもより時間がかかってしまった。急いで帰り支度をしていると、森口から「話がある」と呼び止められたのだ。

「はい。これは監督からの提案なんですが、熊沢さんのロゴを東都大のユニホームにつけるっていうのはアリですか？」

「ロゴって、そんなのうちは作ってないよ」

「今から作ればいいじゃないですか。例の、熊沢さんTシャツの素材を使ってもいいですし」

「冗談だろ⁉」

熊沢は、某お笑い芸人に似た風貌をしている。東都大の部員に絵心のある奴がいて、熊沢の似顔絵を描いて、それを素材にしたTシャツをプレゼントされた。そのTシャツを着ていると、行く先々で興味を持たれたり、会話のきっかけにもなるので、ユニホーム代わりに着用している。中には「何処で買えますか？」と聞いてくる者までいた。

「似顔絵は冗談として、うちの選手が何か考えますよ。それをチェックしてもらって……」

「待て待て……」

慌てて手を振る。

「遠慮するよ。今ですらキャパオーバーなんだから、そんな形で宣伝されたら、俺がパンクする」

決して見栄をはった訳ではない。

ワンオペでやっているのだから、施術の他に、備品の購入や経理、諸々の事務手続きなど、やらなければいけない事が山ほどあった。

「でも、タダみたいな値段で選手を診てもらってるし……」

「その分、他所でガッポリ儲《もう》けてるんだ」

「ガッポリって……。そんな人気タレントみたいな仕事ぶりなんですか？」

「おう。オファーが多すぎて、仕事を断ってるくらいだ」

「では、スポンサーロゴの話もお断りすると？　そう、清水に伝えていいんですね」

「あったりめぇだ」

「ホントに？」

「しつこい奴だな。あのね。俺はここでの施術は好きでやってるんだから、その見返りに宣伝してもらおうとか、思ってねえよ。それにさ、東都大専属とか思われるの、本意じゃないんだよ。金儲けでやってんじゃないんだから」

「熊沢さんって、ほんっと欲がないですよね。じゃあ、ものは相談。倉内さん、覚えてるっすよね？」

「おう。あのちゃっかりモンな」

熊沢が週一ペースで東都大駅伝部で施術するようになったのも、倉内がきっかけだった。

「フリーになったばかりで、ろくに仕事もなかった俺んとこに来て、『うちの部員を実験台にしてデータを取っていいから、見返りに料金を下げてほしい』と言ってきやがった。普通だったら断るとこだが、部員全員の過去の症例やらデータを持ってきてて、一言二言ついアドバイスしたら、熱心に質問してきたりして……。気が付いたら面倒見る事になってた。つまり、ほだされたんだな」

「へぇ、そんな経緯があったんですね」

「あの調子でさくさく世渡りして、いい塩梅《あんばい》に出世してんだろな。俺も各地のマラソン大会に呼ばれるけど、本部席や〈ランニングライフ〉のブースでも顔を合わせなくなったし、現場を離れてパソコンの画面で数字と睨めっこする立場になってたりして」

「あれ？　知らないんですか？　倉内さん、〈ランニングライフ〉を退職して、Uターン転職したんですよ。故郷の市役所に、去年。で、今はマラソン大会の起ち上げをやってるみたいです」

熊沢が「あっは」と笑い声を上げた。

「何だ、そりゃあ？　面白そうな事、やってんなぁ」

「そう言えば、熊沢さんって、シューズメーカーからの依頼で色んな大会から呼ばれるんですよね？」

大会当日、ランニングシューズのプロモーションに合わせて、参加者を集めてフォーム診断をしたり、ワンポイントレッスンを開催していた。アスリートのケアを手がける熊沢の指摘は的確で、市民ランナー達にも好評だった。

「じゃあ、倉内さんが関わってる大会からも、熊沢さんにお呼びがかかるかもしれないっすね。実は倉内さん……」

その時、すーっと扉が開く音がした。清水夫人だった。

「あれ？　熊沢さん、まだいたの？」

帰る時刻を大幅に過ぎていた。

「『まだ、いたの？』はないでしょう。春美さん」

「いやいや、そんなつもりで言ったんじゃないの。何なら泊まってく？　退寮した四年生のベッド、空いてるから」

「遠慮しときます。こんな男ばっかりのむさくるしい所、端《はな》から長居するつもりなんかないですよ」

「あら～、怪しいなぁ。本当は、いい人がお家で待ってたりして」

「熊沢さん、彼女とかいるんすか⁉」

森口が、露骨に羨《うらや》ましそうな顔をした。

「あのな、俺、もう小学生の子供がいてもおかしくない年齢だぜ」

自由でいたいから独身を貫いているし、ある時期から面倒臭くなって恋人も作らなくなった。

だが、森口の年頃には恋愛にも興味はあったし、思いを寄せた女性もいた。

熊沢は長距離走と駅伝に青春を捧げた現役時代を振り返り、今の学生達のメンタルに思いを馳《は》せる。

男ばかりで狭い場所に閉じ込められ、他の事には目を向けられない環境の中、走る事を強いられる。にもかかわらず、思い描いた通りの選手生活を送れるとは限らない。記録が伸びなかったり、怪我などで四年間、一度も駅伝を走れない者もいるし、中には倉内や森口のように裏方に転向せざるを得ない者もいる。

身体をケアするトレーナーには弱音を吐きたくなるのか、時には彼らの愚痴の聞き役になる事もあったが、相当に鬱屈《うっくつ》している部員もいた。

「やめてよ、春美さん。そんな人、いないって」

否定しているにもかかわらず、「いいなぁ、彼女」と森口が呟く。

「可愛いんですか？」

――そんな事を真顔で訊いてくるお前の方が可愛いわっ！

「お前も作ればいいじゃないか。彼女でも彼氏でも。別に男女交際禁止じゃないんだろ？」

「それはそうなんですが……」

「ほれ、さっき名前の出た倉内。あいつなんか、駅伝部のことしか考えてませんみたいな顔して、しっかり彼女を作ってたんだぞ。その子が寮に訪ねてきたって大騒ぎになった事もあってな……」

「ええぇっ!?　倉内さんがですか？」

「そうだよ。ねえ、春美さん」

清水夫人が一瞬、眉間に皺を寄せた後、半笑いになった。

「そんな事、あったわね」

「ちょっ、奥さん！　それ詳しく！」

だが、清水夫人は「本人に訊いたら」と素《そ》っ気《け》なく言い、その場を後にした。

3

出来上がったばかりの〈土師・白鳥・山城三市合同　古墳と埴輪の町マラソン実行委員会〉の役員名簿をデスクに置くと、拓也は誤字脱字がないか、入念にチェックした。

会長はＰ県知事の花咲信一で、顧問には県議会議長のほか土師市、白鳥市、山城市それぞれの市議会議長の名が並ぶ。

発案者の土師市長・木村健太郎は、白鳥市と山城市の市長と共に副会長の欄に掲載されている。以下、委員には商工会議所、医師会、看護師会を始め、それぞれの市の観光協会、自治会連合会、教育委員会、陸協ほか県関係者の諸々が並ぶ。

これらは名誉職、言わば〝お飾り〟で、実務は拓也達が所属する準備チーム――この度〈土師・白鳥・山城三市合同　古墳と埴輪の町マラソン大会事務局〉と名称が変更されて開設――が行う。

事務局専任として、新たに白鳥市からは坂口唯が、山城市からは永山――かもねぎ部長――の部下に辞令が出て、事務局長には、土師市市民文化スポーツ局スポーツ部の部長・日下直樹《なおき》の拝命が決まった。

「この大会名、もっと短くできんかったんかいな……」

実行委員会の役員名簿を手に取りながら、青木が独り言を呟く。

「確かに、いくら何でも長すぎますよね」

「倉ちゃんもそない思うやろ？　それぞれの自治体名を入れるのはしゃあないけど、その下の大会名も、なんや、えらい真面目くさっとるし……」

大会の正式名称は、実行委員会に決定をお任せした。大会名が二転三転してしまえば、大会グッズやポスター、今ここにある役員名簿の印刷ですら滞《とどこお》ってしまう。木村市長を通して、いくつかの大会名候補を花咲知事に渡し、実行委員会結成の場で決定してもらったのだ。

「こんな頭でっかちで面白《おもん》ない大会名、誰も覚えてくれへんで。いっそ〝はにわラソン〟でええやん」

いつものように冗談とも本気とも分からない口調だったが、拓也はピンときた。

――はにわラソン……。悪くない。いや、むしろ愛称としてはピッタリだ。

「青木さん、それいいですね。我々事務局内では、そう呼びましょう」

「え？　嘘ぉ。ほんまに？」

青木が半笑いになる。

「いずれ、ランナー達の間でそう呼ばれるようになるといいですね」

そろそろ昼休憩の時間かという頃、いきなり胸ポケットの中で携帯が鳴った。

『すぐに来てくれ』

この度、事務局長に就《つ》いた日下からだった。

庁舎の入口まで来いと言われて、首を傾《かし》げた。一体、何事かと。

事務局のある三階から一階まで降りると、複数の男性のわめき声と、それを宥《なだ》める職員の声が聞こえてきた。声のする方に目を向けると、中年から初老の男性十人ほどが日下と、それを守ろうとする警備員二人に詰め寄っていた。

「週末は稼ぎ時や。そんな日にマラソンなんかやられたら、こっちはえらい損害じゃ。減った売り上げ、補償してくれるんか？」

「その件につきましては、近日中に説明会を行います！　その場でご意見を頂戴できれば……」

日下が長身を折り曲げているのが見える。

「そんなもん、決まった後になってから言われても、『はい、そうですか』と言えるか！」

「皆に迷惑かけんように、土師川沿いのサイクリングコースをグルグル走らせたらええやないか！」

どうやら彼らは大師城山商店街協同組合に所属する商店主達というのが、会話の端々から分かった。つまり、「休日に交通規制をされるのは営業妨害だ」と言いに来たのだ。

拓也を見ると、日下がほっとしたような、何とも言えない表情をした。

「どうしました？　マラソン大会の件でしたら、私がお話を伺います」

彼らの間に割って入ると、一人の男がプレッシャーをかけるように、一歩前へと踏み出し、拓也の目の前に立ちはだかった。年齢は六十代半ばくらいだろうか。角ばった顎に短い首、目付きが鋭く、いかにも一癖ありそうな風貌だ。

「誰や？　あんたは」と凄《すご》まれる。

「マラソン大会事務局の者です。とりあえず、何処か、ゆっくり話せる場所へ……」

だが、男は声を荒らげた。

「話にならんわ。責任者呼んできてっ」

「ですから、私が……」

「わしが言う責任者は言い出しっぺの事や。木村や、市長の木村健太郎を呼んでこい」

男の声はどんどん高圧的になっていき、庁舎を訪れた一般市民が遠巻きにこちらを見ている。

「市長の面会は、事前に手続きを踏んで頂く必要があります。失礼ですが、どちら様で？」

「わしが誰か知らんのか？」

小馬鹿にするように笑う。

「とりあえず、我々の意志は伝えたからな。木村に言うとけっ！」

応援の警備員が三人、駆け足でやってくると、彼等はさっと身を翻し、庁舎を出て行った。

「大丈夫ですか？」と言う警備員に手を上げて下がらせた日下は、拓也を人気《ひとけ》のない場所へと促した。

「今の、六《ろく》さん。覚えときなさい」

「六さん？」

「相模六郎《さがみろくろう》。通称、六さん」

「さがみ……？」

聞き覚えのある名字だと引っかかっている間も、日下は続ける。

「菅原さんが市長だった頃、選挙ポスターや広報誌の印刷を委託していたのが、サガミ印刷さんだ。六さんはそこの代表取締役」

確か、駅前に大きな看板を出してる印刷会社で、その社名がやけに印象に残っていた。

「菅原さんとは中学からの同級生で、それをバッサリ切ったのが、今の木村市長」

自治体では民間企業と契約するときは、原則として一般競争入札、つまり価格競争で取引先を決定する。その場合、公平公正に相手方を決めなければならない。

特定の企業が、公平な価格競争の結果として、繰り返し契約を締結していたのであれば問題はない。だが、話を聞く限りでは、サガミ印刷の場合は、そこに何らかの力が働いていたかのように聞こえる。長期政権にありがちな、癒着《ゆちゃく》だ。

「しかし、問題はそこではない」

日下は言葉を切り、拓也の反応を見るように目を細めた。

「規模の大きなマラソン大会を開催するとなると、本社が東京にあるような代理店が入ってくる。地域の町おこしの為の大会のはずが、蓋《ふた》を開けてみたら、地域外に金が流れてゆく結果に……。公共事業もそうだが、大半は市民税を納付していない市外の業者が落札しているのが現状だ。市民感情としても面白いはずがない」

なぜか拓也を責めるような口調だ。

「局長。お言葉ですが、今回のマラソン大会に関しては、なるべく三つの市の中に本社がある業者を優先するようにと、〈ランニングライフ〉には伝えてあります。仰る通り、市民や地元の経済が潤う為の大会なんですから」

「それでも、六さんは納得しないだろうな」

「なぜですか?」

入札で地元の業者を優先する上、多くのランナーが参加すれば商店街は潤うはずだ。集まるのはランナーだけではない。その家族や応援団、他に観戦に訪れる者もいるだろう。

「本当に君は何も分かってないんだな」

日下は口の端を歪《ゆが》めた。

「マラソン大会が成功して、木村市長に実績を作られてしまうと、次の市長選で再選される可能性が高くなる。六さんは菅原前市長を推してるんだから、現市長の手柄になるようなマラソン大会は阻止したいんだよ。それが本音」

4

——その数日後。

「たっくぼ～ん、久しぶりっ！」

能天気な声は、村田兄弟だ。

「聞いたで。このあいだロクベエが押しかけてきて、騒ぎになったたって」

ウキウキした様子で拓也の両隣に座る。ロクベエというのは相模六郎の事だろう。

「ロクベエは前の市長とズブズブやったからな。何をやっても反対しよるで。拓ぼんも、苦労するなぁ」

そう繁爺が言えば、反対側から政爺が別の話を振ってくる。

「箸《はし》が進まんようやな。また陀羅尼佑、分けたろか？」

本日のB定食は白身魚のフライで、タルタルソースが美味そうだと思って注文してみたが、冷凍した魚の臭いが鼻につき、途中で箸を置いて席を立とうとしていたのだった。

「おい、もう行くんか？　ほとんど残しとるやんけ。勿体《もったい》ない」

「……時間ですから」

今日は午後から気が重くなるような予定が入っていた。コースにかかっている地元商店街に理解を求める為、説明会を開く事になっている。

〝準備チーム〟から〝事務局〟に名称が変わった部屋で準備を整え、日下と青木と連れ立って説明会の会場へ出発した。

会は五分遅れで始まった。

相模六郎を中心に、取り巻きらしき店主らが最前列に陣取っている。

マイクを手に、拓也はこれまでにない緊張感を覚えた。

登壇した拓也は説明は手短に終え、質疑応答に時間を割いた。案の定、次々と手が上がり、厳しい意見が飛び交う。

「ランナー達は通り過ぎるだけで、地元でなんか買物せえへんやろ」

「他の都市の例を見ても、大した経済効果があるように見えへんし、交通規制してまで開催するメリットない」

「市内の業者を優先する言うても、三つの市の業者だけで全部カバーでけへんわ。結局、大きな仕事は本社が東京にあるような業者に持っていかれるんちゃうんか？」

その一つ一つに、拓也は丁寧に答えていく。

冷たい汗が流れ、シャツの襟元や脇が濡れた。

「本日は皆さまから、たくさんの宿題を頂きました。持ち帰って一つ一つ精査いたします。勉強になりました。ありがとうございました」

予定していた時間を三十分ほどオーバーしたところで、深々とお辞儀をし、会を締めくくった。まだ言い足りない事でもあったのか、会場内の所々で人の輪ができ、そこから強い口調で非難の言葉が聞こえてきた。

拓也は出入口に立ち、会場を立ち去る一人一人に頭を下げ続けた。

その時、一人の女性が拓也の前で足を止めた。髪は肩に触れるくらいの長さで、ほっそりとした体型の女性だ。

拓也は説明会の間、彼女の存在に気付き〝まさか!?〟と思っていた。

六郎の隣に座り、ずっと刺すような視線を向けてくるその顔は、十年前と変わらない。

「本日はご足労をいただき、ありがとうございました」

その彼女に向かって、拓也は一礼をした。

「久しぶりですね。倉内さん」

商店街の店主らに突き上げられ、その上、思いも寄らなかった再会にうまく反応できずにいると――。

「やっぱり覚えてない？　私、『東西新聞《とうざい》』にいた相模優香《さがみゆうか》です。今日は父のお供で参加しました」

そうだったのか、と顔から血の気が引いた。

相模六郎、そして、サガミ印刷の名を聞いた時、聞き覚えのある名だと思ったのだが、まさか優香の親族だとは思いもしなかった。

「ご、ご無沙汰しています」

声が上《うわ》ずっていた。

「こちらのご出身だったんですね……」

「ええ。今は、父を手伝っています。肩書は専務ですが、現場に出て働いています」

それだけ言って、優香は一礼した。そして、スカートの裾を翻しながら、軽やかな足取りで会場から出て行った。

残って声高に文句を言っていた人達も、やがて会場を後にした。拓也達はパイプ椅子を片付けて会場内を元通りにしてゆく。

説明会の間、ずっと静観していた日下が「こんな事で、ちゃんと開催できるのかねぇ」と他人事のように嫌味を言う。

「倉ちゃん、大丈夫か？」

帰り際、青木が気遣ってくれた。

5

「そろそろ昼飯食うても罰は当たらんやろ」

飲食店街の端、住宅街との境目に差し掛かると、青木が「休憩しよう」と言い出した。

時刻は午後三時になろうとしていた。

拓也と青木は朝からコースに面した企業や店舗を訪問し、飲まず食わずでビラを配り歩いている。

飲食店の場合、昼の混雑が引いた頃合いを見計らって訪問するのだが、夜の営業まで閉めてしまう所もあるから、できるだけ多くの店舗を回るには、一ケ所での滞在時間を短くし、それでいて誠意を見せなければならない。

この辺りの店を利用するのは、近隣のオフィスで働く人が多いせいか、土日は休んでいる店が多い。さして交通規制による影響を受けないのもあって「あー、マラソンね。はいはい」と受け流されたり、拍子抜けするくらい無関心な店主がいたりする。

「じゃあ、最後にあの店に寄ってから、何処かでお昼にしましょう」

営業中の札がかかったラーメン屋を指さす。

「それとも、お昼はラーメンにしますか？」

「ラーメンの気分でもないなぁ」

サッシ戸を引くと、汁が残った丼鉢を前に、煙草《たばこ》を吸いながら新聞を読んでいる客が一人いるだけだった。厨房に人の姿はなく、「いらっしゃい」もない。

壁に貼られたメニュー表は端がめくれ上がり、天井や壁、テーブルや座席にまで油が染みついていそうな店内を見回していると、客が「何か用？」と聞いてきた。

「こちらの店主は……」

「わしやけど」

見ると、くしゃくしゃに折り畳まれた厨房服が、隣の座席に置かれていた。そこで用件を切り出すと、店主は煙草を吸いながら、黙って話を聞いていた。あまりに反応がないから、聞こえているのか不安になる。

店主は短くなった煙草を丼鉢の汁に浸した。

「通行止めって、お前ら何様やねん？」

そして、盛大な音を立てて喉を鳴らすと、足元に痰《たん》を吐き出した。

「渋滞に巻き込まれたり、遠回りさせられたり。一部の人間の遊びの為に、何でこっちの生活を邪魔されんとあかんねん？」

「はい。それは重々承知しております」

拓也は深々と首を垂れる。

「健康の為やとかいうて、夜中に走ってる奴らおるけど、あれも迷惑やねん。こないだなんか、車で轢《ひ》きそうになったわ。マラソンどころか、道路を走るのも全面的に禁止にしてほしいぐらいじゃ！」

悪態《あくたい》は止みそうになかったが、ひたすら黙って聞いていた。そして、最後に「仰る事はもっともでございます。本当に、当日は何かとご迷惑をおかけしますが、どうぞよろしくお願いいたします」と頭を下げて店を出る。

店内にいたのは十五分ほどなのに、一時間も罵倒《ばとう》されたくらいにメンタルを削られた。

昼営業を終えた飲食店街を抜けて、青木と共に土師駅前まで足を延ばす。

「さすがに、あそこでラーメンを食おうとは思わへんよな」

駅構内にある立ち食い蕎麦屋《そばや》で、青木が言うのを聞きながら、大きいだけで中身がスカスカのかき揚げを箸で割る。

「このローラー作戦て、どこまでやるねん？」

「全部です。コース上にある企業、店舗を全て回ります」

青木は箸で摘まんだ海老《えび》の天ぷらを、丼に戻した。

「自治体のホームページでも大会の事は案内するし、〝はにわラソン〟の公式サイトも作るんやろ？　そこで周知したらええんとちゃうん？」

「ここで手を抜いちゃ駄目です。自治体のホームページなんて用がある人しか見ません し、大会に参加しない方は、そもそも公式ページに辿りつきません。そして、これは警察への配慮でもあるんです」

「警察？」

「交通規制に関するクレームって、主催者の所にはほとんど来ないんです。市民は真っ先に警察に電話するんですよ。当日、地元の警察署にご迷惑をおかけしない為にも、こうやって事前に声をかけて回るんです。県警が『主催者責任で安全に開催して下さい』と言うのは、その事も含めてなんです」

「せやけど、全員に知らせるのは無理やろう？」

「そうですね。開催区域以外の方がマラソン開催日に、何も知らずに車でこちらにやってくる事だってありますから、どこまでやってもキリがありません」

青木は一旦、丼に戻した海老天を丸ごと口に入れたかと思うと、勢い良く蕎麦をすする。そして、「ごちそうさん」と呟くと、爪楊枝《つまようじ》を使い始めた。

「マラソンで公道を使う意味って、何やろ？」

「色々ですね。記録狙いのランナーにとっては、条件が整ったアスファルトの道路を走りたいでしょうし、旅ランと言って、知らない街を観光気分で走るのも、マラソンの魅力の一つです」

「で、それ、ほんまに市長が言うみたいに、町おこしになるんやろか？」

「大会によりますね。当日にビールや地元の名物料理を売る程度で、経済効果より地域の皆がつながる事を重視する大会もありますから」

地域振興のためのマラソン大会は今後、二極化が進むとも言われている。

「やってみたものの、自治体の費用負担が重くなりすぎて開催をやめてしまう大会も出てくるでしょう。参加するランナーの数と住民の理解が成否の鍵を握る事になります」

「住民の理解なぁ……」

「だからこそ我々は魅力的な大会にしなくちゃいけないんです。ランナーに満足してもらえたら、リピーターになってくれますし、街が潤えば住民も喜んでくれます。〝はにわラソン〟を年に一度のお祭りみたいに楽しんでもらえるようにするんです」

「なぁ、倉ちゃん。同じ公道を使うんでも狭い範囲、たとえば競歩みたいに同じとこを周回するのではあかんのか？」

「確かに最近は国際大会でも、リオ五輪や東京五輪の札幌《さっぽろ》コースのように、周回コースで競技は行われています。つまり、マラソンはそれだけ運営や警備が大変なんです。ただ、オリンピックは限られたエリートだけの大会です。一万人規模のランナーが走る大会だと考えたら、現実的じゃありません」

「どのみち、反対する人は、どんなイベントをやろうが反対するやろから、話し合っても平行線や。どっかに落としどころを見つけんとな」

「そうです。我々は誰かを喜ばす以上に、他人様《ひとさま》に迷惑をかけている。その気持ちを忘れてはいけないんです」

「で、誠意を見せる方法が、このローラー作戦かいな……」

「もちろん、それだけで理解を得られるとは思ってません。ただ、実際に大会を開催してみると、自宅や自社の前に私設エイドを作って応援してくれたり、ランナーがエナジージェルや補食の包装紙なんかを捨てるのに、ゴミ袋を広げて対応して下さる市民がいるのも確かなんです。コース上に老人ホームや保育所がある時は、入所者が車椅子に乗って観戦したり、子供達が沿道で旗を振って応援してくれたり……。本当に色んな形で、沿道から声援を送って下さるんです。特に今回はコスプレを前面に押し出すので、コスプレして応援する方も出てくるでしょうし、そうなれば、さらに多くの方に楽しんでもらえると思うんです」

「そのコスプレやけどな、東京ではハロウィンが盛り上がりすぎて、ハチ公前を封鎖する騒ぎになっとるで。酒も出す事やし、そこはケジメをつけてもらわんとな」

「そうですね。事前に呼びかけましょう」

立ち食い蕎麦屋を出た後、今度は〈大師城山古墳〉周辺の住宅街へと向かう。

ここの町内会に関しては、苦い思い出があった。

〈土師健康マラソン〉を企画した際、当初は市内の公道を走る予定が、土師川周辺のサイクリングコースを走る事になったのは、この場所がネックとなったからだ。

当時〈ランニングライフ〉の上司だった白石、土師市の職員と共に住民を集めて説明会を開いたのだが、惨憺《さんたん》たる結果に終わった。中でも、町会長の田中茂夫《たなかしげお》には「そこまで言わなくても」というくらい罵倒されたから、その顔と声音はよく覚えている。

田中の自宅は瓦葺《かわらぶき》の邸宅で、ブロック塀からよく繁った庭木を見る事ができた。玄関には〝子供のSOS相談窓口〟のステッカーが貼られている。

インターフォンを押すと女性の声がして、「お入り下さい」と返ってきた。玄関には靴が並んでいて、町内会の住民が集まっているのが分かった。

案内された部屋は襖《ふすま》が取り払われ、座卓を三つ繋ぐ形で置かれている。そこに、十人ばかりの男女が座っていた。突き刺すような視線を感じながら、下座に座る。

暫くして痩身《そうしん》の男性が襖を開けて入ってきた。

田中だ。

銀縁のメガネ越しに睨まれた途端、胃袋を摑まれたような感覚に襲われた。

最後まで「自分の目が黒いうちは、この近辺を走るのは許さない」と、ガンとして首を縦に振らなかったのが彼だった。

「……あんた？」

顔を覚えられていたようで、拓也を見るなり、田中が顔をしかめた。そして、薄い口をへの字にして座布団の上に胡坐《あぐら》をかいた。

「それでは、説明会を始めさせて頂きます」

青木が資料を配布するのを横目に、説明会の開始を宣言する。

最後に質疑応答の時間を設けると伝えてあったからか、途中で遮られる事なく説明を続けられた。だが、その静けさが逆にプレッシャーとなる。

「以上が、私どもからの説明となります」

早速、一番前に座っている男性が手を上げた。

「このコース見たら、最初と最後に〝大王さん〟の傍を走る事になっとる。という事は、マラソンやっとる間中、この辺はずっと交通規制がかかっとる訳やろ？　うちの町内は自宅にガレージがある家がほとんどやから、マラソン大会の当日は車で出かけられへんやないか」

「ほんまやわ。めっちゃ迷惑」という女性の声が漏れ聞こえてくる。

「交通規制に関しましては、ランナーが早くに通過する白鳥市から順に解かれます。迂回路もございますので、ご利用頂く道を工夫して頂きまして……」

「工夫も何も、そこら中で規制がかかっとんやろ？　すぐそこに見えてる場所に行くのに、ぐるっと遠回りせえいう事やないか！」

「せや、せや。マラソンやりたいんやったら、今までみたいに、川の傍を走ったらええんや。ちょうどええサイクリングコースがあるのに、何で今さら蒸し返すねん」

人々の反応は捗々《はかばか》しくなかった。

「私共は他所から来て頂くランナーに、土師市の良さを知ってもらいたいんです。川沿いだけ走って終わりというのでは、あまりに勿体ないのではないでしょうか？」

必死で抗弁するが、すぐに跳ね返される。

「他所から？　まだコロナの感染者が全国で何千人もおんねんで」

「マラソンのせいで感染が広がったら、どないしてくれんのん？　うちは闘病中の年寄りがおんねんで」

良かれと思って言った事が、火に油を注ぐ結果となった。コロナに対する人々の認知が進み、コロナの話題が報道されなくなったものの、未だに他府県から人が大勢押し寄せる事への反発は残っている。

完全にコロナが収束していない中、人が集まるイベントなどやるべきではないなどの意見も出て、さすがの拓也も口をつぐまざるを得なくなった。

反対を口にする人々の視線に晒されながら、拓也の気持ちは急下降していく。だが、ここで負ける訳にはいかない。

「今回は白鳥市、山城市と組んでの大会となります。三市が連携しての町おこしとなりますので、何卒ご理解いただきたく……」

「あかんもんは、あかん！」

突如、胴間声《どうまごえ》が響き渡る。

田中だ。

「マラソンやるのは、お宅らの都合やろ？　市長が言い出したんか何か知らんが、そっちの都合ばっかり聞いてられへん」

「ご迷惑は承知しております。ですが、たった一日の事です。どうか土師市の発展の為に、ご協力をお願いいたします」

「あんた、町おこしとか言うけどな、そもそも、わしらは観光客なんかに来てもらいたないねん。京都とか鎌倉を見てみぃ」

多くの観光客が押し寄せたせいで地域住民が公共交通機関を使えなかったり、電車内でスーツケースが邪魔になったり、私道への侵入や撮影禁止場所での撮影など、観光客を呼び込むという事は、オーバーツーリズムによって市民が暮らしづらくなる問題をはらんでいるのだ。

「ここの古墳も、わしが子供の頃はただの木が生えた丘やった。一応、拝所はあったけど、朽ちてボロボロやった。それが、最近は古墳ブームやとか世界遺産がどうとか言い出して、人がうろうろするようになった。調査の為に学者が来るんやったら分かるけど、古墳巡りか何か知らんが、リュックサック背負った人らが、ぺちゃくちゃ大声で喋りながら歩いたり、自転車で道一杯に広がって走ったり、ゴミまでポイ捨てしよる。それだけでも迷惑してんのに、マラソン？　冗談もほどほどにしてくれっ！」

6

「ただいま……」

疲れた体を引きずるように帰宅すると、リビングダイニングは灯りが消えていた。風呂場の方で物音がするから、母は起きているようだ。

炊飯器からご飯をよそい、テーブルに用意された料理を電子レンジで温める。鍋をコンロにかけ、味噌汁を温めたものの、食欲はなかった。

庁舎に戻った後は説明会で出た意見をまとめ、そうこうしているうちに、午後九時を回っていた。

（もっと市民に理解してもらえるように、何度も足を運んで誠意を見せなさい）

事務局長の日下からはお小言までくらって、二重にヘコんだ。

無理やり飲み下すように食事をしていると、風呂場の扉が開く音がした。暫くすると、ドライヤーの音が響き、それが止むとスリッパがパタパタと床を叩く音がした。

引き戸がガラリと開き、パジャマを着た母親が姿を見せた。

「あれ、拓也。帰ってたん？」

「ん」

「あぁ、寒い、寒い。なかなか暖かくならへんねぇ」

歌うように言って、ストッカーからペットボトルのお茶を取り出す。グラスに注いだお茶を飲む母に、「こっちにも頂戴」と頼む。

「ほい」

マグカップに注がれたお茶を口に運び、飲み下すようにして夕飯を胃に納める。

「あんた、死相が出てるで」

「疲れてるだけや」

「若いくせに、何を言うてんな。これから嫁さん貰わなあかんのに。せいぜい、おきばりやす」

返事をするのもダルかったから無視する。

「あ、悪いこと言うてしもた。彼女、おらんかったな」

「うるさい。あっち行っててや」

その時、ふいに拓也の意識に、女の声が入りこんできた。

（やっぱり覚えてない？　私、『東西新聞』にいた相模優香です）

彼女とは東都大で主務をしていた頃に知り合った。

——相模さんとは一度、ちゃんと話さないとな……。

7

〝レースディレクターは元駅伝部主務〟

『ハゼブン』の一面を飾った記事を、相模六郎は苦々し気に見る。

記事には三十二歳と紹介されているが、掲載されたバストショットを見る限りは、まだ高校生のような幼さで、〝青二才〟という言葉がぴったりだ。

だが、庁舎内で初めて対面した時の倉内はやけに物慣れた態度で、外見と中身のギャップが余計に六郎の癇《かん》に障《さわ》った。

「社長、銀行さんがお見えでーす」

紙面を睨みつけていると、何処からか声が聞こえた。

「すぐ行く」

そう言って六郎は、手にした新聞を古紙の箱に投げ入れた。

来客を通す応接室に入ると、土師共立銀行の田所が待っていた。

「お忙しいところ、すみません。今日はご相談があって参りました」

改まった調子で言うから、何か良からぬ事を切り出されるのかと身構える。

「うちの業績やったら、問題ないはずやで。低空飛行のまま安定しとる」

この業界には先がない。そう考えた六郎は、急速に電子化が進む世情の動きを見ながら、徐々に事業を縮小させてきたのだ。景気が回復した際に、美味しい話を持ってきた者もいたが、「会社を畳むのにも体力がいりまっさかい」と言って、のらりくらり躱《かわ》してきた。

今日も投資商品の営業か、それでなければ「金を借りてくれ」と言いにきたのだろう。

「前々から言うてるけど、わしは投資に興味はないさかいな」

「そ、そうではありません」

慌てたように、田所が手を振った。

「先日、土師市と白鳥市、山城市の三市が合同でマラソン大会を開催する運びとなりました」

「知っとるわ。このあいだ、市役所に文句言いに行ってきた」

「えっ？　社長は反対なんですか？」

「もちろんや。せやから協賛金は出さへんで」

「それは残念ですねぇ。参加者に配布する冊子に広告を掲載できますし、地元の企業さんにとって悪い話じゃないと思いますよ」

「うちのお客さんは消費者やない。企業が相手じゃ。宣伝とかしても意味ないわ」

「マラソンの参加者の中には、企業にお勤めの方もいらっしゃるでしょうし、販促のチャンスだと思いますが」

「とにかく、マラソンにはビタ一文出す気はない」

「あ、お待ち下さい。まだ話は終わってません」

立ち上がりかけたところに、Ａ４サイズの封筒が差し出される。

「前々からお話ししておりました事業承継《じぎょうしょうけい》の件です。そろそろ会社の将来を見据える時期かと思いまして……」

封筒から取り出されたパンフレットの、Ｍ＆Ａという文字に目が引き寄せられた。企業・事業の合併や買収の総称だ。

「失礼を承知でお聞きいたします。〈サガミ印刷〉さんには専務の優香さんがおられますが、お嬢さんに次のバトンを渡そうとお考えでしょうか？」

無言でいると、相手は続けた。

「バトンを渡すに当たって、大事なことを二つ申し上げます。まずは準備です。準備なき事業承継は後継者を苦しめます。二つ目は事業計画です。緊急事態が起こったり、窮地に立たされた時に進むべき方向を常に考え、更新していく……」

「田所さん、今はもう紙の時代やないし、カタログとかチラシの発注もなくなった。印刷会社とは名ばかりで、今は版を作るだけ。それも、最近では客が自分で版を作りよる。こんな仕事、わしの代で終わらせるつもりや」

壁の時計を見やり、「そろそろ帰ってくれ」と圧をかける。

「相模さん。M&Aは事業を成長させる方法の一つですが、今、中小企業の事業承継に使われるケースが増えています」

親族や社内に後継者となり得る人材がいない場合、会社そのものを売却し、第三者へ経営を委《ゆだ》ねる。そういう事だ。

六郎に向かって押し出すように、田所は卓上のパンフレットを滑らせる。

「後継者選びは社長にしかできない、とても重要で難しい仕事です。そして、選択を誤れば死活問題になる。事業を畳む前に、我々を頼っていただきたい。どうかご検討を」

田所を見送った後、彼が置いて行ったパンフレットも古紙入れに放り込む。そして、その足で制作部を覗く。

見ると、校了紙の束が〝済〟の箱に入っていた。席を外した隙に、出来上がったらしい。顧客から送られてきた直しに目を通した六郎は、かすかに眉根を寄せた。担当者の欄を見る。

「おいっ！　ちょっと来い！」

フロアの端から、小走りで担当者が駆けてきた。高卒で入社し、今年で三十歳になる十年選手だが、会社では最年少の社員だ。

「責了《せきりょう》て書いてあるけど、もっかいゲラ出して見てもらえ」

「はぁ、しかし、コストが……」

「お前、何年この仕事やっとんねん？　見てみい、この直しの数。こんだけ多かったら見てもらわんとあかん。コストより事故の方が怖いわ。まだ一日くらい余裕あるやろ」

その時、卓上の電話が鳴った。

『社長。足利さんがお見えです』

今日は〈足利ワイン醸造元〉オーナーの足利翔太と、新製品のパッケージとエチケットについて、打ち合わせをする予定になっていた。

エチケットとは、ワインのラベルの事で、ワインの名前、産地、生産者名、収穫年、容量、アルコール度数、瓶詰め元の名前と住所、ブドウの品種などが記載される。その際、ブドウやシャトーのイラストなど、ワインを連想させるデザインが入る。

ここ土師市内のブドウ農家のラベルやパッケージ類は、サガミ印刷が独占している。〈足利ワイン醸造元〉とも先代から取引があり、現在に至るまでワインのエチケット制作を手がけていた。

「今、行く」

社屋は広くなく、さして長くもない廊下を歩いて、再び応接室へと向かう。

「限定ワインでっか？　数はいかほどで？」

もう何度もやりとりしている相手だから、挨拶もそこそこに商談に入る。

「一万本です」

その数に驚く。

「限定いう割りに、結構な数でんなぁ。今年は豊作やったんでっか？」

「いえいえ、187ミリリットルのミニボトルですから」

ミニボトルの詰め合わせだろうか？　そうなると、ブドウの種類ごとにラベルを分けて印刷する必要がある。

「いや、全て同じ種類です。まだ詳しい事は言えないんですが、実はイベントの景品なんです」

「ワインが景品でっか？　それはまた贅沢な」

それだけの数が必要とあらば、よほど規模の大きなイベントなのだろう。

〈足利ワイン醸造元〉は今や、土師市の重要な観光拠点となっており、翔太自らが広告塔になってメディアに出たり、盛んに勉強会へ出講している。ワイン生産者というよりは、ちょっとしたタレント顔負けの活躍ぶりで、事業者としての勢いを目の当たりにする思いだ。

「デザインはどうしましょ？　うちのデザイナーに考えさしてもええけど……」

これまでのケースを考えたら、翔太が持ち込む事が多かった。

「まだ先の話なので、それは今後の事として……。納期が来年の二月なんです」

「それやと、年明けにはエチケットを用意しとかなあかんな」

納期から逆算し、印刷の時期を決めていく。

「分かりました。イベントの主催者には、そのように伝えます」

商談が成立し、ほっとした時間が流れる。

優香がお茶を運んできた。

「あ、優香さん。お邪魔してます。相変わらずお綺麗ですね」

「足利さん。お世辞を言っても、お茶以外、何も出ませんからね」

軽口を言い合う優香と翔太を眺めるうち、ふと、銀行マンの田所の声が脳裏をかすめた。

(後継者選びは社長にしかできない、とても重要で難しい仕事です)

――翔太と優香を一緒にさせるのはどうだろうか。

そんな風に考えた途端、無縁だと思えたM＆Aの話が、急に生々しさを帯びてきた。

六郎には娘が二人いた。

まだ娘が小さかった頃は、いずれはどちらかに婿をとらせて、家業を継がせようと夢想していた。だが、長女は短大時代に付き合っていた男の子供を身ごもり、おまけに相手は一人息子だった。妻や次女の優香ばかりか、先方の両親までもが結託して、六郎に内緒で婚姻の準備が進められ、気が付けば長女と共にバージンロードを歩く段取りになっていた。

さらに、優香が六郎の反対を押し切って東京の大学に進学し、そのまま大手の新聞社に就職した時には、もう娘達に家業を継がせる気は失せていた。

思い通りにならなかった娘達を見限ったのではない。その頃には、業界内でデジタル化の波が急速に押し寄せ、紙媒体に未来がないと分かってしまったからだ。かと言って、生き残る為に業態を変えたり、社員を入れ替えるような余力はサガミ印刷にはなかった。時代遅れの機械と共に朽ちていき、頃合いを見てソフトランディングする。気持ちを切り替えて、そう決めたのだった。

ところが、新卒で新聞社に入社した優香は数年で退社。実家に戻ってきたはいいが、再就職しようともしない。遊ばせているのも勿体ないので、そのままサガミ印刷に入社させた。

優香は下手な社員より有能ではあったが、かといって優香に会社の将来を託そうとは考えていなかった。

ただし、翔太が優香と一緒になり、〈足利ワイン醸造元〉と〈サガミ印刷〉を合併させるとなれば話は別だ。商才に長《た》けた翔太であれば、合併を機に新たな商売を思いつき、さらに飛躍させてくれる可能性もある。

「どうしたの？　お父さん。ぼんやりして」

優香に肩をつつかれ、我に返る。

「ええとだなぁ。その、翔太くん。まだ身を固める気はないんか？」

「は？　僕ですか？　何ですか、急に。いやぁ、特に相手もいませんし」

優香が横から、「お父さん、失礼よ」と言う。

「誰がお父さんや。取引先の前では、社長と呼べ」

「はいはい。足利さんに失礼ですよ。社長」

優香が不機嫌になったから、話題を変えた。

「このあいだ、市役所に行ってきたんですわ。市長がまたアホな事を言い出したから、抗議しに行ったんや。フルマラソンの大会やて、冗談やないわ」

「相模さんはマラソン開催に反対なんですか？」

「当たり前や。この界隈《かいわい》の商店主が激怒しとるわ。稼ぎ時に交通規制なんかされたら、商売あがったりやって」

「はぁ……」

「翔太くんは賛成なんか？」

「うちはスポンサーに名を連ねていて、お金だけでなく人も出す予定です。従業員もボランティアとして総出で協力します」

「そういう趣味があるとは知らんかったな」

そこで、はたと気付く。

「もしかして、一万本のワインはマラソンの景品でっか？」

翔太は否定も肯定もせず、困ったように笑っている。

「意外というか、物好きというか、何でまた？」

そう問いかけると、ようやく翔太が口を開いた。

「これまでの僕は、どうやったら傾いた家業を立て直せるかとか、どうすれば儲けを出せるかとか、そんな事ばかり考えていました。会社を成長させる為に必要な事でしたから。しかし、今回のマラソン大会を地元企業として協力する事で、仕事では得られない地域ぐるみの一体感のようなものを感じられるんじゃないかと思ってるんです。僕も社員も。それに、今回の大会は町おこしに主眼を置いてますから、地元の企業に優先的に仕事を回すって話ですよ」

「そうは言うけど、結局は入札で他所の企業が参入してきて、そっちが地元の企業よりええ条件を出してきたら、覆《くつがえ》されてしまうやろ」

「まさか、それはないでしょう」

六郎は少しがっかりした。自分が見込んだ男が安直に「地域ぐるみの一体感」だのと口にした挙句、今回のマラソン大会が町おこしになると、本気で考えているのだから。

「社長。足利さんをお見送りしてきます」

優香の声で我に返った。既に翔太は立ち上がっていた。

「もう帰るんか？　ゆっくりしていったらええのに。何なら飯でも……。最近、近所の割烹《かっぽう》が代替わりして、小洒落《こじゃれ》た店になったんや。四時半から開いてるんやけど」

個室もあるから、優香も同行させようと算段する。

「面白い酒を置いてるねん。翔太くんが好きそうな」

和食にワインを合わせるのは、すっかり一般的になったが、最近ではワインのようにフルーティな日本酒も流通している。そう誘ってみたものの、やんわりと断られた。

「すみません。この後、約束があるんですよ。せっかくの嬉しいお誘い、残念です」

「ほな、また次の機会に」

爽やかに笑いながら、翔太は扉の向こうに消えた。

「優香」

娘を呼び寄せる。

「お前、翔太くんをどう思う？」

「はあ？」

「ええ青年やと思わへんか？」

「さぁ、そういう目で見た事ないから」

「この際やから言うけどな、早く孫の顔を見せて、わしを安心させてくれ」

優香が心外だという表情を見せた。

「私は結婚もしないし、子供も産みません。前から言ってるし、お父さんも納得してたじゃない。孫なんて、四人もいれば十分だって」

長女は男ばかり三人続けて産んだ後、「どうしても女の子が欲しい」と言って四人目を産んだが、それも男だった。男の子が欲しいと思っていた時期には跡取り息子に恵まれず、孫が出来た頃には家業は斜陽《しやよう》となっていて、とてもじゃないが「跡を継いでくれ」なんて言えない。

「ねぇ、お父さん、ちょっと変よ。一体どうしたの？　いきなり」

仕方なく、田所からの提案を伝えると、たちまち優香の表情が険しくなる。

「呆れた。私の気持ちはどうなるの？　お父さんって本当に昔っから変わってない」

「だから、たとえばの話で……」

「私だって何とか会社を立て直す為に、色々と考えてるんだから。もっと私を信頼してよ」

「……お前が嫌ならしょうがない」

先走りしすぎた考えを、六郎は胸の内に収めた。

8

空がオレンジ色に染まり、辺りが暗くなる。

畑を見回っていた足利翔太は、ヨットパーカーのフードを頭に被せた。

日は長くなったとは言え、まだ風は冷たく、肌寒い。

三月下旬から四月にかけて、気温が十度を超えるようになると、新芽が出てくる。萌芽《ほうが》が始まると芽《め》かき、収穫量や品質の管理の為に余分な葉を取る作業が始まる。

足音が聞こえた。

振り返ると、観光推進課の青木だった。

市の観光事業に協力している事もあって、以前から頻繁にやり取りしていたが、酒好きの青木は〈足利ワイン醸造元〉のお得意様《リピーター》でもあった。

——そう言えば、暫く青木さんから注文がなかったな。

メタボ気味だったのが、ダイエットでもしたのか、少し体が引き締まったように見える。

それとも、飲みすぎを注意され、断酒でもしているのだろうか？

「事務所に行ったら、こちらやと聞きましたんで」

「すみません。すぐ戻るつもりがつい……」

毎年、この時期になると翔太は気が逸《はや》り、用もないのに畑に顔を出してしまう。

「いやぁー、畑も、ついこのあいだまで枯れ枝が並んでるみたいで殺風景やったのが、春らしい風景になりましたな」

青木の言葉に頷きながら、翔太は梢《こずえ》についた柔らかい新葉にそっと手を添えた。

早いもので五百円玉大の葉が三枚ほどになっている。

萌芽から二ケ月と少しで開花の時期を迎えるから、その前に余分な花穂《かすい》を取り除く作業がある。徐々に忙しくなる時期だが、これぱかりはボランティアに任せる訳にもいかず、翔太も出かけている余裕がなくなる。

「青木さん。完走賞のワインは、この区画のワインを使って作る予定なんです」

翔太は垣根状に植えられたブドウの樹を見下ろした。

「これはシャルドネといって、白ワインの品種の一つなんです。あまり個性的な物よりは、合わせる食事を選ばない物の方が相応しいかと思って……」

「それは有難いです。マラソンが開催される頃の畑は、新芽が出るか出んかの時期で、そこが残念やけど」

「ええ。三月上旬あたりだと、まだ芽は固いままです。ですが、ブドウの水揚げが始まります」

地温の上昇と共に始まる、樹液流動《じゆえきりゆうどう》の事だ。

「母枝《ぼし》の先端や枝の切り口から、水が落ちる現象です。ブドウの樹は土壌中の水分をたっぷり吸って、発芽の準備を整えるんです。土壌が乾燥しないよう、我々も降雨の状況を見て灌水《かんすい》します」

「せっかくやから、そんな畑の景色を是非、他所から来た人らにも見てもらいたいなぁ。マラソンを走ったランナーだけやなしに、応援に来た人らがここまで足を運んでくれて、足利さんとこで飲み食いしてくれたらええんやけど、何せ駅から離れてるのがなぁ。ここは我々の方でマラソンイベントの一環として、バスツアーを組むとか考えんとあきませんな」

青木に気付かれないように、翔太は笑った。

最初に打ち合わせをした時には、〝仕方なくやっている〟という態度が見え見えだった青木が、今は随分とマラソン大会に肩入れしているようだ。

「お気遣いありがとうございます。当日は、僕の呼びかけに賛同してくれたレストランが、ゴール地点でランナー限定のサービスを考えてくれてますし、うちは大会限定ワインの製造に集中しますよ」

「そのワインやけど、名前はどうしましょう？　ざっくりとでええから、そろそろ考えといてほしいんですわ」

「〈ハニワイン〉なんてどうでしょう？」

「お、埴輪とワインに引っ掛けて〈ハニワイン〉でっか」

青木は「実は僕らも、こっそり大会名を省略して〝はにわラソン〟と呼んでるんですわ」と、声を潜めた。二人で目を合わせて、ニヤリとする。

「……で、ラベルのデザインなんですが、公募するのはどうやろか？　そう、うちの倉内が言うてるんです」

思ってもいなかった提案に、翔太は目を見開いた。

「公募ですか？」

「大会のシンボルマークをね、募集しようという話になってまして。とは言っても、市民に喜んでもらう為の事業ですんで、応募者の範囲は三市に限ろうという方向で考えてます。幼稚園や小学校にも働きかけて、子供らにも参加してもらう予定です。そこで、ものは相談。足利さんも選考に加わってもらえたら、ありがたいんやけど。忙しいのは重々承知の上で……。無理やろか？」

「はぁ、時期にもよりますが……」

繁忙期に重なれば厄介だと思った。

「今日、印刷会社さんと打ち合わせをしてきたんですが、年明けにはラベルをご用意して頂く事になりました。だとしたら、デザインは年内には決定していないといけません」

「それは大丈夫です。色んな絡みがあって、八月のお盆前には選考をする予定ですので」

「八月のお盆前ですか……」

ブドウの収穫の最盛期は八月で、その後には醸造や新酒の出荷作業がある。

「もちろん、下選びは我々で済ませて、足利さんには最終候補に残ったもんだけを見てもらえるようにします。広報誌への掲載という形で発表しますんで、大仰《おおぎょう》な発表イベントとかはやりません」

「そういう事でしたら、是非やらせて下さい」

9

「あら、やだっ！　お待たせしたかしらっ？」

甲高《かんだか》い女性の声に、振り返った拓也は目を見張った。

電動アシスト付き自転車で土師市役所前に現れた女性は、大きなリュックサックを背負い、まるでアジアを旅するバックパッカーのようだった。

「自転車は古墳巡りの頼れる味方です。特に電動アシスト付きなら、急坂も平《へい》ちゃらですし、気温が高い日も無駄に体力を消耗しませんからねっ」

事前にそう言われて、拓也も一日四百円で借りられる赤い自転車をレンタルした。

「ほっほ、松岡さんから話だけは聞いていましたが、あなたがマラソンなんとかチームのリーダー？　まっ、イケメン！」

年齢は七十代半ばくらいだろうか。闊達《かったつ》な様子で喋《しゃべ》ったかと思うと、ピョンと跳ねてはしゃぐ。

その時、トイレに行っていた松岡が、慌てた様子で庁舎から出てきた。

「倉内さん、こちらが名越先生です。本日のガイドをお願いしてる……」

中学校の社会科教諭だったという名越は、自己紹介もそこそこに「古墳って、そもそも何の為に作られたと思いますか？」と、拓也に問いかけてきた。

「えっと、お墓ですよね？」

「そうっ！　でも、ただの墓ではありませんっ。権力を誇示し、人民を支配する装置でもありましたっ」

語尾をスタッカートのように切るのは、彼女の癖のようだ。

名越は定年まで教師を勤め上げ、退職後はボランティアで観光ガイドをしている。

〝博物館の学芸員よりも古墳愛が強い〟という触れ込みだった。

「巨大古墳のピークは五世紀中頃で、ちょうどこの辺りの古墳群が築かれた時代に当たるんですよっ。権力者は、大型の前方後円墳の後円部に埋葬されたと考えられていて、四角い前方部では様々な儀式が行われたと言われています」

リュックからは地図、イラスト入りのプリントが次々と出てくる。

「す、凄いですね……。さすが、元学校の先生……」

圧倒された拓也は、思わず声を上げていた。

「私がバリバリの現役だった時代は、中学校は校内暴力で荒れていましたからねっ。勉強が嫌いな子達が、少しでも興味を持ってくれるようにと、ねじり鉢巻きで頑張ってましたよっ。さぁ、私の話はこれくらいにして、そろそろ行きましょう。時間が勿体ないですからねっ。まずは、〈大師城山古墳〉ですっ」

自転車を発進させた名越に、拓也と松岡は続いた。青信号が点滅している国道を猛スピードで渡ったかと思うと、四辻を一時停止もせずに通過するから、後ろから見ていて冷や冷やする。

「こっちですっ！」

名越が指さす方向へと、自転車を進める。

古墳が間近に見える場所まで来ると、舗装されていない農道に入った。車輪が乾いた土埃《つちぼこり》を舞い上げる。

「あそこに自転車を停められるので、歩きながらレクチャーしましょう」

そのまま水路まで走って行き、木陰に自転車を停める。

目の前には畑が広がり、その向こう側に常緑樹に覆われた墳丘がある。

宮内庁が管理する古墳といえば、厳重に柵で囲われているイメージがあるが、〈大師城山古墳〉は畑や住宅と地続きにあり、農村で見かける水田に囲まれた鎮守《ちんじゅ》の森を大きくしたものに見える。

「この〈大師城山古墳〉は、周辺の古墳群最大の前方後円墳で、墳丘、つまり土を盛り上げた場所の長さが四百二十五メートル、後円部直径二百五十メートル、高さ三十五メートル、前方部幅三百メートル、高さ三十六メートルで、世界最大の古墳・仁徳天皇陵に次いで二番目の大きさを誇りますっ」

もう何度も観光客の前で喋ってきたのだろう。名越の説明には淀みがない。

「墳丘のまわりには二重の濠《ほり》が巡っていて、そこから円筒《えんとう》埴輪や盾《たて》・靫《ゆき》・家・水鳥の埴輪が出土しています」

遠い昔、この地で人々が土を運び、墳丘を作り上げていたのかと思うと、踏みしめている地面が古代と地続きのような気がしてくる。

「この墳丘の森は、太古から手つかずのまま残ってるんですよっ」

呆《ほう》けたように墳丘を見つめる拓也に、名越がご満悦といった表情で付け足す。

「凄いですよねっ。他の古墳のほとんどは、後世になって樹木を植えられているのに……。おそらく、神域として古くから人の出入りが制限されていたのでしょうねっ」

「全ての古墳が、そうではなかったんですか？」

名越は顔を曇らせた。

「残念ながら、戦後の復興と共に宅地開発も盛んになって、多くの古墳が削られ、中には完全に姿を消してしまったものもあります」

数多《あまた》の他の都市と同様に、土師市の開発も高度成長期に急速に進み、古地図を見れば古墳が宅地開発された痕跡を見つける事ができる。

中には開発途中に住民の反対運動に遭い、元の形を残せはしたが、トラックや重機を入れる為に周濠に取り付けた橋が、そのままになっている古墳もあった。少子高齢化が進み、空き家問題に頭を悩ませている現在を考えれば、何と勿体ない事をしたのかと、名越は憤《いきどお》る。

「さぁ、次は拝所に行きましょっ」

再び自転車に跨がり、農道から取り付け道路を辿って、そのまま幹線道路に出る。

片側二車線の道路は交通量が多い。縦一列になって車道を走らせていると、クラクションを鳴らされた。

拓也はさり気なく路面をチェックした。

交通量が多いせいか、所々、アスファルトが傷んでいる。大会当日までに補修が必要だ。

「遅いですよ！　倉内さんっ！」

見ると、名越が曲がり角のところで自転車を止め、こちらに向かって叫んでいる。

「あ、はい」

やがて、「大師城山古墳前」交差点が見えてきたら、そこを右に曲がる。前方後円墳の四角い部分の上辺となる道は、綺麗に剪定した植込みで縁《ふち》どられ、その中ほどに拝所へと向かうアプローチがある。

「拝所とは、神社でいうところの拝殿で、陵墓《りょうぼ》の神聖な区域を拝むための場所をそう呼びますっ」

アプローチの入口は広々としているものの、ここからは〈大師城山古墳〉の拝所は見えない。自転車を降り、敷き詰められた砂利を踏みながら、名越と松岡の後ろを歩く。

腰ほどの高さの石の門扉をすり抜けると、左側から何かの気配が迫ってきて、思わずそちらを見ていた。

鬱蒼《うっそう》と生い茂る木々を擁する小山は、これも墳墓《ふんぼ》で円墳になる。

——すみません。お邪魔します。

円墳に向かって一礼すると、奥に向かって歩き出す。緩やかなカーブを道なりに行くと、一直線に整備された道が現れ、石の鳥居が目に飛び込んできた。

足止めされたように立ち止まる。

神域として守られてきた場所が持つ、近寄り難いオーラに足を阻まれる。

「〈大師城山古墳〉は、古い古墳を避けるように造られているから、少し形がいびつなんです。こんな大きな古墳を造れるくらいの人が遠慮するなんて、一体どんな人だったんでしょうねっ。一説には、埋葬者の母親とも言われてますけどっ」

古の権力者も、母親には頭が上がらないのかと思うと、少しだけ親しみが湧いた。

遠くに建つ鳥居に背を向け、一行は来た道を戻る。拝所の入口まで戻ると、名越が道路の向こう側を指さした。

道路が市の境界線となっているのだ。

「私は歯痒《はがゆ》いんですっ。ここから北は古墳密集地帯なのに、土師市のガイドである以上、ご紹介できないのが」

「いや、別に構わないと思うんですけど……」

「いえいえ。そちらは、白鳥市のガイドさんがやられてるんです。越境してはなりません」

「あの森のような古墳には、どなたが眠っているんですか?」

一見、雑木林にしか見えないが〈鳥山《とりやま》古墳〉と看板が建っている。

「話せば長くなりますが……。まず、この〈鳥山古墳〉に眠るとされる人の、お兄さんの墓が、あの高速道路の向こう側にあります」

木々の間から見える高架を、名越が指差す。

「そちらが白鳥市の名の由来ともなった〈白鳥古墳〉なんです。後年、兄弟の墓の間に高速道路が造られたんですよっ」

その兄弟の古墳は、〈大師城山古墳〉より古いのだという。

「そして、さらにその北東には〈大師城山古墳〉に埋葬された〝大王さん〟の皇后《こうごう》の墓もあるんですっ」

いずれも、高速道路で遮られた向こう側、白鳥市内だ。

「皇后の墓は、とっても綺麗で、我々の間では〝美人古墳〟って呼ばれてます。で、さっきの兄弟に話を戻しますが、〈大師城山古墳〉の埋葬者と、その妻の墓の近くにあり、さらに時代が古い事から、〝大王さん〟の叔父にあたる人達ではないかと言われています。あっ、そうそうっ！〈白鳥古墳〉、実は登れる古墳なんですよっ」

登れる古墳は白鳥市の名所で、重要な観光資源でもある。さすがに、ランナーを登らせるわけにはいかないが、是非とも紹介したかった。

「先生、その登れる古墳で休憩することはできますか？」

拓也の提案を受けて、三人は白鳥古墳まで自転車で移動した。

その途中、名越が自転車を止めた。

「あ、そうそう、あれも古墳ですよっ」

高速道路の下に土まんじゅうのように小高くなっている箇所があり、フェンスで囲まれていた。

「窮屈そうというか、何か切ないですね」

拝所もなく、看板もない。知らなければただの土くれだ。

「ええ。光が当たらないので草も生えない。この辺りが開発された時に、高速道路が優先されたんですね。でも、こうやって残ってるだけでも凄いと思いませんかっ？」

古墳群と呼ばれる白鳥市と土師市の中でも、特にこの辺りに古墳が密集していて、思わぬ場所に隠れていたりするのだという。

間もなく目的地に到着した。

「さあ、登れる古墳でオヤツにしましょうっ」

そこは、周囲に木の杭が打たれてこそいるものの、まるで公園のような空間だった。

「私、サンドイッチを作ってきましたよっ。美味しそうでしょ？　ほら、クッキーもあります。紅茶も……」

大きなリュックサックからレジャーシート、タッパー、水筒が次々と取り出され、目の前に並べられて行く。

「さぁ、召し上がれっ」

名越は旺盛な食欲を見せ、松岡を相手に何やら難しい話を始めた。拓也は二人の話を聞くだけで、会話に加われない。勉強不足が悔やまれる。

「倉内さん。ここは大らかでしょっ？」

ぼんやりしていると、ふいに話を振られた。

「あ、え、はい？」

「〝大王さん〟の拝所と向かい合わせにあった〈鳥山古墳〉。あちらの弟が寡黙《かもく》で理知的な学者タイプだとしたら、こちら〈白鳥古墳〉の兄は体育会系で、リーダータイプだったんじゃないでしょうか？」

名越は、「ふふっ」と笑って肩をすくめた。

「そして、高速道路の下に埋もれた古墳に眠るのは、古《いにしえ》の姫君で、彼らに思われていた……。だから、死後は二人の墓の間に埋葬され、亡くなった後も兄弟は彼女を取り合っているのっ」

「それって、史実にあるんですか？」

聞くと、「いいえ。私の妄想ですっ」と言うから、漫画の一場面のようにずっこけて見せる。

食事をしながらレクチャーを受けた後、再び自転車に跨がる。

「さ、土師市に戻りましょうっ」

「先生。一ついいですか？　土師市には他の場所にも幾つか古墳が点在していますよね？　今日の予定に入ってませんけど？」

それらもマラソンのコースの傍に点在している。

「あちらの古墳群は、時代が新しいんですっ。五世紀半ば以降のものですから、五世紀前半に築かれた〈大師城山古墳〉や、それ以前に造られた白鳥市の古墳群とは日を改めて、別に案内したいんですっ」

名越はにっこり笑う。

「え？　日を改めて？」

救いを求めるように松岡を見たが、素知らぬ顔をされた。

そう言って、再び信号無視しかねない勢いで自転車を駆った。拓也も必死で追いすがり、爆走する名越に並ぶ。が、名越の運転は〝走る凶器〟そのもので、急に曲がったかと思うと、ギアを変えたかのように加速するので、ついて行くだけでも大変だった。

「さぁ、行きますよ。倉内さん、私について来て下さいっ！」

自転車は〈大師城山古墳〉の近くまで戻り、そこで左に進路を取って、大師中学校の方角へと向かったから、自然と住宅街の中を通る。

――あ、田中さん。

このあいだ説明会を開催した町会長の自宅前を、その本人が箒《ほうき》で掃除していた。声をかけるべきかどうか迷っていると、前を走っていた名越が自転車を止めた。ブレーキ音に気付いた田中が顔を上げる。

「名越先生やないですか」

田中の視線が拓也を素通りした。説明会の時とは打って変わって、満面の笑みだ。

「ごめんなさいっ。すっかりご無沙汰しちゃって」

「いやいや、滅相もない。先生、よかったらお上がり下さい」

「今日は市の職員の方が一緒なんで、また次の機会に。古墳の事を勉強したいと仰っていて、ガイドしてるんですのっ」

「ほう……」

だが、拓也に気付くと、途端に表情が険しくなった。

「何や、マラソンの説明に来た人やないか」

「その節は貴重なご意見を頂戴し、ありがとうございました」

とりあえず、殊勝に頭を下げる。

「タレント市長がまた、マラソンするとか何とか……。どうせ人気取りやろ。ええ加減にしてほしいわ。振り回されてるあんたには、恨みはないんやけどな」

マラソン開催に伴う交通規制や諸々以上に、木村が気に入らないようだ。

「田中さんっ！」

名越の語尾が跳ね上がる。

「倉内さんはねっ、ほんっとーに偉いんですよっ。マラソン大会の準備で途轍《とてつ》もなく忙しいのに、土師市の歴史を学び直したいと仰って、私が呼ばれたんです。一生懸命な若い人を見ると、応援して差し上げたくなりませんかっ？」

「は、はぁ……」

「とんでもない」と言うと思いきや、田中の様子がどうもおかしい。説明会の時とは打って変わって、気勢を削がれている。

「聞けば、この辺りもコースの一部になってるそうじゃないですかっ。大勢の人に、この素敵な歴史的街並みを知って頂けるチャンスです。是非、協力してあげて下さいねっ。私からもお願いしますっ」

「え、いや……」と言い淀む田中に、「ねっ！　頼みますね！」と畳みかける名越。暫く渋い顔をしていた田中だったが、諦めたようにため息をついた。

「先生に言われたら、しゃあないですわ」

「さすが町会長さんっ。よろしくお願いしますねっ。そうそう、元ＰＴＡ会長の人脈を使って、ボランティアも集めてあげて下さいねっ」

田中が苦笑いしている。

「ほんま、先生には敵いまへんな」

「では急いでるので、また今度。そいじゃっ！」

名越が勢いよくペダルを踏み込むのを見て、慌てて田中に会釈する。

「あの、田中さん。ご厚意に感謝いたします」

「礼やったら、先生に言うて」

素っ気なく言われ、もう一度、頭を下げる。

「ありがとうございます！」

そして、名越を追った。

「名越先生、ありがとうございます！」

よく分からないが、町会長を説得してくれたようだ。

「あら、どういたしましてっ」

涼しい顔でペダルを漕ぎながら、名越が言う。

「田中さんとは、以前からのお知り合いなんですか？」

信号が赤になり、さすがの名越も自転車を止めた。行き交う車を暫く眺めた後、おもむろに名越が話し始めた。

「あそこの息子さん、私が受け持っていたの。その息子さんが学校でトラブルに巻き込まれてね。よくある生徒同士の些細《ささい》な喧嘩だったんだけど、相手の生徒のご家庭が、ちょっとね……。色々と問題を抱えていて、田中さんに『迷惑料を払え』とか因縁をつけてきて、大変だったのよ」

名越が間に入り、相手方の家にも出向き、事態を収拾したのだという。

「だから田中さん、私には頭が上がらないのっ。ねっ、松岡くん」

いきなり振られた松岡は、「先生。松岡くんはやめて下さい」と頬を赤らめた。

「何よ。幾つになっても、あなたは私の生徒っ。松岡さんなんて、絶対に呼ばないからっ」

「へぇ、そうだったんですか……」

松岡を見ると、そっぽを向いていたが、顔が真っ赤になっている。中学時代の恩師である名越に地域住民との現状を話し、マラソン開催への障害を一つ取り除いてくれるように頼んでくれたのだ、きっと……。

「感謝しますよ。松岡さん」と小声で囁く。

「別に……、礼を言われる筋合いはないですよ」

松岡は目を合わせない。

――意外とツンデレ……？

住民の説得に困っている拓也を見兼ねての事だろうに、自分の手柄にしないところが、松岡らしい。

「やだっ。曇ってきたわね。降り出さないうちに、回ってしまいましょう」

灰色の雲に覆われた空の下、拓也の心にほんのりと晴れ間が差していた。

10

名越に間を取り持ってもらった後、拓也は改めて田中の家を訪問した。町内の人達と話し合う場を作ってもらい、何とか納得してもらえそうな所に漕ぎつけた。

その際、ずっと先送りにされている公民館の補修を前倒しにするという約束をさせられた。「確約はできない」と釘を刺しておいたが、木村市長から施設管理課に指示を出すように頼めば、多少は便宜を図ってもらえるだろう。

「松岡さん。明日なんですが、一緒に自転車でコースを周りませんか？」

その日、午後になって事務局に顔を出した松岡を、コースの視察に誘った。

「え？　距離測定は陸連の検定員がしてくれると言ってませんでしたか？」

「その前に、道路状況を確認しておきたいんです。地図上で見ているだけでは実際の道幅や傾斜が分かりづらいですし、ランナーに危険が及ばないように補修も必要ですし……。実際に測定する段になって、コースの不備が見つかるという事態は避けたいですから……。お願いできますか？」

「僕が……ですか？」

「ええ。坂口さんにも声をかけようと思っています」

「じゃあ、参加します。僕が彼女を紹介した責任もありますから」

何の責任かと思ったが、言わずにおいた。


翌日、約束した時間よりも早目に〈土師古墳公園〉に到着すると、拓也は芝生広場へと向かった。所々に埴輪の模型が置かれ、顔出し看板があったり、馬型の埴輪に跨がるなどして、一緒に撮影ができるスポットとなっている。

大会前日と当日には、この広場にエキスポや仮設トイレを設置する予定だ。スタートゲートやフィニッシュ地点は、更衣室との動線を上手く繋げたい。

更衣室に関しては、男性は大師中学校の体育館を、女性には公園内にある図書館の二階講堂を開放する予定だが、なるべく自宅で着替えてきてもらうように告知する。

先日、第一回目の大会実行委員会の会合を開いたところ、「スタートとフィニッシュを土師市に集約するのは不公平ではないか？」という意見が出た。

元々は土師市内で完結させるはずが、線路の問題から白鳥市と山城市を巻き込む形となった。その経緯があるから、特に山城市に関しては、さして見どころのない北部を通過するだけになってしまっている。

「フィニッシュを山城市内にできないのか？」という質問には、更衣室やトイレを一ケ所に集約するメリットを説明した上で、新たなコース案を作り直す時間や予算の余裕がないと理解を呼びかけ、「第二回開催以降への申し送り事項」とする事で納得してもらった。

がらんとした広場を前に、大会当日の光景を思い浮かべていると、背後で静かなブレーキ音がした。振り返ると、自転車に跨がった松岡がいた。

「それ、どうしたんですか？」

本格的なロードバイクだったから驚く。

「兄のを借りました。ちょっと借りるだけなのに、随分と嫌味を言われました」

「先日のレンタサイクルで来るものとばかり思ってました」

拓也は笑いをこらえて言った。きっと坂口唯と一緒だから、見映えを気にしたのだろう。

本来なら、専用ウェアを着用して乗るようなロードバイクだが、松岡はいつもの服装で、ヘルメットだけ本格的なのが、さらにおかしい。

そこへ唯が到着した。

「わー、すみません。遅刻ですか？　私」

「大丈夫ですよー。我々が早かっただけですから」

「あれ？　松岡さんって、自転車競技をやる人だったんですか？」

「兄のです」

そう言う唯は、拓也と似たようなクロスバイクだ。今日はコースを一周するから、それなりの装備で集合するように言ってあったのだ。

縦に並んだ三台の自転車が、公園広場の外周に沿って走る。

「あそこがスタートゲートになります」

車両が行き交う道路に面した公園の入口付近を指さす。

公園内に植樹された美しいケヤキ並木のアプローチは、長い直線になっていて、一万人のランナーを安全にスタートさせられるだろう。

「最後尾が、だいたいこの辺り」

拓也が先導して、自転車でそちらまで移動する。

「こんなに長い列になるんですね」

唯が「はあー」と感心したような、ため息のような声を出す。

「間隔を開けて並んでもらうから、どうしても長くなりますね。多分、最後尾のランナーがゲートを潜るのに、二十分近くはかかると思います。それから、間隔をきちんと空けたままスタートしてもらう為には、ネットタイムを公式記録とした方が良さそうですね。グロスタイム狙いのランナーが列を詰めたりするから」

「そのグロスとかネットって……」

唯が首を傾げたから、説明する。

「あぁ、グロスタイムというのは号砲が鳴ってからフィニッシュラインを通過するまでのタイムの事で、陸連のルールではグロスを公認タイムとして採用しているんです。スタートラインに到達するまでのロスタイムも計上されるから、前列の方が有利になる。タイムを狙ってるランナーは少しでも早くスタートラインを通過しようと、号砲と同時にダッシュするんですよ。対して、ネットタイムはスタートラインを越えてからのタイムになります」

見た目の順位と実際の順位が異なるため分かりづらくなるが、スタート時の混乱を避けるため、またコロナ対策の一環としてもネットタイムを公式記録として採用する方が安全だ。

「じゃあ、行きましょう」

公園を出て、片側二車線の道路を北上する。コースは全てアスファルトで舗装されている。走りやすいようでいて、大型車両の通行が多い場所では亀裂が入っていたり、陥《かん》没《ぼつ》していたりする。それらを撮影し、場所も記録していく。

今回はシリアスランナーだけでなく、仮装ランナーも走るのだ。仮装によっては足元が見づらい事もあるから、できるだけ安全に走れるように整備しておきたかった。

「これは大変ですよ。今日、一日では終わりませんね」

松岡と手分けして記録をとっていた唯が、額に浮いた汗を拭う。

「もちろん、何度かに分けて行います。道路状況は念入りにチェックしておきたいので、休日に実際に走ってみようと思ってます」

自転車で通り過ぎるだけでなく、ランナー目線でコースを体験したかった。

「コースを走るの、私にもやらせて下さい」

唯が元気良く申し出てくれた。

「助かります」

横で、松岡が歯ぎしりしているのに気付く。

「その際は、松岡さんも自転車で並走して頂けますか？　給水や記録をお願いしたいので」

「もちろんですよっ！」

松岡の様子に全く気付いていない唯が、質問を口にする。

「倉内さん。公認を取るための距離測定って、ぶっつけ本番で大丈夫なんですか？」

「それは、事前に〈ランニングライフ〉がメーターを付けたロードレーサーで距離測定をしてくれます。その為の自転車やメーターも持ってますから」

拓也も〈ランニングライフ〉にいた頃、自転車で事前測定を行った事があった。実は陸連の公認を取れる検定員は五十名ほどしかいない。なので、大幅な誤差が出ないように、事前に仮測定を行った上で、公式測定を依頼するのだ。

「測定日には陸連から三人の検定員に来てもらって、三台の自転車で測るんです。なので、距離が合わないと怒られるんですよ。地方陸協に属しているのは、ほとんどが学校の先生ですからね。忙しいんですよ」

「えええ、学校の先生って……」

「だいたいが陸上部の顧問とか、体育の先生ですね。大会当日は審判をして頂きますが、実はコースの距離測定は審判にしてもらわないといけないんです。ほぼボランティアでやってもらってますから、我々も頭が上がらないんですよ」

「審判って距離測定以外だと、他にどんな事をするんですか？」

「まぁ、レース当日はそこにいるのが仕事ですね。たとえばスタータービストルを用意する。着順を目視《もくし》で確認する。先導の車に乗って、コースがきちんと設計されているかを事前に確認する。給水のコントロール。折り返し地点が間違っていないかの確認など……」

「やる事が多くて、大変そうですね」

「ええ。大規模な大会だと審判も大勢いて、中には不慣れな先生がいたり、逆に『ずっとこれでやってるから』と、こちらの言う事を聞かずに我流でやってしまう方もいて……。競技会は年中あって、時には審判がコースを誤誘導してしまうケースもありますから、神経を使う部分でもありますね」

「では、タイムの計測も審判がやって下さるんですか？」

「そちらは〈ランニングライフ〉に任せます。タイムの計測は靴紐やゼッケンにＩＣチップを取り付け、電磁波や無線を飛ばしてスタート地点とフィニッシュ地点に敷いたマットの上を通過させて取ります。〈ランニングライフ〉が完全にシステムを構築していますので、審判は手を出しません」

「〈ランニングライフ〉さんって、何気に凄いんですね」

「最近では代理店がイベントの運営に乗り出してきて、協賛企業を集めたり、大会前後のエキスポを担当するようになっていますが、マラソンのコース設計やタイム計測など競技の部分に関しては、ほぼ〈ランニングライフ〉が独占しているのが現状です」

「目立つとことというか、お祭り感を出す部分が、代理店管轄なんですね」

「ですね。派手な部分は代理店に任せて、大会運営の地味な部分を専門的に請け負う、そんな感じです。坂口さん、マラソン運営に関して、かなり詳しくなったんじゃないですか？」

「ええ」と言うと、唯が熱い目で拓也を見上げてきた。

「大会パンフレットを見ると、色んな企業や団体が名を連ねていますが、実際には倉内さんのような方が裏で頑張ってらっしゃるんですね」

と、その時、もどかしげな声が割りこんできた。

「お喋りはそれくらいにして、そろそろ……」

面白くなさそうな表情の松岡が、足元の石を蹴った。

五月にコースの検定が行われ、無事に六月には公認が取れた。何度か試走を繰り返していたから、距離が間違っている心配はなかったが、それでも検定当日は緊張の連続だった。

運営本部用臨時電話開設やスタッフの無線、スタッフウェアやキャップなどの手配の他、ボランティアの募集も開始した——。

11

——週刊タッチ編集部。

川崎亮《かわさきりょう》のスマホが鳴った。

相手は高校時代の同級生、浦部蘭子だ。

『記事になりそうなネタが土師市で進んでるんだけど、取材しない?』

大学進学をきっかけに上京し、都内の出版社に就職した川崎に対して、蘭子は地元の国立大に進んで〈土師文化新聞〉に入社した。そして、時折、こんな風に連絡してくる。

『今度、土師市、白鳥市、山城市の三市合同でフルマラソンの大会を開催する事になったんだけど、箱根駅伝で3位になった東都大の駅伝部にも協力してもらってるのよ。箱根駅伝ネタだし、取材すれば記事になると思うんだけどな』

マラソン関連のイベントとして、土師市内で合宿中の東都大駅伝部が、三市の小中学生向けにランニング教室を開催するのだという。

「東都大の駅伝部って、確か武蔵小金井に寮があったよなぁ。何で、また土師市で合宿？　確かに山はあるけど、高地トレーニングになるほど標高も高くなければ、山道も整備されてなかったと思うけど」

『それがね、東都大の元駅伝部だった人がUターン転職して、土師市のスポーツ振興課にいるのよ』

そこから、元プロ野球選手の市長がマラソンで町おこしする事を思い付き、現在に至るらしい。

「まだ駅伝シーズンじゃないからなぁ。うちの誌面で取り扱うのは厳しいと思うな」

『そう言わずに協力してよ』

聞けば、〈土師文化新聞〉も主催として名を連ねているそうだ。そして、蘭子はマラソン大会事務局付けの専任として、件《くだん》の職員と一緒に準備に追われているという。

「だったら、自分とこで宣伝しろよ」

『そんなの、宣伝するに決まってるでしょ。……ただ、うちは全国紙じゃないから……。敦《あつし》は協力してくれるって言ってくれたよ』

共同通信に勤める、同じく高校時代の同級生の名を出す。

『でもね、新聞を読む層って高齢化してるじゃない？　事務局としてはもっと広い層に知ってもらいたいのよ』

川崎が所属する『週刊タッチ』は、総合週刊誌としてはシェアナンバーワンを誇る。

「ちょうど明日、プラン会議だから企画を出してはみるけど……」

『ラッキー。じゃ、すぐに詳細をメールするから、お願いね』

12

七月下旬——。

土師文化新聞に記事が掲載された。

東都大学駅伝部の激励会が、Ｐ県土師市内の〈足利ワイン醸造元〉で開かれ、木村健太郎市長が秋から始まる大学三大駅伝（出雲駅伝・全日本大学駅伝・箱根駅伝）に向けて選手達を激励した。

木村市長は「今年の箱根駅伝で三位入賞された東都大駅伝部が、強化合宿を開くと聞き、この日を楽しみにしていました。来年の箱根では総合優勝を狙ってほしい」と述べ、市の特産品〈おうちでワイン特製・レトルトカレー&シチュー詰め合わせ〉一年分の目録を手渡した。

駅伝部の清水邦久監督は、「合宿をさせていただき感謝いたします。大学三大駅伝大会での優勝を目指して頑張りたい」と応えた。

合宿に参加した四十二名の選手は、十日間にわたって山沿いの起伏のあるコースを走り込んで走力強化に励む。また、来年開催が決定した〔土師・白鳥・山城三市合同　古墳と埴輪の町マラソン〕の関連イベント、〔子供ランニング教室〕にも参加予定。


遡る事、数日前――。

〈足利ワイン醸造元〉敷地内の駐車場に、大型観光バスが停まった。フロントガラスのステッカーには〝東都大学駅伝部ご一行様〟の文字が見える。

「ようこそー！」と出迎えたのは、足利翔太を始めとした〈足利ワイン醸造元〉の従業員達だ。

拓也も一緒に彼らを出迎える。

当初は翔太と施設のスタッフに誘導を任せるつもりでいたが、いつしか先頭に立って部員達に指示を出していた。

「はい！　荷物を出したら、あの赤い屋根の建物まで速やかに運んで下さい。あそこが宿泊施設となります。玄関にスタッフがいるので、そちらで指示に従うように……」

拓也も森口を手伝ってブルーシートの他、ストレッチや体幹トレーニングをする際に使うマットなど、練習用の備品を運んだ。

宿泊所の玄関には、模造紙でフロア案内図が張り出され、そこに部屋割りも一緒に書き出されていたから、各自、荷物を持って部屋に入れるようになっているはずが――。

「ちょっと！　何で玄関で固まってるのっ！」

足元に荷物を置いて、適当な場所に座って屯《たむろ》している部員達を立ち上がらせ、部屋へと追いやる。

「荷物を置いたら、すぐ集合！　ほら、さっさと動いてっ！」

主務とマネージャーにあてがわれた二階の部屋に向かうため、一緒に階段を上りながら、拓也は小言を口にした。

「森口。こういう事はバスの中で選手に指示しておかなきゃ。宿泊施設の地図や、部屋割りは事前に渡しておいたよね？」

「はぁ、初めての場所なんで、勝手が分からなくて……」

「それから何で皆、バラバラの服装なの？　スポーツメーカーのロゴが入ってたり、ユニクロだったり……。今日からは東都大のロゴが入ったTシャツで揃えるように」

「おい、倉内。そう、やいのやいの言うな」

階段の下から声がした。

玄関口で翔太と共に、清水が立って見上げている。

「あ、監督。申し訳ありません。出すぎた真似をして……」

そう言いつつ、相変わらずだなと胸の内で呟いた。

清水は自身が才能に溢れた選手で、また練習の虫だったからか、放っておいても選手は自分で考えて動くと思っている節がある。走力のある選手ほどそれが出来るが、お尻を叩かないと動かない選手は、脱落したまま捨て置かれるのだ。

主務をしていた学生当時、拓也はそういう選手と膝を詰めて話すなどしてフォローし、部全体を底上げしていた。

それでも十年の歳月は、清水にそれなりの貫禄《かんろく》を付けさせた。選手達の態度からも、監督に信頼を置いているのが窺える。

——俺がいた頃は、頼りなかったというか、舐められていたのになぁ……。

もちろん、そんな事はおくびにも出さない。

「森口。今日のスケジュールは？」

森口の部屋に荷物を運び込むと、拓也は尋ねた。

「この後、各自で軽くジョグです。長旅で疲れてるだろうし、本格的な始動は明日からになります」

「監督は練習に付き合うのかな？」

「いえ、僕らが一緒に走ります。ランニングコースを確認しときたいですから。それから、合宿中に共同通信と『週刊タッチ』の取材が入ってます」

これには蘭子の尽力があった。

蘭子は自社で取り上げるだけでなく、知人にも働きかけ、二社のメディアから取材の約束を取り付けてくれた。

「マスコミには監督が対応します。倉内さんもお越しになるんですよね？」

「多分ね。アテンドすることになると思う」

集合した選手達は各自でアップをし、順に出て行った。彼等を見送った後、森口もマネージャーを引き連れて走り始めた。

騒がしかった施設内が、急に静かになる。

清水はと見ると、館内スタッフにサインを求められ、和室で色紙を書いているところだった。さすがは箱根の元スター選手だ。

「遠いところを、お疲れさまです」

手がすいたタイミングを見て、清水に話しかける。

「バスの車中から街並みを見てきた。いい所じゃないか」

「恐れ入ります。気に入って頂けたら、是非、スポンサーロゴの件もご検討下さい」

腕組みをした清水は、「うーん」と唸る。

「合宿の手配をしてくれた事は感謝してる。しかしな、ずっと世話になっているところからも話が来ててな、そっちを差し置いてお前んとこという訳にもいかないいんだ」

「やっぱり厳しいでしょうか？」

腕組みをし、拒絶の姿勢を示される。

とは言え、このまま「はい、そうですか」と簡単に引き下がれない。

「一年だけ、というお約束でお願いしても駄目でしょうか？」

「簡単に言ってくれるなよ。お前だけじゃなくて、他のOB達からも同じようなオファーがあって、頭を悩ませているところなんだ」

「今回の件は、事業が衰退して高齢化した地方を元気にする大会でもあります。言わば、社会貢献的なイベントと考えられませんか？」

「社会貢献？」

「マラソン大会開催は地方都市にとっては、〝ふるさと再生〟でもあるんです。〈ランニングライフ〉で手がけたマラソン大会は、都市部で開催されるものばかりではありません。住民が高齢化し、休耕田が目立つ里山を走る大会もありました。普段は静かな場所が、マラソン開催日は色とりどりのウェアを着たランナーが集まって華やぎ、賑やかになるんです。みんなの笑顔を見るうち、スポーツを通じて町や村を活性化したい。そう考えて、僕は〈ランニングライフ〉を退職し、故郷である土師市に転職したんです」

少し大袈裟な言い方をして、拓也はその場に正座した。

「確かに、大手メーカーを選べば、多くのスポンサー料を得られるでしょう。対して土師市では、そこまで手厚い支援はできません。僕も主務をしていましたから、駅伝部の懐事情は理解してますし、無理を言えないのも分かっています。それでも敢えて言わせて下さい。どうか土師市を助けるつもりで、どうか、どうかお願いします」

土下座せんばかりに、手をついて頭を下げる。

「よせ、倉内。顔を上げろ」

「それでは、監督……」

言われた通り顔を上げた拓也に向かって、監督は手を振った。

「待て待て。また到着したばかりじゃないか。確かにいい所だとは言ったが、俺達は他の自治体の世話にもなってるんだ。学生寮のある小金井市や、いつも合宿を行っている宮崎県や長野県……。その人達に納得してもらえるような決め手を探すから、少し時間をくれ」

「前向きに検討して下さる、そう考えていいでしょうか？」

「あ、あぁ」

「本当ですね？」

ぐいと身を乗り出す。

「本当に、お前には敵わんな……」

13

照りつける日差しが眩しく、拓也は手をかざす。

「しかし、暑いですね」

「ブドウにとっては、過酷な気候ですよ。今年は六月半ばに梅雨《つゆ》入りしたものの、その直後から連日、真夏日が続いたでしょう？　雨が降る時期に強い日差しを浴びたものだから、着色不良になったのもあって……。大変でした」

春から収穫までの間、摘房《てきぼう》や摘粒《てきりゅう》など間引きする作業が延々続き、大袈裟ではなく「終わりがない」と言う。

「想像しただけで、熱中症になりそうです」

拓也は首に巻いたタオルで、汗を拭く。

今は実ったブドウが防虫の為に袋かけされ、収穫の時を待っている。その畑に、甲高い声が轟いた。

「ここっ！　ここにいるはずだ、絶対っ！」

二年生の部員が、言うが早いか樹皮に錐《きり》を突き刺す。

「あ、ほんとだ！　虫が食った穴がある！」

小柄な部員は同級生だろうか。背伸びして、べりべりっと樹の皮をめくり始める。作業を始めたばかりの頃は要領が悪かったが、一時間もすれば皆、上手く樹皮を剝《は》がせるようになっている。

「いた！　いたぞー！」

「うわっ、落ちた！」

二人の部員の間に、ぽとりと白い虫が落ちる。

「もーらいっ！」

「あ、ずるいぞ！　俺が先に見つけたのに……」

ちょっとした小競り合いが始まったのを、翔太が笑いながら見ている。

その視線の先では、透明なケースを手に捕獲数を競い合っている部員達がいて、ケースの中で白い芋虫が蠢《うごめ》いていた。

「もっと早くに処理すべきだったのに、雑事に追われているうちに、この時期になってしまって……」

各地から勉強会や講演会、セミナーなどに招かれ、本業がおろそかになったと翔太が頭をかく。気鋭の事業者として、彼は今、引っ張りだこなのだ。

「ちょっと目を離している隙に、想像以上に食われていて、青くなりましたよ。本当に助かりました」

帽子を取って、頭を下げる。

「いやいや、部員達にとっても良い息抜きになってるでしょう」

今日は休養日で、ジョグで疲労を抜いた後は自由時間となっていた。そこで、「手の空いてる者は農作業を手伝っては」と拓也が提案したのだ。

彼等にとってせっかくのオフだが、今回の合宿は翔太の厚意で実現したのだ。森口の声かけで二十人ほどが集まってくれた。

「……あ、ここにもいますよ！」

拓也の足元を、白い芋虫が這《は》っていた。

翔太がスプレーに入った薬剤を吹きかけると、芋虫は身体をくねらせて悶絶する。

「しかし、こんなものが珍しいんですね」

翔太が弱った芋虫を踏み潰す。

部員達は樹からほじくり出した芋虫を、最初こそ気味悪がっていたが、途中からは捕まえた数を競うゲームになり、作業も俄然捗《がぜんはかど》った。あまりに熱中しすぎて、手当たり次第に樹皮を剝がしていくものだから、見ているこちらが冷や冷やした。

「害虫取りは、女性のボランティアさんから敬遠されて、あまり人が集まらないんです。手伝ってもらえて、本当に感謝しますよ」

「いや、こちらこそ、宿泊費を格安にして頂いて……」

「実はですね、メディアが取材して下さったおかげで、昨日から予約の電話が鳴りやまないんですよ。うちとしても良い宣伝になりました」

共同通信から配信された記事が早速、何処かで取り上げられたようだ。

「今日も『週刊タッチ』さんが取材に来てますから、足利さんのとこも記事にしてくれるといいんですが……」

拓也の言葉に、翔太が複雑そうな顔をした。

「そこって皇室を批判したり、大手芸能事務所と対立したりで、威勢がいい週刊誌ですよね？　わざわざ土師市まで来てくれるなんて意外というか……」

「大会の事務局にハゼブンさんがいて、向こうの記者と知り合いなんです。彼女が骨を折ってくれて、今回の取材に繫がりました」

「だったら、好意的に書いてもらえるかな……」

ほっとしたように呟いた翔太が、学生達に目を向ける。

「清水監督も朝早くから出かけられました。取材も一日仕事になりそうですね」

「あぁ、木村市長が張り切って、自分もメディアに協力すると言い出したんです。今頃、あちこち連れまわされて、色んな人から挨拶されてるんじゃないでしょうか。清水監督も記者さんも……」

「倉内さんは行かなくてよかったんですか？」

当初は拓也がアテンドするつもりだったが、なぜか教育委員会が横入りしてきたので、任せる事にした。

「僕の仕事は裏方。表に出るのは、偉い人にお任せしようかと……」

14

その頃、清水監督は――。

「わぁっはっはっは。楽しみですなぁ。是非とも、私が起ち上げたフルマラソンの大会ロゴをつけて、駅伝を走って頂きたいものです。あ、記者さん。写真を撮るなら、向こうの方がいいですよ」

土師市長・木村健太郎が、『週刊タッチ』のカメラマンを伴って、撮影しやすい場所へと誘導した。

「あ、いいですね。市長、清水監督とツーショットでお願いします」

川崎と名乗った記者が調子良く言う。川崎は土師市の出身らしく、名刺交換の際には、市の職員と地元話で盛り上がっていた。

「清水さん、ここで撮影しましょう」

木村が古墳を模した鍵穴型のシンボルマークの前に立ったから、清水も隣に並ぶ。そして、握手を交わす。

カメラマンがすかさずシャッターを切った。

「あと一ポーズ、いいですかー」

カメラマンに応えて、木村が右手でガッツポーズを作ったから、清水も真似る。

さすが木村は元スター選手だけあって、サービス精神旺盛だ。笑顔を作りながら、清水は圧倒されていた。同じスポーツ選手とは言え、修行僧のように走りを極めるマラソン選手とは、放つオーラの質が全く異なる。

現役時代、木村は何百回と素振《すぶ》りを繰り返しては、何度もマメを潰したのだろう。先ほど握られた手は分厚く、じんわりと熱をもっていた。

木村の現役時代は、清水も見知っている。

一家をあげて野球好きだったこともあり、その影響で清水も子供の頃は野球選手になりたくて、テレビや球場で熱心に観戦していた。

特に母が木村のファンで、自分が贔屓《ひいき》にしているチームの選手ではなかったが、木村が出場する試合の中継は必ず観ていた。子供の目には、ギラギラした鋭い目や闘志むき出しの風貌が恐ろしく思えたが、今、目の前にいる木村市長は、政治家らしい押し出しの強さは目につくものの、気のいい親父といった雰囲気を漂わせている。

今、ここには市長のほか、市役所のお偉方、市内の有力者達が集まり、次々に名刺交換を求められ、用意した名刺は瞬く間に減っていった。

こういう無意味なやり取りをしたくないから、メディカルトレーナーの熊沢先生にスポンサーになってほしかったのだが、「自分はそんなつもりでやってるんじゃない」と、思いのほか強い口調で断られてしまった。無理強いするなら、東都大のケアから手を引くとまで言われては、清水も引き下がるしかなかった。

「今日は清水監督にお見せしたいものが色々とございましてな。私は公務がありますから これで退散しますが、係の者に案内させましょう。気楽に楽しんで下さい。記者さん、うちの市の出身なんだから、よろしく頼みますよ」

ここで市長と別れ、今度は別の人物に先導される。確か、教育委員会のお偉いさんだ。

タクシーで連れて行かれた先は、マラソン大会の発着場となる公園内にある建物だった。

入口の看板には図書館と書かれてあり、中に入ると、よく分からない展示物の棚前を通り過ぎた向こう側、「関係者以外立ち入り禁止」と貼り紙のされたドアが開き、そこに通される。

「うわっ……」

入った瞬間、思わず後退《あとずさ》っていた。

両手を互い違いにし、踊るような姿をした埴輪が、所せましと何十体も並んでいた。よく見ると焼き物ではなく、段ボール製だった。他に武人の恰好をした物や馬、白鳥のような鳥までいる。

川崎が指示を出し、カメラマンが段ボール埴輪の撮影を始めた。

「市内の小学校の児童達やシルバーセンターの人達が、夏のイベント用に作ってくれたんです。凄い数でしょう？　まだまだ増える予定です」

——段ボールで作った埴輪を使う夏のイベント？　一体なんなんだ？

ここでも次から次へと人がやって来て、無意味な名刺交換が始まる。

段々と疲れてきたが、なかなか解放してくれない。

いや、今回の合宿の費用を半分もってもらった上、イベント協力への謝礼も出る。おまけに寮で使える食料品まで提供されたのだ。文句は言えない。

「そして、向かいの中学校が〔夏休み子供ランニング教室〕の会場となります」

冷房の利いた室内から外に出ると、蟬《せみ》の声と共に熱波が頭上から降ってきた。

イベントには三市から選抜された、百五十名ほどの小中学生が集まるらしい。

「小学生の男子は50メートルを6秒台で、女子は7秒台で走れる児童を選びました」

中学生は陸上部員の他、野球やサッカーをやっている子供達も参加するらしい。

「優先的に陸上部員を呼ぼうとしたのですが、思っていた以上に希望者が多くて……。こちらもタイム順に選んでいったら、他競技の選手が半数を占めてしまいました」

申し訳なさそうに言う。

「大いに結構です。脚が速いからと言って、陸上部に入部するとは限りませんからね。うちの部員にも、中学まで他の競技をしていた者がいます」

イベント会場の校庭を見せてもらった後、図書館へと戻る。

「ここの展示物は、商工会議所から提供して頂きました」

木工家具や布製品など、市内の企業が作った製品が並べられている。中には、何に使うのか分からないような機械まで展示されてあった。

「今日は棚の中身を入れ替えるのに、民間の方がお越しなんですよ」

示された先に、数人の男女がいた。

「あれ……？」

中に見知った顔があった。

「相模さん？」

思わずこぼれた呟きが聞こえたのか、相模優香がこちらに視線を向けた。十年前の溌《はつ》剌《らつ》さはないものの、大人の女性の落ち着きが感じられる。

その目が大きく見開かれ、息を呑んだかに見えた。

「ご無沙汰しています。清水監督」

わざわざ清水の目の前まで駆け寄ってきて、優香が頭を下げた。

かつて、駅伝部の練習場に東西新聞の記者、相模優香が熱心に足を運んでくれていたが、ある日を境に姿を見せなくなった。暫くして別の記者が訪ねてきて「相模に替わって、僕が担当になります」と挨拶された時、何があったのか分からず戸惑い、裏切られた気がした。彼女は「自分にしか書けない、魅力的な記事を書きたいんです」と一生懸命だったし、そんな彼女の熱意にほだされて、清水は他の記者には言わないような事や自身の心境も話していたからだ。

マスコミ対応を任せていた倉内に、それとなく担当替えの理由を聞いてみたが、「特に何も聞いてませんが」と首を傾げていた。

「どうして、こちらに?」

「実家があって……。八年前に戻ってきました」

「えーと、それは、つまり」

「東西新聞は退職して、今は家業を手伝っています。在職中は大変よくして頂いたのに、ご挨拶もせずに申し訳ありませんでした」

「家業を手伝う為に、新聞社を辞めたんですね。急にお見えにならなくなったので、どうしたのかと心配していました」

一瞬、優香の顔から笑みが消えた。

「どうかされましたか?」

「……いえ、気にかけて頂き、嬉しいです。すみません、私は向こうで作業がありますので、これで……」

顔を伏せ、作業している人々の輪に戻ろうとしたから、呼び止めた。

「せっかくです。後で食事でも」

「はい。では後ほど」

優香は自身の名刺を差し出すと、陳列棚の前に戻っていった。

「清水監督。申し訳ないのですが、土師市の農協が挨拶したいと言ってきておりまして……。お時間、大丈夫でしょうか?」

教育委員会の男が訊いてくる。

「構いませんよ」

まだ連れまわされるのかとうんざりしたが、断る理由を考えるのも面倒だった。

「『週刊タッチ』さんは、どうされますか?」

「よろしければ、我々も同行させて下さい」

建物を出て、四人でタクシーに乗り込む。

大柄なカメラマンが助手席に座り、運転席の真後ろに座った清水の左側に教育委員会の男、助手席の真後ろに川崎が座った。

「サガミ印刷のお嬢さんと、お知り合いですか？」

教育委員会の男は好奇心を隠さない表情をした。

「ええ。以前、取材を通じて……」

「へぇ、あちらのお嬢さんは以前、東京でお仕事をされてましたが、マスコミ関係でしたか」

「まぁ、そんなところです。あ、ちょっと失礼します」

清水はスマホに目を落とし、メールをチェックする振りをしてその話題を打ち切った。

第四章　激震！　東都大駅伝部

1

八月下旬。

Ｐ県知事・花咲から趣意書が出され、大会開催における資金、物品などの提供ほか、大会プログラムへの広告協賛が呼びかけられた――。

また、一般公募していた大会のロゴマークのデザインも決まり、東都大学駅伝部からスポンサーの返事を待つ時期を迎えていた。

「どうや？　倉ちゃん。〝はにわラソン〟の応募状況は。順調か？」

「どんどん埋まっていってます」

答える拓也は、自分の声が上ずるのを感じた。

「『ハゼブン』や各種メディアが取材をしてくれて、そこに『ラン・フォー・トゥモロー』が、カラー見開きで特集記事を載せてくれたのが宣伝効果になりましたね」

「予想以上やな」

興奮を抑えられないといった様子で、青木が何度も拓也の肩越しに画面を覗き込む。

三市合同の〔古墳と埴輪の町マラソン〕のエントリーが、一週間前から開始されていた。

まず一般募集に先がけて、三市在住の市民優先エントリーから募集を開始すると、エントリー開始から三日で二千名の優先枠が埋まってしまった。一週間の応募期間を設けていて、場合によっては二次募集の準備もしていただけに、嬉しい誤算だ。

続いて今朝から募集を開始した一般枠も、半日で千五百名を超える応募があった。

「これ、今日一日で半分埋まるんちゃう?」

青木に肩を叩かれる。

「いや、良かったです。不安材料の一つが、果たしてちゃんとランナーが集まるかどうかだったので……」

試しにSNSでエゴサーチしたところ、仮装の訴求力《そきゅうりょく》が強く、それも古代に時代を絞ったのが功《こう》を奏《そう》したようだ。

「走るのは苦手だけど、仮装したいから今から走る練習する」、「後夜祭でのコンテストが楽しみ」というコメントが多い中、ワインとグルメを堪能《たんのう》できる〝和製メドックマラソン〟という売りもランナーの関心の的だった。

木村市長の声が蘇る。

(要するに仮装パーティーやな)

そうだ、これは三市をあげてのお祭りなのだ。

「こんだけ人が集まってくれるんやったら、わざわざ東都大学に宣伝してもらわんでもええんちゃうん？　何やかんやで金かかるんやろ？」

青木が威勢良く言う。

「確かにメディアの宣伝効果もあって、今年は順調に人数が集まるでしょう。しかし、大会は一度だけで終わりじゃないんです。来年以降も人を集めないといけない。だから、認知度を高める機会は多いにこした事はない。それに……約束は守らないと。三市合同開催を呑んだ木村市長が出した交換条件が、東都大の協力を取り付ける事だったんですから」

「せやけど、確約してもろてないんやろ？」

「先月の合宿では、足利さんに破格の値段で宿を提供してもらって、大勢の方に手厚くもてなして頂きました。あそこまで良くしてもらって、断るなんて有り得ないです」

「外堀を埋めた。そういうこっちゃな」

と、その時。

ラインにメッセージが入った。森口からだった。

[申し訳ありません。スポンサーの件、無理そうです]

席を立った拓也は、事務局の部屋を飛び出し、すぐ森口に電話する。

「とりあえず事情を聞かせてもらえるかな?」

『それが……。監督……急に、別の企業さんのロゴを付けるって言い出しまして……』

エントリーが順調に埋まっていく喜びに満たされていた胸が、急速に萎《しぼ》んでゆく。

『それも、これまで係わりなかったというか、〈サガミ印刷〉とかいう聞いた事もない会社なんです。一体、何がどうなってるのか……』

一瞬、思考が停止し、首筋に氷を当てられたように拓也は固まった。

「ちょっ、待って。それって確かなの?」

何とか心を落ち着かせ、頭を巡らせる。

サガミ印刷の相模六郎社長は〔古墳と埴輪の町マラソン〕に反対している立場だ。そんな人が、大会の関連イベント〔子供ランニング教室〕に協力した東都大駅伝部のスポンサーになろうと考えるはずがない。

だとすれば、接点は優香――。彼女以外に考えられない。

そう言えば、東都大が土師市に合宿に来た際、清水は市の職員らによって色んな所を連れまわされていた。その何処かで優香と再会したのか……。

——ふざけるな……。

怒りがこみ上げてくる。

スポンサーの件は、事前に十分根回しをし、周囲の協力を得ながら慎重に進めて来た話だ。ようやくまとまりかけている時に、思わぬところから横取りされた形だ。

——油断していた……。

最終的に清水が受け入れてくれると、何処かで慢心していた。いや、清水の性格や行動を読み違えていたのだ。多少は思慮深くなっていると思っていたが、その性根は変わっていなかったのだ。

「一度、そっちへ行くよ。俺が監督と直接……話す」

電話を切った後、拓也は煮えたぎった頭を冷ます為に自販機コーナーへ向かった。だが、コーヒーの飲みすぎで胃が荒れているのを思い出し、結局は当てどなく廊下を歩き回った。暫くして席に戻り、短くため息をつくと、電車の時刻表サイトを開いた。

2

東京駅から中央快速に乗り換え、約四十分。

拓也は武蔵小金井駅に降り立った。

午後六時。

電車を降り、一歩ホームに足を踏み出した途端、懐かしい光景が目の前に現れた。改札を出た後は、複数の商業施設が建つ南口ではなく、北口へと出る。

大学時代、四年間暮らした町は、見事に変わっていなかった。古い商店街がある北口は、夕飯の買物に訪れた主婦や、自転車で家路に就く学生が交差する。

暫く行くと、学生時代にお世話になったデカ盛りの中華料理屋が、夜の営業を始めていた。〝並〟が特盛り級の店で、桁違《けたちが》いのボリュームに、食の細い部員は〝小〟を頼んでいたのを思い出す。

じぐざぐと住宅街の中を歩くうち、三階建ての白い建物が見えてきた。外目には低層のワンルームマンションのように見えるが、東都大学駅伝部の寮だ。

敷地の隅には桜の木が一本植樹されていて、春には辺りを華やかに彩っていたのを思い出す。

寮内に入ると、ボランティアの主婦達が台所で夕食の準備をしていた。食事は午後七時からで、選手達は練習を終え、ジョグで寮に戻ってくる時間だ。

「お待ちしてました。倉内さん」

主務室を覗くと、ゼリー飲料の整理をしていた森口が立ち上がった。

事前に連絡しておいたからか、選手の世話をマネージャー達に任せて、一足先に寮に戻って拓也を待ってくれていたようだ。

「悪かったな……」

「気にしないで下さい……。うおっ！　ありがとうございます。倉内さんが下さる差し入れ、美味いんですよね」

拓也が差し出した包みを、森口が恭《うやうや》しく受け取る。

「これはお前と、あとはマネージャー達で食べてくれ」

「え？　いいんすか？　これ、季節限定って書いてありますけど……」

箱の表面を撫でながら、そこに書かれた文字を検めている。

「今が旬の無花果《いちじく》だ。数量限定で作ってるから、人数分を揃えられなかったんだ。監督と選手達には内緒だぞ」

土師市名産のフルーツを使ったゼリーは、清水の好物だ。主務時代、実家がお中元として寮に送ってくれて以来のお気に入りで、拓也が卒業した後も何かというと「あのゼリーは美味かった」と催促されるので、合宿の差し入れとして送っている。

「飯、食っていきますよね？」

「いやいや。あまり食欲がなくてな……」

「え？　大丈夫なんすか？」

森口と話しながら食堂の前を通り掛かると、ボランティアの主婦達に見つかってしまった。

「あらっ！」

「ちょっと！　倉内くんじゃない！」

「きゃあぁっ、嘘っ！　どこどこ？」

カウンターの向こうで、配膳の準備をしていたが、拓也を見つけると奥から三人の主婦ボランティアが出てきて、瞬く間に取り囲まれる。

「ご無沙汰じゃない！」

「元気してた？」

「ちょっと！　太ったんじゃないの？」

三人とも、拓也が在学中にボランティアに応募してきて、ずっと続けてくれている古株だ。リーダー格の女性は年を経るごとに恰幅《かっぷく》が良くなっていったが、久しぶりに見ると、またさらに大柄になったようだ。

「せっかくだから、ご飯を食べていきなさい」

「そ、それは申し訳ないです」

「若い子が遠慮しないの。食べていきなさい」

背中をバシバシと叩かれ、三人がかりで食卓に座らされる。

「今日のメニューは焼きうどんよ。食が細かったり、好き嫌いが多い子も、これはつるつるっと食べてくれるからね」

醤油味で、たっぷりと鰹節が乗った焼きうどんを思いだし、お腹がぐぅと鳴った。久しぶりに食欲が湧く。

見る見るうちに拓也の前に夕食が用意された。

「皆が揃うと座るとこがなくなるから、お先にどうぞ。あら、森口君。あなたも居たの？」

「酷《ひど》っ！　空気ですか、僕は……」

「冗談よ。あなたも一緒に食べちゃいなさい」

副菜はツナと大根をマヨネーズであえたサラダに、根菜《こんさい》類と豆腐が入った具沢山の味噌汁だった。

「今も近所の農家さんが野菜を差し入れてくれます。倉内さんのおかげっす」

聞けば、選手達による当番制の手伝いも継続していると言う。

「倉内さんが駅伝部の基盤を作ってくれたから、今でも助かってるって寮母さんが喜んでます」

「それより……今日、僕が来る事、監督は知ってるの？」

「いえ、言ってません。不意打ちで慌てさせた方が効果的っしょ？」

うどんをつるつるっと吸い込みながら、森口がしれっと答える。

やがて玄関が騒がしくなり、汗の匂いと共に部員達が食堂に入ってきた。合宿で顔見知りになった部員が会釈をしてきたから、手を上げて返す。

腹を空かせた彼らは各自、盆を手に列に並び、サラダ、味噌汁を取っていく。カウンターの最後にドレッシングや調味料を置いたコーナーがあり、そこで渋滞していた。続いて、欠伸《あくび》をしながら清水が食堂に入ってきた。暫く様子を見ていたが、拓也に気付く様子はない。

「監督。懐かしい人がお見えですよ」

厨房からボランティアの主婦が声をかけた。

「は？　誰だって？」

しかめ面をした清水が煩《うるさ》そうにしながら、彼女の目線の先を追った。そして、拓也に気付いた途端、ぎょっとしたように目を見開いた。

「お、おぅ、倉内じゃないか……。来るんだったら連絡しろよ」

「今日はお話があってお伺いしました」

立ち上がると、選手達が「何事か？」と拓也と清水を交互に見た。

清水に目配せされ、食堂を出る。

廊下の先にある広間には、大会スケジュールや当番表の他、選手一人ひとりの体重の推移がグラフ化され貼りだされていた。森口がマネージャーに作らせたのだろう。

先ほど、厨房に向かって「麺、大盛で」と言ってる部員がいたが、体脂肪を落とす為にダイエットが必要な者もいる。部員達の体重管理も主務の仕事で、その点については拓也も随分と恨《うら》まれた。

その広間の向こう側に扉があり、清水夫妻の住居区となっていた。ここには独立したキッチンがあり、台所と寝室の他に応接室があった。

キッチンで寮母が清水の食事を用意していた。いつもは下ろしている長い髪を、今は後ろで一つに結んでいて、拓也を見るなり驚いたように目を見張った。

「春美、大事な話があるから」

清水が入口に向かって顎をしゃくると、春美は了解したとばかりに出て行った。

応接室に入るのは、卒業以来だ。家具や応接セット、壁にかけられた絵が以前と変わらないのを目にした途端、ずっと心に蓋《ふた》をして押さえつけてきた感情が溢れ出してきた。

大学二年の秋、監督からこの部屋に呼び出された時、てっきり復帰の目途《めど》を尋ねられると思っていた。だが、途中で話の流れがおかしいと気付いた。動揺を隠しながらも、監督が言わんとする事を理解しようとしていたら、新年度から入ってくる予定の高校生達の記録を見せられた。拓也の自己ベストより、ずっと速い記録を。そして、清水は言った。

「今、チームに必要なのは、鷹のように全体が見えて、蟻のように状況に対応できる人材なんだ」

　陸上競技は記録が全てだ。

　暗に裏方に回ってくれと示唆された訳だが、拓也は無言のまま膝の上で組んだ手や、スリッパを履いた足元だけを見ていた。

　何で俺なんだ？

　これで俺の選手生活は終わるのか？　マジで？

　畜生、ふざけんな！

　そんな言葉が次々と喉元にせり上がってきたが、口から出たのは別の言葉だった。

「承知しました。今後は裏方としてチームに貢献し、皆を箱根駅伝に連れて行きます」

　清水は「そうか、頼んだぞ」と言うと、すぐに立ち上がって応接室を出て行った。

　どれくらいそこに座っていただろう。

　ドアの外に人がいる気配に気が付き、振り返ると春美が立っていた。「すみません。すぐに出ます」と立ち上がりかけた拓也に、春美は首を振ってドアを閉めた。

　見ると、ジャージの膝が濡れていた。

　言いたい事も言えず、簡単に説得された挙句、気が付けば、一人で声を殺して泣いていたのだ。

　あの後、涙を拭いた拓也は、何事もなかったような顔で部屋に戻り、同部屋の部員とたわいもない話をし、翌日のリハビリも休まなかった。そして、新チームに移行してからは、副務の仕事を始めていた。

走力では新入生に劣る。だが、時には彼らを上空から俯瞰《ふかん》し、時には地を這うように泥臭く立ち回って、東都大駅伝部を変えてやる。裏方として自分が箱根への道を切り拓くと誓ったのだ。

実際、四年の時に東都大は初めて箱根に出場し、いきなりシード権を獲得した。その陰に、倉内の地道な働きがあったことがクローズアップされたのだ。

そのおかげで、〝東都大駅伝部歴代ナンバーワン主務〟とか〝伝説のマネージャー〟といった耳触りの良い言葉を与えられ、「自分はチームに欠かせない存在だ」と思い込もうとした。

――この負け犬め！

何度、そう自分をののしった事か。

――あの時のように、もう簡単には引き下がらない。

拓也は腹に力を込めた。

「監督、なぜ、いきなり〈サガミ印刷〉さんなんですか？」

先に座った清水の頭上から言葉を浴びせる。

「とりあえず、座れ」

そう言われ、清水の向かいに腰を下ろす。

「うちの大会ロゴを使ってくれる。そう約束されましたよね？」

清水が腕組みをした。

「使うとは言ってない。前向きに検討するとは言ったが」

「小金井市や合宿でお世話になった自治体、トレーナーの熊沢先生をはじめ商品を提供して下さっているメーカーさん、或いは金品を寄付して下さったOBの関連であれば分かります。なぜ、それまで全くかかわりのなかった〈サガミ印刷〉さんなんですか？そう申し上げているんです」

「相模さんとこは土師市の企業だ。全く関連がない訳じゃないだろ？」

「優香さんの父親、つまり現社長は、マラソン開催に強硬に反対しています。つまり、我々とは険悪な関係にあります」

清水が「ぐ……」と言葉に詰まる。

「昔の誼《よし》みで、家業の宣伝に協力してほしい。彼女にそう言われたんですか？」

「お前！　誰に向かって口をきいてるんだっ！」

怒鳴った拍子に、清水の口から唾が飛び、拓也の頬にかかった。ポケットからハンカチを取り出し、おもむろに拭う。それを見て、バツが悪そうに清水が咳払いした。

「とにかく、ノーコメントだ。お前に説明する必要はない」

あまりに身勝手な言《い》い種《ぐさ》に怒りを通り越し、呆れる。

オファーをくれた企業や自治体に納得してもらうため、考える時間をくれと言ったのは、一体何だったのか？

拓也はソファに座り直し、背筋を伸ばした。

「分かりました。僕だって駅伝部OBというだけで、監督がこちらに都合良く動いて下さるとは考えていません。しかし、僕にも立場があります。市長や関係者の皆さんに説明し、ご理解を得なければならない……。いえ、まずは僕が納得できるように説明して頂けますか？〈サガミ印刷〉さんのロゴを使用する理由を」

「だから、今、言った通り……」

目線を彷徨《さまよ》わせながら言葉を探る清水に、拓也は容赦なく言い放った。

「原因は相模優香さんですよね？　彼女は僕が東都大にいた頃、取材に来られた記者さんです。監督は随分と……肩入れしておられた。清水さん」

自分でも信じられないくらい冷たい声で、かつて指導を仰いだ男の名を呼んだ。清水の顔色が変わったが、今度は何も言わなかった。

「もう一度言います。こういう事になった以上、宿を提供してくれた足利さんを始め、関係者に僕から説明する責任があります。このままだと、清水さんが私情から約束を反《ほ》故《ご》にしたと報告する事になります」

睨み合う時間が続く。

やがて観念したのか、清水が長いため息をついた。

「お前、彼女を退職に追いやったんだってな？」

「相模さんがそう仰ったんですか？」

「……」

「当時の東都大には、駅伝での実績が全くなかったにもかかわらず、監督を慕って入部してくれた部員もいたんですよ。選手だけじゃありません。マネージャーや食事を用意してくれているボランティアスタッフ、ご近所の方々。皆、東都大の活躍を楽しみにしてくれていたんです。そして、寮母さん……」

清水のこめかみが、ぴくりと動いた。

「寄付金を出してくれた卒業生もいて、皆、東都大駅伝部を応援してくれているんです。それを清水さん自らが、ぶち壊しにするつもりなんですか？　本当に情けないです」

「さっきから、何を一人でテンぱってるんだ？　俺と彼女はお前が考えているような不適切な間柄じゃない」

鼻で笑われて、肩から力が抜ける。

——だったら、何でそこまで肩入れするんだ？

女にのぼせ上がった男というのは、なぜここまで楽観的で、その場凌《しの》ぎの嘘をつくのだろうか？　段々と馬鹿らしくなってきた。

拓也は立ち上がって身を翻した。もう、ここにいても時間の無駄だ。

ドアを開けると、拓也は振り返らずに呟いた。

「清水さん。どうか、軽率な行動は慎んで下さい。これは土師市職員ではなく、東都大学駅伝部ＯＢとして申し上げます」


「もう帰っちゃうの？」

辞去しようと玄関で靴を履いていると、清水春美が見送りに来た。

「散歩がてら、駅まで送ってくわ」

サンダル履きの春美と一緒に外に出る。

駅前の賑わいを思うと、ここは静かだ。

「寮で暮らしてた頃は当たり前だと思ってましたが、改めて来てみると、ここは静かで良い所ですね。すぐ近くに飲食街があって、交通の便もいいのに騒がしくない」

「うん。凄く暮らしやすい。意外な穴場だね。最初は……、まだ結婚したばっかりだったし、冗談じゃないって感じだったけど。だって新婚なのに、いきなり何十人もの男の子と一緒に暮らすんだよ。寮母って何？　運動部のマネージャーさえやったことなかった私がよ」

今よりも若く、まだ学生時代の面影を残していた春美の姿を思い出す。

「倉内くんは、部員達と私の間に立って、気遣ってくれたよね。ほら、私も家事に不慣れで、料理も下手だったし……」

当時、清水夫人が作った料理を残し、実家からカップ麺やインスタント食品を送らせている部員がいて、拓也が激怒した事があった。

あまりに腹が立ったので、雷を落とすだけでは気が済まず、彼等に米を研がせ、じゃがいもの皮むきや玉ねぎのみじん切り、もやしのひげ根を取らせるなど、手がかかる作業をやらせた事があった。

清水が「炊事の為に練習を休ませるのか?」と言ってきたが、取り合わなかった。〝やってもらうのが当たり前〟という考えが改まらないようなら、退寮させてやるくらいの勢いだった。

「まるで私の気持ちを代弁してくれたようで、本当に嬉しかった」

当時の苦労を思い出したのか、春美は指で目元を拭った。

「部員達の生活態度を指導するのは、僕の仕事でしたから」

「ほらぁ、また。何でもない事のように言うんだから。倉内くんは主務以上っていうか、清水が気付かないところにまで気を配ってくれてた。それに、私が『こうした方がいいかな』と判断に迷っていると、すぐに『やりましょう』と背中を押してくれて、先回りしてテキパキ動いてくれたから、本当に助かった」

春美の歩調が遅くなっていた。

「うちの人が未だに東都大で指導を続けられてるの、倉内くんのおかげだよ」

「いや、そんなことはないですよ」

「あの女性が訪ねて来た時だって……」

危うく足が止まりそうになる。

「えっと、誰の事ですか？」

「隠さなくたっていいよ。あの時、倉内くんが誤魔化してくれたけど、私、気付いてたんだよ。清水には誰か、他にいい人がいるんじゃないかって。私が傍にいる時に携帯が鳴っても取らなかったり、そうかと思うとトイレに行ってコソコソとメールを打ってたり……。倉内くんも気付いてたんだよね？」

「本当に全く覚えがないんですけど」

言い繕《つくろ》いながら、こめかみを汗が伝った。

春美は「ふうっ」とため息のような、笑い声のような息を吐いた。

「そういう事にしておきましょう」

駅前の明かりが見えてきた。

「どこに泊まるの？」

「帰りは夜行バスです」

武蔵小金井からバスターミナルのある新宿《しんじゅく》までは、中央線の快速を使えば三十分ほどで着く。

「そう……。身体に気をつけてね」

最後に両手で肩をぽんと叩かれる。

「一つだけ忘れないでほしい。倉内くんには大勢の味方がいるって事を。だから、絶対にうまくいく。元気出してっ！」

3

「こうやってお話しするの、久しぶりですね」

拓也の前に座った優香が、落ち着いた口調で言った。

「話したい事があるから、庁舎に来てほしい」と約束を取り付けた時、拒《こば》まれるかと思ったが、優香は何も聞かずにやって来た。

優香を伴って一般利用できる庁舎内のカフェに入り、隅の目立たない場所に席を取った。彼女の為にコーヒーを、自分用にミルクをたっぷり入れたカフェオレを注文した。

「ご活躍なんですね。あいかわらず」

席に着くなり、優香は新聞の紙面を差し出した。

それは、春先に『ハゼブン』に掲載された記事で、拓也はレースディレクターと紹介されていた。

「肩書は立派ですが、ただの使いっ走りですよ」

話しながら、拓也の思考は十年前の記憶を辿っていた。

優香と初めて会った時の事は、うっすらと覚えている。新卒で新聞社に入ったばかりで、記者と呼ぶのがおよそ似合わないと思ったのを。

当時は女子マネもおらず、女性は寮母の清水夫人とボランティアの主婦達だけ。そんな男世帯に現れた同世代の女性の存在は、気持ちが浮き立つような高揚感をもって受け入れられた。

主務としてマスコミ対応を担当していた拓也は、優香と連絡を取り合う立場にあり、実際、彼女が取材に訪れた時には監督に引き合わせたり、撮影の打ち合わせもした。そのせいか、部員達から「立場を利用して女性記者と親しくしている」とからかわれて閉口した。

また、部内では「彼女が取材に来ると監督が優しくなる」と、下級生にまで広く知れ渡っており、そんな清水に呆れながら、最初の頃は「微笑ましい」と思っていた。が、そのうち、清水が夕方に寮を抜け出しては、深夜に帰宅するという事が何度か続いた。

不審に思った拓也が尾行したところ、清水が優香に会っている現場を目撃した。ファミレスに入った二人は、そこで三時間ほど粘った後、優香はタクシーに乗り込み、清水は自転車で寮に戻った。

拓也が危惧しているような間柄ではなさそうだったが、このまま放っておいていいものだろうか。いずれは関係が進展し、取り返しのつかない事になる可能性もある。

当時、東都大学は予選会を突破し、箱根駅伝初出場で沸いていた。そんな時に清水と優香の逢瀬《おうせ》がマスコミに嗅ぎつけられたら、スキャンダルとして面白おかしく書き立てられ、SNSを通して様々な憶測を呼び、拡散されていくだろう。

優香が取材に訪れ、グラウンドの隅で清水と楽しそうに話すのを目にする度、得体の知れない不安が足元から這い上がってきた。

そんな時、あろう事か彼女が寮を訪ねてきた。たまたま清水は外出していて、寮母の春美が応対に出ようとしていた。拓也は咄嗟《とっさ》に「自分の友達です」と誤魔化し、親し気に優香に声をかけながら外へ連れ出した。何かを察した優香は、何も言わずに帰っていった。

寮に戻った時、寮母と部員達が「拓也の恋人が来たらしい!」と騒いでいたが、彼らを無視して主務室に閉じこもると、ある決断をした。

新聞社に連絡し、担当記者を替えてもらえないかと頼んだのだ。以来、取材に彼女が来る事はなくなった。

暫くして、清水から探りを入れられたが、知らぬ存ぜぬで通した。

一応、社内での優香の評価が下がらないように、それらしい理由——可愛らしい女性が来ると部員達が浮き足立って、練習に身が入らなくなるから——を付けたので、彼女が上司から責められる事はなかったと思いたい。

今になってみれば、彼女の頭を飛び越えて「担当記者を替えてくれ」と新聞社に電話するのではなく、本人に直接「今は取材を控えてほしい」と頼めば良かったのだと気付く。取材のアポを受けるのは拓也の仕事だったのだから。

だが、許せなかったのだ。自分達の努力をふいにされかねないような、清水と彼女の行動が。

箱根駅伝初出場を目前に控え、急に来なくなった女性記者の事を、部員達はすぐに忘れた。清水も夜中に出かける事もなくなったし、そのおかげかどうか、初出場でシード権獲得という大金星をあげる事ができた。

だが、優香の気持ちはどうだったのだろう?

もしかしたら「女を武器にしてでも、情報を取って来い」と上司に言われていたのかもしれない。拓也からの電話を機に「新入社員のひよっこじゃあ、荷が重かったか」と言われて、社内で幅寄せに遭った可能性もある。現に今、優香は実家に戻り、家業を手伝っているのだ。大手新聞社の記者という立場を手放したのも、あの一件が原因だったのではないか。

もし、優香に思うところがあれば、この機会に積年の恨みを晴らそうとする可能性はあった。

飲み物が運ばれてきたのをしおに、優香が口を開いた。

「私に会うのも、レースディレクターのお仕事なんですか？」

「仕事ではありません。僕の独断で、今日は相模さんをお呼びしました」

「市長を丸めこんで県知事を動かし、議会や市民達の理解も得られた。父や一部の市民は今も反対してますが、それだって多勢に無勢でしょう。このまま順調に、大会当日を迎えられるのではありませんか？　良かったですね」

「良くないです。東都大の協力を得られていませんから」

「それが、私に何か関係あるんですか？」

まずは様子見とでも思っているのか、優香は笑みを浮かべたまま、白い指でティースプーンを弄《もてあそ》んでいる。

「清水監督に会いましたね？」

腹を探るような真似はせず、一気に切り込んだ。

「これは仕返しですか？　あなたを東都大の担当記者から外した事を恨んでの」

優香は目を細めた。

「私は、清水さんには当時の事を、そのままお話ししただけです。主務の方からの要請で、担当が別の記者になったのだと。清水さんがどうお思いになったかは、私の責任ではありません」

つんと顎を反らすと、そっぽを向いた。

「そうですか……。あの時、僕は必死でした。恋愛ごっこに現《うつつ》を抜かしている監督を、何としても選手達の方へ引き戻したいと。そればかりでした」

「恋愛ごっこ……って、随分と酷い言いようですね？」

こちらに向き直った優香は、傷ついたように表情を歪《ゆが》めた。

「倉内さん、何か勘違いされてませんか？　確かに私、清水さんの事は凄い人だと尊敬してましたが、恋愛対象として見てはいませんでした。それに奥様がいる人と恋仲になって、自分の人生を擦《す》り減《へ》らそうなんて、今も昔も考えていません。監督も同じだったはずです。新人記者だった私の熱意を汲《く》んで、お時間を作って下さっただけです」

「嘘つけ」と喉元に言葉が込み上げてきた。

優香は清水の気持ちに気付いていて、それを仕事に利用しようとしたのだ。

当時の心境を思い出し、胸が苦しくなる。

心を落ち着かせる為に水を飲んだが、それでも言わずにおれなかった。

「僕は主務として、東都大駅伝部を支えてきたんです。下級生の中には、『清水監督の指導を受けたい』という一心で、強豪校からの誘いを蹴って来てくれた子もいた。彼等を無事に〔箱根駅伝〕に出してやりたい。気持ち良く箱根路を走らせたい。ただ、その一念でした」

今になって思えば、拓也の箱根にかける思いは清水以上だったのかもしれない。

「他紙に先んじて情報を得る。それがあなたの仕事だ。だけど、僕達にも〔箱根駅伝〕への思いがあるんです。一生に一度、大学の四年間、そんな僅かな期間でしか成し遂げられない事への思いが。そりゃ、清水監督のような世界を目指していた選手にとっては、箱根は通過点だったかもしれない。だけど大多数の部員は、卒業と同時に選手生活を終えるんです」

「私も仕事を失いました」

冷たい声で言い放つ優香の顔は、白く強張っていた。

「私にとって東都大の取材は、初めて任された仕事だったんです。それまでは先輩について行ってたのが、『一人でやってみろ』と言われて、何としても、いい記事を書きたかった。それが……あの時、私が社内でどれだけ恥ずかしい思いをしたか……」

優香の目に、たぎった怒りの炎が灯った。

「あなたが私にした仕打ち、私は一生忘れません」

4

――週明け。

勤務中にスマホが鳴った。見ると、森口からだった。

『倉内さん、ちょっとご相談したい事が……』

「どうした?」

『さっき『週刊タッチ』の記者から寮に電話があったんです』

「『週刊タッチ』の記者って、川崎さん? 上手くまとめてくれて、いい記事を書いてくれてたよな。礼を言ってくれた?」

ひと月前に掲載された記事では東都大の合宿だけでなく、土師市の名産や風土、そして、来年に開催されるマラソン大会にも触れてくれていた。清水と握手する市長の写真には、現役時代の華やかな経歴も添えられていて、木村もご満悦だった。

『いえ、それが……。別の記者でした。てっきり追加取材かと思ったら……。どうも様子がおかしいんです』

「もうちょっと詳しく教えてくれ」

『寮母さんに話を聞きたいって言うんです』

――春美さんに話を？

「何を聞きたいんだろ？　で、取り次いだの？」

『いえ。『寮母は外出中で、暫く戻って来ない』と誤魔化しました』

森口は、なかなか機転がきく。

『用件を聞いたんですが、また連絡するとだけで……。何の事やら、さっぱり。監督は生憎《あいにく》、新入生のスカウトで地方に出張中で、暫く寮には戻ってこないんです。どうすればいいでしょうか？　誰か……何かやらかしたんですかね？』

「まずは落ち着いて……。選手達を信じるんだ。不安だからって、彼等を問い詰めてはいけないよ。どうなってるか今から大急ぎで調べて、後で連絡するから。もし、それまでに記者から電話があったら『監督も寮母も不在だ』と言って時間を稼いでおくんだ」

すぐに、『ハゼブン』の蘭子に連絡すると、「任せて」と返ってきた。そして、夕方近くになって蘭子が庁舎にやって来た。

「すみません、遅くなって。川崎くんを捕まえるのに時間がかかってしまって……」

事務局の部屋に、他に人がいないのを確認した後、蘭子が口を開いた。

「ちょっとまずい事になってますよ。東都大の監督が女性と密会している写真が、『週刊タッチ』編集部に持ち込まれたらしいです」

「女性⁉」

編集部に提供されたのは、清水が土師市内の飲食店で女性と二人きりで食事している所の他、駅伝部が宿泊していた〈足利ワイン醸造元〉の宿舎の玄関前に、タクシーで乗りつけた写真まであったらしい。

宿泊先には大勢の学生がいたのだから、部屋に連れ込んでなどいない事は関係者なら分かるはずだ。おそらく、その女性と食事をした後でタクシーに同乗し、先に清水を宿泊先で降ろし、そのまま女性はタクシーに乗ってその場から去ったのだろう。

だが、事情を知らない者が見たなら、清水が合宿の宿泊先に女性を連れ込んだようにも見えてしまう。

「記者は既に、清水監督にコンタクトを取っています。その上で、奥さんからコメントを取ろうとして駅伝部の寮に連絡したんだとか」

女性との間柄を聞かれた清水は、「相手はメディアの人間で、取材に応じただけだ」と突っぱねたらしい。だが、既に裏も取られていて、「当日、取材に同行したメディアに、女性はいなかったのでは?」と突っ込まれたという。

――馬鹿かよ。あの場に週刊タッチの記者が居たんだからバレバレだろっ!

思わず舌打ちしていた。

「一体誰が、そんな写真を……」

「ネタ元は、具体的に誰かとかは教えてもらえなかったんですが、川崎くんの口ぶりでは、第三者からの情報提供だと思われます」

SNSが発達した今、メディアでは〝情報受付窓口〟を設置し、オンラインで情報提供を呼びかけている。その内容は幅広く、身の回りで起きた出来事から始まって、著名人にまつわる疑惑、企業や役所の不正、事件や事故まで、ありとあらゆる情報が寄せられ、中には情報提供がきっかけで、大スクープに発展する事もあるらしい。

「だいたいの事情は分かりました。相手の女性はおそらく……」

相模優香の顔が浮かんでくる。

「〈サガミ印刷〉の専務でしょう」

これまでの経緯──清水が優香に執着していた件を除いて──を説明すると、「なるほど」と返ってきた。

「おそらく、清水がサガミ印刷さんとスポンサー契約の事を話し合っているところを、誰かが勘違いした。なので、大きな問題にはならないと思うんですが……」

「倉内さん、その見立ては甘いです」

蘭子の声が鋭く突き刺さる。

「相手は『週刊タッチ』ですよ。『土師文化新聞』のような、主に地域の情報を扱うメディアとは規模も読者層も違います。彼らの仕事は事実を報道する事ではないんです。事実から憶測した物語を面白おかしく書いて読者に提供し、雑誌の発行部数を伸ばす事なんです」

　こちらに歩み寄ると、蘭子はデスクに座っていた拓也を見下ろす位置に立った。

「いいですか？　清水監督は、夏合宿中に女性と二人きりで密会していて、その女性は〈サガミ印刷〉という地元企業の役員で、しかも……美人……ですよね？」

「はぁ、まぁ、一応」

「で、倉内さんの情報によると、その美人専務がいる〈サガミ印刷〉が東都大学駅伝部のスポンサーに名乗りを上げ、どうやら決まりそうだという事でした……。こんなの記者でなくたって疑問に思いますよね？　東都大駅伝部だったら、大きな企業やメーカーから幾らでもスポンサーのオファーがあるはずなのに、なぜ、いきなり地方の印刷会社とスポンサー契約を結ぶことになったのか？　って」

「その通りだ」と、拓也は頷く。

「となると、スポンサー契約の決定に清水監督が便宜をはかる見返りに、〈サガミ印刷〉の美人専務と不適切な関係を結ぼうとしたのではないか……、というシナリオが出来上がります」

「さすがに、そんな事実はないとは思いますが」

　憎からず思っている優香にスポンサーの件を打診され、清水はほいほいと話に乗ったのだ。そこに若干の下心があったかもしれないが、優香は清水を恋愛対象として見ていない。その気のない相手を力ずくでどうこうするほど、清水も落ちぶれていないだろう。

「倉内さん、この際、事実かどうかはどうでもいいんです」

蘭子がデスクに手をつき、ぐいと身を乗り出した。その拍子に積み上げた書類の山が崩れそうになる。

「ああいうとこの記者が記事を書く時、あらかじめ答えを用意した上で取材をします。記者が推測した内容の言質《げんち》を取る為に、取材対象者に会いに行くんです。今回の場合も、『週刊タッチ』の記者は、『清水監督と地方の中小企業の美人専務は不適切な関係にある』と結論を用意した上で、取材を進めるでしょう。つまり、箱根駅伝出場校の監督の不倫疑惑としてスクープされるんです」

「それは困ります！」

拓也が立ち上がった拍子に、書類がどさどさっと雪崩《なだれ》落ちた。

「東都大は今、駅伝シーズンを控えた大事な時期なんです。選手達を動揺させたくありません。何とかなりませんか？」

蘭子が唸り声を上げた。

「これが川崎くんが入手した情報だったら、記事にしないように頼めたかもしれませんが、先に他の記者の目に触れてしまってます。そうなったら、口出しはできないそうです」

「分かりました。僕の方から『週刊タッチ』さんに連絡して、何とか頼んでみます」

「倉内さん……それって、どうなんでしょう？」

暫しの沈黙の後、蘭子は意を決したように切り出した。

「我々はマラソンの宣伝をするのに、『週刊タッチ』や他のメディアに取材してくれるように頼みました。でも、そんな風にメディアを自分達の都合のいいようにばかり利用するの、私は違うと思います。メディアの基本は報道なんですから」

拓也や東都大にとって痛手となるような記事も、メディアが広く知らせる必要があると判断すれば、止める権利はないのだという。

「倉内さん、マスメディアには人々の知る権利に応える使命があるんです」

「報道の自由……というやつですか？　清水監督や相模さんは事実と異なる記事を掲載され、プライバシーを侵害される可能性もあるんですよ」

「それは……媒体の性質の問題です。うちの社であれば、当然掲載はしませんよ。ですが……、良識のあるところばかりとは限らないんです」

蘭子が帰った後も、拓也は暫し思案した。

春美の言葉が脳裏に蘇ってきた。

（うちの人が未だに東都大で指導を続けられてるの、倉内くんのおかげだよ）

もし、この件が雑誌に掲載されたら、間違いなく春美は傷つく。

いや、春美だけではない。

仮にその記事が事実無根だったとしても、東都大学の選手達は、〈サガミ印刷〉のロゴを付けたユニホームで駅伝を走らなければならなくなる。選手達のメンタルはどうなるのか、そんな精神状態でベストの走りができるのか？

選手達だけではない、彼らを支え、応援してきた家族、OB、ボランティア、友人、学校関係者、さまざまな形で支援してきた多くの人々の気持ちはどうなるのか――？

意を決して、電話を取り上げる。そして、〈サガミ印刷〉にアポを取る。

六郎を呼び出し、「折り入って話したい事がある」と言うと、「ふざけるな！　お前と話す事などない」と電話を切られそうになった。

「今、週刊誌の記者がお嬢さんを嗅ぎまわっています。詳しい事は、電話では申し上げられませんが、お嬢さんの経歴に傷がつく可能性があります。よろしいんですか？」

そうふっかけたところ、静かになった。

「記事を掲載させない為に、内密に話し合いたい」と言うと、六郎はおっとり刀《がたな》で駆け付けた。

「申し訳ありません。清水の責任です」

急に呼び出されて顔を真っ赤にしている六郎に、これまでの経緯を説明する。十年前にまで遡《さかのぼ》って、優香を疎《うと》んじた拓也が、彼女を出入り禁止にした事も。

その間中、六郎は黙って話を聞いていたが、激怒したいのを辛抱しているのか、こめかみに青筋を立てている。

「分かった」

最後まで聞き終えると、六郎は声にならないため息をついた。

「これはあんたの責任やないし、あんたに謝ってもらおうとは思わへん。せやけど、記事にうちの名前が出るんやったら、えらい損害や。その監督とやらには……いや大学には責任をとってもらいたい」

「相模さん。まだ記事になると決まった訳ではありません。裏をとる為に編集部が接触してきますから、向こうが何か言ってきても、取材には応じないで下さい。うっかり応えたら、言葉尻をとらえて面白おかしく記事にされてしまいますから」

「そんなんで、週刊誌が諦めるか？」

「分かりません。僕の方からも記事を出さないように、頼んでみますが……」

「向こうかて商売や。そう簡単に、あんたの言う事を聞いてくれへんやろ？」

「もちろん、承知しています」

言いながら、拓也は脳内の引き出しから、様々な言葉や考えをを引っ張り出してはひっこめた。

「相模さん、顧問弁護士はおられますよね？　仮に取材を申し込まれたら、弁護士を通して下さい。いざとなれば、『掲載するなら訴訟も辞さない』と言っても構わないです」

「は？　弁護士？」

突如、六郎が笑い出した。

「そら、おもろい。引き換えにマラソン大会を中止してくれるんやったら、考えてもええな」

急に態度を翻す。

「いや、しかし、優香さんが……」

「優香かて子供やない。自分のした事が分かってるやろ。そら、娘は可愛い。可愛いけど、弁護士たててまでどうこうする気はない」

そして、音を立てて席を立つと、そのまま部屋を出て行った。

「相模さん！」

その後を追いかける。

「お願いします」

無言のまま廊下を突っ切り、エレベーターに乗っている間も六郎は口を開かない。仕方がないので、そのまま庁舎の出入口まで一緒に行き、見送る事にした。

「あんた、これまで挫折した事ないやろ？」

六郎がふいに立ち止まった。拓也が答えに窮していると、さらに畳みかけられる。

「泥水をすすった経験もないんやろ？」

振り返ると、六郎はゆっくりと拓也の顔に目を据えた。

「わしはなんべんもあるで。今日中に金を集めんと不渡りを出すとこまで追い詰められたり、従業員の給料を払えるかどうか肝を冷やしたり……。わしをずっと支えてくれてた古株の社員の首を泣く泣く切った時は『もうこんな会社畳んだれ！』と、何もかも投げ出したなった。……暫くしてからそいつが死んでしもたんや……。電車に飛び込んで……な。本人や……家族からはさぞかし恨まれたやろな。いまだに夢に出てきよる」

迂闊に相槌を打つ事もできず、ただ傾聴するしかなかった。

「ハゼブンの記事を読んだけど、あんたは箱根駅伝を走るつもりで大学に入ったのに、裏方を任されて走られへんかったそうやな。それが、あんたにとっての挫折か？」

「そうだ」と言いたいのに、言葉が出てこない。

六郎が鼻で笑った。

「世間的に見たら、そんなん挫折でも何でもない。入学金免除で大学に入れてもろたのに、力不足で箱根駅伝を走られへんかった。要はそういう事やろ？　大学にしてみたら見込み違いというか、えらい損害や。せやのに退学させられた訳でもなし、ちゃんと居場所を用意してもらえたんや。感謝こそすれ、恨みごとを言うのは甘えとる。そんなスポーツ馬鹿やから、マラソンをやる事でどんだけ周りに迷惑かけるか、損害を被《こうむ》る人間がどれだけおるんか、想像でけへんのや」

じっと睨み合っているのを、通り過ぎる人々が何事かと見てゆく。

先に視線を外したのは六郎だった。

「思い上がるのも、ええ加減にしときや」

それだけ言うと、拓也を置き去りにしてすたすたと歩き出した。

5

「おわっ！　拓ぼんやないけ？」

営業が終了して無人になった食堂の暗いテーブルに座っていると、村田兄弟に見つかった。

「お二人こそ、まだ帰ってなかったんですか？」

シルバーセンターから派遣されている職員は、午後五時に退社することになっている。

二人が「仕事は終わったんやけど、喋ってたらこんな時間になってしもた」と言うのを、ぼんやりと聞く。

「大丈夫か？」

顔の前でひらひらと手が振られた。

自分はよほど酷い顔をしているのだろう。二人が交互に顔を覗き込んでくる。

「熱でもあるんとちゃうんか？」

今度はカサカサの手の平が、額に当てられる。

「拓ぼん。悩んでる事があったら、俺らに言え」

繁爺が顎ヒゲを弄びながら言う。

「そうや。どうせ、また木村が無茶を言うたんやろ。いっぺん俺らから木村に文句言うたる」

政爺も、つるりとした顔を撫でながら吠える。

「いや、そういう訳では……」

喋るつもりもなかったが、気が付いたら事件《こと》のあらましを話していた。

「あの監督、真面目そうに見えるけど、絶対にスケベェやと俺は思っとった」

「一緒に写ってたという女は誰や？」

さすがに、それは言えない。「たまたま居合わせた女性ではないかと」と誤魔化す。

「東京の週刊誌が相手やったら、さすがの木村も記事の差し止めは請求でけへんやろなあ」

繁爺が腕組みをし、政爺を見た。同じポーズをした政爺が、首を振っている。

「事前に別の記者の取材を受けているのですから、交渉の余地はあるはずなんですが」

「どうやって？」

「たとえば、何か別のネタを差し出して、問題の記事を取り下げてもらうとか……」

「は？　そんなもん、よっぽどのネタやないと、食いついてけえへんやろ？」

拓也が黙り込んでいると、政爺が声を潜めた。

「拓ぼん。あんたは自分の大学を守りたいんやな？　その為やったら、どんな事でもするか？　たとえば大恥をかいたり、下手すると自分の首が飛びかねんような事でも」

「政やん、何かええ考えでもあるんか？」

繁爺が食いつく。

「せやなぁ、たとえばやけど、市役所の女性職員に『拓ぼんにセクハラされた』て訴えさせるとか、横領したとか……。週刊誌て、そういう記事が好きやん」

「そ、それは……」

ぐっと言葉に詰まる。

「アホ！　そんな記事を書かしたら、拓ぼんがここにおられんようになるやろ！」

「冗談、冗談。たとえばの話や。おい、ちょっと耳を貸せ」

そして、内緒話を始めた後、二人が揃って不敵な表情を見せた。「ええ事、思いついた」と言いながら。

ごくりと唾を飲み込む。

「拓ぼん、あんた、この話を聞いたら、すぐに東都大の監督んとこに電話しいや」

6

翌週――。

週刊誌の見出しに土師市の名が躍《おど》った。

〝箱根駅伝常連の名門駅伝部出身・P県土師市の公務員が業者と癒着か？〟

内容は、市役所職員が特定の地元業者と、不適切なやり取りをしている疑いがある、というものだった。

その特定の地元業者とは土師市内の工務店で、そこの従業員と市内の高級料亭で女性を交えて歓談する写真が掲載された。目線が入れられ、名前もイニシャルで記されていたが、本文では問題の職員の経歴が露わになっている。

同席している女性は金髪にした髪を大きく膨らませ、黒留袖《くろとめそで》を着ている。そして〝飲食店勤務の女性〟とだけ書かれていた――。

「これは、どういう事なんだ？　朝から電話が鳴りっぱなしだよ！」

朝一番に呼び出され、総務部長から雷を落とされる。その手には、件の週刊誌が握られていた。

「御覧の通りです。スポーツ振興課に派遣されている村田さん達と食事をしただけです」

政爺こと村田政之は家業の工務店を息子に継がせ、自分はシルバーセンターに登録して気ままに働いているが、実際は社長のアドバイザーとして実権を握っている。しかし、拓也にとっては同じ部署で働く同僚だ。

しかも、写真を撮影したのは政爺の兄である繁爺だ。彼もいっしょに飲食していたのだから、仮に現場に居合わせていた市職員がいたとしたら、仕事帰りに一杯やっている風にしか見えなかっただろう。

「分かっている！　それが、どうしてこんな記事になってるのか、それを聞いてるんだ！」

「僕にも分かりません」

毅然とした態度で答える。

「日下くん！」

話にならないと思ったのだろう。今度は謝罪に立ち会った上司の日下を怒鳴りつけた。

「公務員の不祥事は、他の職種よりも厳しい目で見られるんだ！　その上、倉内くんは市長が起ち上げたマラソン大会の実務担当という目立つ立場なのに、料亭で会食なんて……。だからこんな記事を書かれるんだ。もっと自覚を持たせろ！　自覚を！」

総務部長の顔は真っ赤だ。

「申し訳ありません。私の監督不行き届きです」

日下が腰を九十度折って、頭を下げたから、一応は拓也も倣《なら》う。

「倉内くん、何か言う事はないのか？」

日下が総務部長に追従《ついしょう》するように言う。

「僕は何も後ろめたい事はしておりません。誰かが勝手に誤解して、それが記事になっただけの話です」

総務部長からは三十分以上にわたって嫌味を言われ、ようやく解放された。

「大会の事務局長になって以来、誰かに怒鳴られてばかりだよ」

日下の言葉に「すみません」と謝罪する。事務局長とは言え、元々は形だけの役職で、実質的な権限は拓也が握っていた。それなのに、何か事が起これば責任を取らされるのが、日下の立場だった。

「処分が決まるまで、自宅で謹慎していなさい」

疲れ切った表情で、日下はため息をついた。

「処分されるような事は、何もしていません」

だが、その言葉は無視された。

「我々では対処できない事態が発生したら、こちらから連絡する。いいか？　ほとぼりが冷めるまで自宅で大人しくしているんだぞ」

部屋に入ると、青木と蘭子ばかりか、松岡までもが青い顔をし、顔を突き合わせていた。そして、拓也を見るとはっと顔を上げた。

「倉ちゃん……」

青木が何か言いかけるのを遮り、拓也は頭を下げた。

「お騒がせしています」

「あのなぁ、俺は謝ってほしいんとちゃう。説明してや。何で、こんなもんが記事にされてるねん？　ただの内輪の飲み会やんか」

「すみません。よく分からなくて……」

「そもそも、あのお爺ちゃんらと一緒に飲みに行ってる事自体、不自然や。あんた、下戸《げこ》やん。しかも高級料亭て、よう見たらP県内でチェーン展開しとる料亭風の和食店『いろは』やん……いや、そんな事はどうでもええ！　俺はずっと一緒に倉ちゃんと仕事してきたから分かるけど、最近は遊んでる暇もなかったはずや。それとも、みんなの目を掠《かす》めて、そんな事してたんか？」

「僕だって、たまには羽目《はめ》を外したくなります」

全員の視線を感じる。どのくらいそうしていただろう。つとデスクの方へと向かい、私物を段ボールに入れていった。

「え？　何？　どないすんねん？」

「謹慎を言い渡されました。処分が決まるまで、自宅で大人しくしていろと」

「ちょ、冗談やないで！」

慌てたように、青木が拓也の手を抑える。

「俺らだけで、どうにもでけへんやろ。倉ちゃんがおってくれな」

「青木さん」

摑まれた手を、そっとほどく。

「コースは設計できていて、無事に公認も取れました。市内のローラー作戦もほぼ終わっていますし、諸々の発注も済ませました。もちろん、青木さん達にとっては初めての事ばかりで不安だと思いますが、〈ランニングライフ〉がついています。それと、窓口は日下さんにお願いしました」

「いや、幾らなんでも無理やろ。……ていうか、途中で放りだすて、あんまりや。倉ちゃん、あんた無責任やで」

一つ一つの言葉が、ぐさりと胸に刺さる。

「本当に申し訳ありません。出勤はできませんが、リモートで何かしらのお手伝いはできます。後の事はどうか、どうかよろしくお願いいたします」

深々と頭を下げ、荷物を手に部屋を出た。

早々に帰宅した拓也に、母がぎょっとしたような顔をした。

「どないしたん？　いつも午前様やのに」

その様子では、『週刊タッチ』に自分の息子が掲載されている事に、まだ気付いていないようだ。「ずっと忙しかったから、暫く休ませてもらう事になった」と言っても、特に疑う様子はない。

スマホが鳴った。

相手は『週刊タッチ』の川崎だった。

『もう少し配慮したかったんですが、デスクが見出しに〈箱根駅伝〉を入れろと言うもんで、あれが限界でした』

「とんでもないです。大学の名が出ないようにしてくれたんですよね。ありがとうございます。こっちこそ無理を言って申し訳なかったです」

『……無理だなんて。そもそも、持ち込まれた清水監督の写真だって、記事になるかどうか微妙だったんです。でも、〈箱根駅伝〉絡みのニュースは話題性があるからって、先走った奴が取材してしまって……』

川崎の言葉が途切れた。

『実は僕、あの写真に映っていた女性を偶然、見ているんです。清水さんに同行している時に居合わせて……。イイ女風というか、ちょっと目立つタイプですし』

周りには市の職員の他にも大勢の人がいて、好奇心をくすぐられた人間もいただろうと言った。

『でも……本当に大丈夫なんですか？　あんな風に記事になってしまったら、倉内さんの立場が……』

「首が飛んだら、飛んだ時です。元職場の〈ランニングライフ〉に頼みこんで、復職させてもらいます」

川崎からの電話を切った途端、再びスマホがヴヴっと鳴る。

『倉内さん！　何で、あんな事になってるんですか？』

森口だ。

「何の話？」

『とぼけないで下さい！　『週刊タッチ』ですよ！　何やってんすかぁー！』

森口がわーわー言ってるのを、拓也はぼんやりと聞いていた。

『女ですよね？』

拓也が反論しないでいると、森口が勢い込んだ。

『冷静になって考えたら、記者が寮母さんに話を聞きたがるって、監督の女性問題しか考えられませんよ。監督が女性相手に何かやらかしたんでしょ？　それを揉み消そうとした結果が、あの記事ですか？』

「だから、声が大きい。落ち着けって」

『あ、ヤベ。奥さん……』

スマホに雑音が混じる。

『馬鹿っ！』

何の前触れもなく耳元で大声を出されたから、鼓膜が破れたかと思った。

『あなたは本当に馬鹿よ！　大馬鹿よ……』

春美だった。森口のスマホを取り上げたようだ。

「すみません。ご心配をおかけして」

勘のいい春美は、何もかも察したようだ。やがて、すすり泣きが聞こえてきた。

『倉内さん』

再び、森口が電話口に出た。

『安心して下さい。何か事情があったんだろうって……。みんなも、そう言ってます。僕ら全員、倉内さんの味方です』

「俺の事はいいから。大会に向けて集中して。あと、絶対に清水さんを貶《おとし》めるような真似はするなよ」

『分かってます。何事もなかったみたいな顔で、平気で皆に指示してるのを見るとムカムカしますが、倉内さんの為に辛抱します』

「確かに軽率なところはあるが、監督がいるからこそ今があるんだ。そこ忘れるなよ」

『は……い』

7

「スタッフの弁当ですが、最終的には一ケ月前、人数がはっきりしてから発注します。ですが、現時点で一次発注をしておかないといけません。ええ、量が多いですから、事前におおよその数を向こうに連絡する必要があるんです。当日、動員される審判や警備員、民間から動員されたスタッフ、ボランティアの人数の概算を出して……。あ、無理ですか？　忙しい？　分かりました。こちらに資料を送って下さい。僕が計算します」

謹慎を言い渡されてから、何日経っただろうか？

毎日のように日下や青木から連絡が入り、その都度、電話で指示を出したり、時には拓也自身が各方面にメールを送るなどしている。

警察との折衝《せっしょう》や住民への説明会、その他の交渉ごとは終わっているとは言え、やる事は幾らでもあるのだ。それを改めて思い知らされた。

「それから、ボランティアの配置ですが、当日の移動手段を考えて計画して下さい。スタートは八時ですが、その何時間か前には集合してもらわないといけないんです。なので、自宅の位置と公共の交通機関の始発時間の兼ね合いを考慮して……」

その時、階下から母の声がした。

「拓也！　お客さんやで！」

青木には来客だと告げて、一旦、電話を切った。

そのまま部屋を出ようとして、パジャマのままだったのを思い出す。Tシャツに綿パンという普段着に着替え、手櫛《てぐし》で寝ぐせを整える。

だが、何気なく窓の外を見ると、黒塗りのクラウンが停車していた。市長の公用車だ。

――え？　木村市長？

慌てて襟のついたポロシャツとスラックスに着替える。

玄関で待っていたのは運転手で、外に連れ出されると、車の中で待っていた木村がウインドーを下げた。

「おぉ、だいぶ顔色が良うなったやないか。どや？　もう十分休んだやろ？　ちょっと付き合え」

木村が指示を出すと、運転手が後部座席のドアを開けた。

滑らかな運転で高速道路を走った後、車は農村地帯から山道へと入る。くねくねと峠道を上っていくと、見晴らしの良い場所にさしかかった。眼下には土師市街と遥か向こうに海が見えた。

隣に座った木村が、窓の外に目をやった。

「こうやって改めて見ると、何と豊かな街なんやろ。なぁ、そう思わへんか？」

無言のまま、車窓の風景を見やる。

市街地の中に、前方後円墳の緑が思い思いの方向を向いて点在している。そして、上空を覆う雲間から光が差し込むと、古墳群の傍を流れる土師川が銀色に光った。

「今回のマラソンのコースに山は入ってへんけど、できれば走った後はここまで来て、自分らが走った街を見てもらいたいよな」

木村の言葉を拝聴していると、車が左折し、竹林の道を進んでいった。

女将と思《おぼ》しき着物姿の女性が料亭の庭を通って先導する。木々に隠れるように建っている離れに案内された。

離れの座敷には、でっぷりとした体躯《たいく》の赤ら顔が待っていた。

「花咲さん、連れて参りました」

市長が背筋を伸ばし、折り目正しく頭を下げる。

「おぅ、初めましてやな。入れ、入れ」

背の低い和室用テーブルにはビール瓶とグラス、小鉢が見える。その傍らで金髪を派手目にアップした女性が酌をしていたから、ぎくりとした。

「この女性の事は知ってるな。クラブ〈峰《みね》〉のママ。本名は村田美祢子《むらたみねこ》や」

「はい」

女性は拓也達と入れ替わりに、離れを出て行った。その際、拓也に軽く会釈をした。

「また、えらい大芝居を打ったもんやなぁ」

花咲の丸っこい指が、拓也を指さした。

「何の事でしょうか？」と答えると、愉快そうに「ガハハっ」と笑う。

花咲の言葉を木村が受ける。

「記事が出た時は、僕が考えたマラソン大会がわやになるんかと、ひやひやしましたわ。ところが、よくよく写真を見たら……、工務店の会長て、僕がおった球団の応援団長ですやん。色の付いた眼鏡をかけて、柄が悪そうに見せてるの、これは変装か？　倉内くん」

そして、何かを思い出したのか、含み笑いを漏らす。

「花咲さん、この会長いう人は堅気《かたぎ》のおっちゃんですわ。女癖が悪いせいで、嫁さんに逃げられた以外は……。で、美祢子さんと再婚した。ママには、僕らもお世話になりましたわ。クレーム？　いや、よう分かってへん人からの電話ばっかりですわ。せやから、職場の親睦会やと説明さしてます。知ってるもんは皆、笑てるでしょ」

「怖い世の中やなぁ。うっかり仕事場の仲間と飲みにも行かれへんて……。せやけど、その清水とかいう監督てそんな有名なんか？」

清水の名が出て、ひやりとする。どうやら、全てお見通しらしい。

「オリンピックには出てませんが、日本代表になるかどうかぐらいの選手やったんです。プロ野球の選手に比べたら、知名度は低いとは思いますが。まぁ、それだけ箱根駅伝が注目されてる証拠ですわ。倉内くんの記事の見出しも〝箱根駅伝常連校の駅伝部出身〟ですからねぇ」

目を伏せたまま、木村が話すのを聞く。

清水と優香が一緒にいるところを撮影したのは誰なのか、また、誰が週刊誌に持ち込んだのか、未だにそれは分からないままだ。しかし、清水の経歴を知っている者であれば、〝スクープになる〟、或いは〝金になる〟と考えたとしても不思議ではない。

メディア的には〝箱根駅伝常連校の醜聞〟の方が部数を伸ばせただろうが、流出した写真は男女の仲を疑うには決定的ではなかった。しかも、スポンサーに名乗りを上げた〈サガミ印刷〉は早々にスポンサー候補から外れていると清水が抗弁したことで、ネタの信憑性《しんぴょうせい》が一気に低くなってしまった。

代わりに拓也たちが提供したでっちあげが誌面に掲載される事になったが、こんな写真でも、書きようによっては〝公務員の不正〟に化けるのだ。

「倉内くん、リモートもそろそろ飽きたやろ。明日から現場に復帰したらどうや？」

「いえ……。それはあまりに申し訳ないです。記事には僕が新設のマラソン大会の運営にかかわっている事にも触れられていて、少なからぬ傷をつけてしまいました。無事にマラソンが開催されるのを見届けたら、責任を取って辞めるつもりです」

「アホ言いな。辞める方が無責任やわ。だいたい、あんたの名前は大会要項には載せへんのやろ？」

事務局長として日下の名が掲載されるだけの予定だ。

そう聞くと、花咲は愉快そうに腹をゆすった。

「まさに働き損やな。一番、動き回ってる人間が影武者になってるんやさかい。とりあえず、今日は倉内くんの現場復帰祝いっちゅう事で。ほれ、そんな隅っこでかしこまってんと、こっちへおいで」

花咲は隣の席を叩いた——。

8

村田兄弟が仕組んだ騒動の効果は、ほんの数日後に現れた。

東都大から正式に、〔古墳と埴輪の町マラソン〕のロゴを付けて三大駅伝を走ると連絡があり、謹慎明けの拓也は、すぐに東都大駅伝部のユニホームに付ける大会ロゴマークワッペンの発注をした。

秋の駅伝シーズンに入ると、東都大は〔出雲駅伝〕、〔全日本大学駅伝〕と〝はにわラソン〟のロゴをユニホームの胸元に付けて走り、それぞれ5位、4位という成績で健闘した。

「うちは長い距離をきっちり走れる選手が多いから、距離が延びる箱根の方が得意なんです。3位以上を狙いますよ」

インタビューで監督の清水は、そう力強く宣言した。

「今年の夏から合宿でお世話になり、その御縁からP県内で開催される〔古墳と埴輪の町マラソン〕に、東都大は協力します」と言い添えるのも忘れなかった。

今さらながら、あの記事が世に出ていたらと思うとゾッとする。

『週刊タッチ』がスクープを狙っていると知った日、事態の収拾に困り果てた拓也に、政爺はある策を耳打ちした。

その後すぐに拓也は清水に電話をして、「もし『週刊タッチ』の取材を受けたら『スポンサーに名乗りを上げた〈サガミ印刷〉さんは、早々に候補から外れた』と清水が言わない限り、スキャンダル記事が世に出てしまう」と脅したのだ。

「二人きりで会ったのは確かだが、やましいことは一切していない」と、清水は言い張ったが、事実がどうあろうと、世間がどう見るかが問題で、その一番の被害者が部員たちであり、春美であると訴えた。

そして、会食の写真を交換条件に、懲戒処分を受ける覚悟で清水の醜聞を闇に葬った拓也への償《つぐな》いもあってか、森口を通して送った提案は、全て叶えてくれている。その森口によると、清水は週刊誌の件で春美に相当絞られたらしい。

清水が心を入れ替えたからか、それとも部員達の間で結束が強まったからか、東都大は善戦していた。

一方で、〝はにわラソン〟開催への準備は粛々《しゆくしゆく》と進められていた。

年末にスタッフウェアとキャップ、参加賞のTシャツが納品された。

どれもすんなりと決まった訳ではない。逐一、承認をとってまわったり、順に判子《はんこ》をついてもらうなど、お役所特有のアリバイ作りというか、形式的な作業に追われた。

しかし、それも終わった。

大会グッズが実物となって届くと、関係者のテンションも上がる。

バタバタながらも年内締切の作業を済ませ、拓也も心穏やかに年を越せた。

そして、正月は自宅の茶の間で、いつもとは違う思いで〔箱根駅伝〕の中継を観戦していた。先の〔出雲駅伝〕や〔全日本大学駅伝〕でも、東都大は〝はにわラソン〟の大会ロゴを付けて走った。だが、やはり箱根は別格だ。東都大のユニホームの胸元に輝く前方後円墳がアップで映された瞬間、言葉で言い表せない感情が押し寄せてきて、目頭が熱くなった。

ロゴマークのデザインは、〝古墳〟をイメージした緑をバックに埴輪が走っているデザインだ。

スタート地点では、順に並んだ選手をカメラが舐めるように映していたから、〝はにわラソン〟のロゴマークもきっちり映っていた。さらに、中継所に駆け込んだ後など、カメラが寄った際に彼等は胸元を叩いたり、ロゴマークを指さすなどして、視聴者の視線がマークに向くような仕草をしてくれた。あれは森口の指示だろう。

東都大は〔箱根駅伝〕では去年より一つ順位を上げて、準優勝という素晴らしい結果を残した。惜しくも優勝は逃したが、途中で先頭争いをする場面もあり、おかげでテレビに大きく映る機会を得られた。

そして正月が明けると、まず大会運営マニュアルが届き、スタッフ弁当の最終発注を終えた。

大会二週間前――。

「倉ちゃん、また天気図を見とんかいな」

出勤して早々にデスクのＰＣで気象庁のサイトを眺めていると、青木から声がかかった。

「雨が心配やったら、今から合羽《かっぱ》の発注をするか？」

拓也は肩をすくめて、首を振った。

「冗談じゃないです。数が揃うかとか、期日に間に合うかとか、また心配の種が増えるだけです」

「雨が降った時の事まで考えて、屋根のある施設を更衣室にしたんや。それに、なるべく走る恰好で来場するように事前に呼びかけてるし、駐車場も余裕をもって用意してるから、そのせいでスタートに間に合わへんという事はないやろ。確かに衣装が濡れてしもたら、コスプレランナーには気の毒やけど……。それより完走メダルが届いたで。これはあんたの分。プレゼントらしいわ」

白い箱をそっと開ける。

前方後円墳を模《かたど》った焼き物が現れた。透明感のある深緑の釉薬《ゆうやく》が美しく、空色のストラップがきりりと映える。

「ちょっとした工芸品やで。これは……」

横から覗き込んだ青木が感嘆の声を上げた。

〔第一回　古墳と埴輪の町マラソン〕で完走者に贈られるメダル一万個は、土師歴史博物館の協力のもと、三つの市内の窯元《かまもと》と就労継続支援B型施設など複数の事業者で製作された。材質は粘土で、型押しから始め、素焼き、色付け、本焼き、ストラップの取り付けといった作業を、職員や施設の利用者などで行った。

完走メダルは、フィニッシュテープを切った後に古代装束の〈おもてなし女官〉が首にかけてくれる手はずになっている。

このアイデアは「名古屋ウィメンズマラソン」からヒントを得た。同大会は女性限定の大会であり、完走した女性ランナーにはティファニーの大会オリジナルペンダントが贈られる。贈呈するのは、五十名のイケメンで結成された〈おもてなしタキシード隊〉だ。

ちなみに、〈おもてなし女官〉を最初に思いついたのは松岡である。女官の衣装も、彼と唯が既製品のコスプレ用品に手を入れて製作してくれた。

そして、二十名の枠で募集された〈おもてなし女官〉には予想以上の応募があり、市役所職員の中には「自分がやりたい」と言い出す者までいて、拓也の想像以上に盛り上がっている。

他に完走賞としてタオルを用意した。タオルは白鳥市の地場産業でもあるから、そちらの業者に製作を依頼したところ、さすがに手慣れたもので、古墳をモチーフにした洒落たデザインのタオルが出来上がった。

ランニングポリスの他、メディカルランナーの希望者も募り、警備と救護態勢も万全に近い。

コース点検も抜かりなく、1キロごとのポイントの確認の他、給水ポイント、通過制限時間を設定する収容関門ラインの確認等、地味な作業が続く。

運営、警備共に滞りなく準備が進められていたが、問題は次から次へと起こる。最後のコース視察で、沿道に思いのほか雑草が繁っている箇所が複数見つかり、シルバーセンターから人を派遣してもらい、事務局も手伝って草取りをした。

〝はにわラソン〟の開催日が近づくにつれ、マスコミからの問い合わせが増え、取材のオファーも入って、本大会への期待の高さが窺えた。

そして、今日は拓也が関係各所を飛び回っている間に、事務局に招待選手用のナンバーカードが届いていた。拓也が留守の間に、青木がプログラムや参加賞のTシャツと共にビニール製のナップ袋に入れてくれたから、後は本人に渡すばかりになっている。

「さあ、もう怖いもんないな。後は当日を迎えるだけ」

そう言う青木に、拓也はパソコンの画面を閉じた。

「できれば晴れてほしいですが、ここまで来たら、あとはやるしかないです」

天候に恵まれれば、大会は九割方、成功したようなものだ。

「〝はにわラソン〟用に、てるてるぼうずを山ほど作って、吊るしとこか」

おどけたように、青木が言った。

一年前に撒《ま》いた種が発芽し、順調に生長し、蕾《つぼみ》も膨らんだ。あとは大会当日に大輪の花を咲かせるのを待つばかりだ。

9

大会を明日に控えて——。

その日、タイム計測用マットの感度チェックを終えた拓也は、庁舎内に設置された〝はにわラソン〟大会事務所に戻り、暫しの休息をとっていた。今夜はここに詰め、そのまま朝を迎える心づもりでいた。スタッフも数人、一緒に泊まり込んでくれている。

今朝確認した明日の天気予報は、雨のち曇り。

「暗いうちに雨が止んでくれるとええなぁ」と言い合って順に仮眠をとった。

椅子に座ったままうとうとしていると、ふと誰かの声で目覚めた。「えらいこっちゃ」と慌てている。

見ると、窓の外がほんのり明るい。時間を確認すると午前五時。まだ日が昇る時間帯ではない。起き上がって窓に近づく。

思わず「うっ」と呻《うめ》き声をあげていた。

夜間に雪が降り始めたのだろう、辺り一面が真っ白になっていた。呆然とする拓也の背後でばたばたっと足音が聞こえた。

「まさか、雪になるとは思わなんだなぁ」

「P県でここまで雪が積もるて、何十年ぶりかやで」

窓際に人が集まり、室内がざわめく。拓也は窓から離れ、庁舎の外に出た。

既に交通規制が始まっており、車の通行がないせいでアスファルトの路面は雪に覆われていた。植樹された木々も綿帽子を被ったように真っ白だ。

〝古墳と埴輪の町マラソン〟と記されたバルーン型スタートゲートも雪化粧を施され、昨日、前日受付で賑わった広場や芝生ゾーンも雪で覆われている。

まだ誰も足跡をつけていない雪面に足を踏み出し、恐る恐る踏みしめる。しっかりと靴底の模様が刻印された。湿った雪で、アイスバーンにはなっていない。日が昇り、気温が上昇すれば自然に溶けるだろう。

だが、スタートは午前八時だ。

大会事務所に戻ると、皆の目が拓也に集まった。「どうするのだ?」と、その目は問いかけてくる。

「路面清掃車を出せますか? ブラシがついた車です」

「建設課で一台、導入してるはずや」

すぐさま青木が答える。

「至急、連絡を取って下さい。それから融雪剤は使用しないで。ネチャっとするので、ブラッシャーで雪かきです。あと、この雪は気温が上がれば溶けるので、スタート地点に近い所から重点的にやりましょう」

さすがにコース全域は無理なので前半部分、土師市北部から白鳥市の路面を重点的に除雪する。

「あと、川沿いの道もチェックしておいた方がいいですね。吹きさらしになるから、気温が上がらず、雪が溶けづらい……。今からサイクリングコースと農村エリアを、見に行ってきます」

「あかんやん。あんたはここにおらな」

駆けだそうとする拓也を、青木が慌てて止めた。

「よっしゃ、分かった。そっちは俺が見に行ってくる」

「お願いします。特に橋を重点的にチェックして下さい。橋の下を風が通り抜けるせいで、路面が凍りやすいんです。あ、青木さんも転ばないように気を付けて下さいね」

「ＯＫ！　任しとき。それより、清掃車は一台で足りるか？」

「白鳥市にも問い合わせて、あれば対応してもらいます。我々も除雪作業をしましょう」

とは言え、雪国ではないので雪かき用の道具などはない。庁舎内からありったけのシャベルとバケツの他、竹ぼうきと化学繊維のブラシがついたほうき、ちりとりをかき集めてくる。

連絡を受けた職員も、それぞれ自前の道具を手に、スタート地点の〈土師古墳公園〉に集まってくれた。農作業に使っているというリヤカーを用意してくれた者もいて、まずはスタートゲート周辺からランナーが整列する道路を除雪していく事にした。

幸いなことに、除雪作業を始める頃には雪が止んだ。

作業の合間にも、拓也はスマホで他のスタッフに次々と指示を出していく。

「雪は止みましたが、路面には雪が残っていて、渋滞する可能性があります。駐車場の除雪、くれぐれもお願いしますよ」

拓也の頭は高速で回転し、油を差した機械のように滑らかに口が動く。

「倉内さーん」

「遅くなりました!」

向こうの方から蘭子と松岡が駆け足でやって来る。同僚に声をかけたのか、十人くらいのグループを引き連れている。意外な事に、松岡とその連れの手際がいい。スコップを使う発掘作業で鍛えられたのだという。

既に審判やボランティアスタッフも集まっていて、彼らにも頼んで総出で雪をかく。

「雪は路肩に寄せて下さーい！」

拓也は声を張り上げた。だが、思っているほどには捗《はかど》らない。

――駄目だ、人手が足りない……。

スタート時間は八時だが、ランナーは二時間以上も前から集まり始める。あと三十分でスタートゲート周辺の除雪を済ませなければならない。

その時、何処からか「おーい、たっくぼーん」と声が聞こえた。きょろきょろしていると「オーライ、オーライ」と、威勢よく大型トラックを誘導する声がした。政爺だった。トラックには〈村田組〉の名が。そして、荷台には小型ブルドーザーとショベルカーが積まれている。

続いてやって来たワンボックスバンの扉がスライドされると、中からヘルメットと安全靴で身を固めた男達が続々と降りてくる。

「拓ぼん、待たせたな」

運転席から降りてきたのは、繁爺だ。

男達は二人一組になって散ると、角スコップで瞬く間に手押し車を雪でいっぱいにして路肩に運んで行く。その動きは、職員とは比べ物にならないくらいスピーディーで、見惚《みと》れるほど手際が良かった。

〈村田組〉の作業員達の加勢もあって、三十分後にはスタートゲート周辺と、ランナーの待機場所はあらかた雪かきが終わった。

市の境界あたりに立って道路を眺めると、白鳥市の方から大音響が響いてきた。路面清掃車がブラシで道路上の雪を蹴散らしながら、こちらに向かってくるところだった。集まった職員達の前を通過した時は「おおーっ！」と歓声が上がる。

「ほら、倉内さん。見て下さい」

蘭子の視線の先に目をやると、付近の住民達が自主的に雪かきを手伝ってくれていた。ほうきで雪を掃《は》いている女性の傍らでは、孫らしき小さな子供達がおもちゃのスコップでバケツに雪を入れていた。そして、キャンプ用の組み立て式の雪かきスコップで除雪している男子高校生もいた。

本来なら、一人一人に「ご協力、ありがとうございます」と御礼を言って回りたいところだが、今は心の中で感謝するに留める。

拓也が首にかけたタオルで汗を拭っていると、スマホが鳴った。青木だ。

「橋は凍結してなさそうですか⁉　了解！　ありがとうございますっ！」

10

午前六時三十分――。

坂口唯は土師駅に向かう臨時列車に乗っていた。

車内には、本格的な古代衣装に身を包んだランナーもいて、髪をみずらに結った人は筒袖《つつそで》の上着に足結《あゆい》を施した袴姿だし、隣には草薙《くさなぎ》の剣を手にして、黒い毛糸の顎ヒゲが勇ましいスサノオノミコトがいる。

向こうには島田髷《しまだまげ》に鉢巻きといった古墳の壁画に登場する衣装を再現している女性二人組がいるかと思えば、埴輪の被り物を手にしたグループ、背負って走るつもりなのか、段ボールで作った身長と同じくらいの前方後円墳を携えている人もいた。

「なるべく走れる恰好で来場してほしい」と告知してあったが、生憎《あいにく》の雪。コスプレでの参加者は減るかもしれないと危惧していた。しかし、車内の様子を見る限りでは、その心配はなさそうだった。

コスプレイヤー達の熱量が太陽を雲間から引き出し、雪を溶かしてくれる。唯はふと、そんな妄想をしていた。

列車の速度が落ち、車窓に古墳を覆う冠雪した木々が見えてきた。白鳥駅が近づいてきたのだ。土師駅は、その次の次だ。ほどなくして、線路は川の手前で九十度近く右に曲がり、各駅停車の駅を通過した後、また速度を上げた。

土師駅に到着すると、ホームにアナウンスが響き渡った。

『マラソン会場へ向かうお客様は、立ち止まらずにお進み下さい』

唯は白鳥姫子の衣装が入ったトランクを引きながら、流れに乗って進んで行く。

改札口の正面には、大会を盛り上げる歓迎パネルが一ケ月前から設置されていた。その前で記念撮影しようとスマホを掲げる参加者達に、「立ち止まらないで下さい！」と係員が注意を促している。

設置されたパネルは縦二メートル、横三メートルほどの大きさで、土師市内にある大学の芸術文化学部の学生達が制作したものだ。パネルには前方後円墳をバックに、コースの名所である寺社や旧跡、土師市の名産であるブドウ、白鳥市のタオル、山城市の鴨がデザインされていて、大勢のランナーを出迎えていた。

人の流れに乗ってぞろぞろと歩くうち、〈土師古墳公園〉のケヤキ並木が見えてくる。一般ランナーは公園の入口で体調チェックシートを提出し、検温システムが設けられた通路を通って公園内に入り、誘導があるまでそこで待機する。

粛々とチェックゲートの列に並ぶランナー達を、少し離れた場所から倉内が見つめていた。

ダウンジャケットを着こんだ恰好は、遠目に見ると部活の男子高校生のようだ。「倉内さーん」と呼びかけると、顔を上げてきょろきょろしている。日焼けした顔の中、やけに白目が目立つ。トランクを引きながら近寄り、早朝からの作業を労った。

「大変でしたね。雪……」

路面の雪はどけられていたが、樹上には雪が残っている。

「いや、坂口さんこそ大変でしょう？　今日は大事な役目がありますし……」

唯は今日、白鳥姫子の装束で走る事になっていて、ナンバーカードにまで〈白鳥姫子〉と名前が入っている。さらに、走り終わった後は後夜祭で司会進行を務める予定で、ちょうど良い機会だからと〈白鳥姫子〉の衣装とかつらを新調した。そちらは後夜祭で着ることになっている。

「坂口さん、そろそろ行った方がいい」

倉内は唯のトランクを持ち上げ、踵《きびす》を返すと先に立って走り出した。その後を追うが、どんどん離される。到着した頃には息が上がっていた。

「白鳥姫子さん、お見えになりました！」

辺りにいる職員達に大声で知らせると、倉内はまた何処かへ走り去っていった。

「こちらで着替えて下さい」

大急ぎで案内された控室に入り、白鳥姫子になる為の身づくろいを始める。化粧は家で済ませてきたから、後はカラコンを入れるだけ。まずは衣装を身に着ける。そして、頭にネットを被り、かつらを被る。

白鳥姫子に変身した唯は、スタートゲートへと向かった。

そこかしこでコスプレをしたランナー達が記念撮影をしており、その様子を見るうちに胸が熱くなる。
〝はにわラソン〟の運営を采配したのは倉内だが、〝和製メドックマラソン〟というテーマを思いついたのは唯だ。もちろん、裏の地味な部分で倉内達が苦労しているのは聞いてはいたが、大会の性格を決定づけるコンセプトを提案できた事を、ひそかに誇りに思う。

午前七時半。

集まった一万人のランナーが、〈土師古墳公園〉に設けられたスタートゲートに誘導される。混乱はなく、静かに列は進んでゆく。

唯は白鳥姫子の装束で、最前列のゲストランナー達と一緒に並んだ。隣には〈かもねぎ部長〉が並び、土師市のご当地キャラ〈ニャルドネ〉と〈みずら君〉はここに残って、エキスポでのイベントを盛り上げる事になっている。

「日中は暖かくなりそうだね。レースを楽しんでって下さいよ」

隣に立つ〈かもねぎ部長〉が、隣のランナーに話しかけていた。相手は倉内の母校・東都大のユニホームを着た二人だ。突然、鴨の被り物をした中年男性に話しかけられ、二人ともドン引きしている。

その時、地元ローカル局のテレビカメラがこちらに向かってきた。先頭に立つランナーを、端から順に一人ずつ撮影して行く。カメラに気付いた東都大の二人が、ロゴが目立つように胸を張り、人差し指と小指を立てたメロイックサインで両脇から指さした。

彼らに続く後ろには、陸連登録選手が並び、後はエントリーの際に申告された自己記録の順に並んでもらっている。ナンバーカードの頭文字Aが2時間台で走れるランナーで、以後、30分ごとにBからGまで区切ってある。

スターターを務めるのは花咲県知事だが、まだ台上にその姿はない。審判がスターターピストルのチェックをしているのだけが、ここから見える。

そこに倉内が通りかかった。インカムで忙しく連絡を取り合っている。その様子をじっと見つめていると——。

「もしかして、倉内さんの彼女さんっすか?」と、若い声に話しかけられる。東都大のランナーだ。真剣な表情で訊いてきたから、唯はよほど熱い視線を送っていたようだ。焦りながらも大人の女性らしく「さぁ、どうでしょ」と答えておく。

順に名前を呼ばれ、ゲストランナー達と一緒に紹介された後、唯は〈かもねぎ部長〉と共に最前列を離れ、陸連登録ランナーが並んでいる脇を通って後ろに下がった。唯が並ぶのはCブロックの最後尾でサブフォー、4時間以内での完走を目標にするグループだ。イケオジのランナーである〈カモネギ部長〉はサブ3・5のBブロックだ。係員の誘導はスムーズで、おかげでトラブルもなく列に並ぶ事ができた。

通りすがりに見ると、Aブロックは軽装のランナーがほとんどで、後ろに行くにつれてコスプレ度が高くなっていた。

ふと、圧を感じて振り返ると、電車で見かけた段ボール製の古墳を背負ったランナーが、Ｄブロックの最前列で人の三倍くらいの場所を取って並んでいたから驚く。

――向かい風を受けたら、前に進めないよ。

かく言う唯は、足さばきがいいように、裳《も》に鋏《はさみ》を入れてスリットを作っておいた。黒いランニングタイツで脚を包んでいたが、そこから冷気が入ってきて体温を奪われる。

「スタート三分前」

進行を務める地元ローカル局の女性アナウンサーが、カウントダウンで盛り上げる。

いつの間にか台上に花咲県知事が立っていて、スターターピストルを手にしている。

〔古墳と埴輪の町マラソン〕と書かれたスタートゲートが頭上に入るように、後ろ向きになって自撮りしているランナーもいた。

スタート一分前になると、周囲でＧＰＳウォッチを作動させる音が聞こえてきた。心なしか列が前に詰まって行く。

「十秒前……オンユアマークス……」

号砲の乾いた音が、冬空に響き渡った。

同時に周囲で「わー」とか「イエー」とか歓声が上がるが、まだ誰も走り出さない。

唯もその場で足踏みするだけで、列が動き出すのを待っていた。

徐々に前が空き、視界が開けた。

流れに乗って、唯もゆっくりと走り出す。冷たい風が頬をなぶり、紫色の髪を梳《と》かすように通りすぎて行く。

コースは土師市の顔とも言える、大型の前方後円墳の脇を通り過ぎ、そのまま北上して白鳥市に入る。ここからは古墳密集地帯で、そんな場所を古墳時代の装束を身に着けたランナーが走る様は、予想していた以上に壮観だ。

やがて古墳地帯を過ぎて右折すれば、暫く川に向かって真っすぐ北上だ。ここは道が広く、歩道もゆったりしているから、沿道の応援も鈴なりだ。

「がんばれー！」

「姫子ちゃーん！」

名指しで手を振ってくれた沿道の人達に、手を振り返す。

やがて、前方からブラスバンドの音が聞こえてきた。白鳥市内に本社を置く企業の音楽サークルのメンバーで、コンテストで優勝するほどの腕前だと聞く。

——入りの5キロはゆっくりと。

〈かもねぎ部長〉のレクチャーを思い出す。

脚が元気なスタート直後に飛ばすのはご法度だと、部長は言った。ゆっくり走っているつもりが、周囲につられてペースを上げていた。5キロを通過した時は、予定より20

秒も速かった。私鉄の線路を跨ぐ跨線橋を下る時にペースアップしたのかもしれない。

――ダメダメ、唯。落ち着いて。

飛ばしすぎないように、十人ほどで固まって走っているグループの後ろにつける。お揃いのＴシャツに、みずらのカチューシャを頭に付けているから、同じランニングクラブの仲間達だろう。

「ゴールしたら思いっきり飲もや。集合場所はバーベキュー会場のあたり」

「俺はワインよりビールが飲みたいなぁ」

大声でそんな会話をしている。

すぐに最初の給水ポイントが見えてきた。

マイボトルを持参しているランナーが多いからか、給水所での混雑はなさそうだ。ボランティアが用意してくれた紙コップも、倒される事なくテーブルに整然と並んだままだ。倉内は「最初の給水所《エイド》は、皆が水を取る上に一気にランナーが押し寄せる場所だ」と言っていたが、そんな殺伐とした雰囲気はない。

給水ポイントを過ぎて2キロほど北上し、川に突き当たって右折した。川の流れに沿って東へ走る。道なりに行けば、途中で川が分岐する箇所に行きあたり、そこで南へと進路を変える。それまで背中を押してくれていた風が、ぴたりと止んだ。

時計を見る。固まって走る人達の後ろにいたからか、追い風だったにもかかわらず、ペースは落ち着いていた。

川に沿って整備された道は気持ちが良かった。朝一番に路肩に寄せられた雪は残っていたものの、寒すぎる事もなく、おまけに雪化粧した景色も美しい。10キロ、15キロと距離を重ね、身体が温まるにつれて羽根が生えたように脚が軽くなった。

ほどなくして、ワイン関係の工場が目に付き出す。ブドウ農家、ワイン生産者、瓶工場と、ワイン作りに関わる企業が、この辺りに集まっているのだ。

スタートからずっと一緒に走ってきた集団は、随分と無口になっている。10キロを過ぎたあたりから、一人減り、二人減り、段々と集団が小さくなり、川の対岸へと渡る頃には、唯と一緒に走っているのは五人になっていた。

そして、街道沿いに建つ豪農のお屋敷が見えてくれれば、中間地点も近い。

ここまで無事に走れて、ほっとすると同時に、ペースを変えていないのに、GPSウォッチに表示される心拍数がじわじわと上がり始めているのに気付く。

〈かもねぎ部長〉は30キロの壁と言っていたが、まだ半分も走っていない。

——大丈夫。きっと大丈夫。

そう自分に言い聞かせながら、唯は農村地帯の緩やかな坂を登った。

11

その頃、〈カモネギ部長〉こと永山修一は、土師市の南部を走る高速道路下の橋を渡り切り、農村エリアを南下して山城市に入っていた――。

アラームが鳴り、永山は左手首にはめたGPSウォッチを見た。25キロを通過。だが、コース上に立てられた距離表示の看板は、100メートルほど先にある。コースを測定する時は最短距離で取るから、実際に走ると、どうしても誤差が出る。その差は距離が増すごとに大きくなり、そんな事もストレスに感じる。

鴨の着ぐるみに包まれた頭部と顔面が、じっとりと汗ばんでいる。視界が確保できるように目玉の部分がメッシュになっていて、くちばしの部分からは外気が入るように工夫されている。それでも首から上が熱い。

倉内からは「走り出したら、適当な場所で脱いで下さっていいですよ」と言われていたが、ナンバーカードには〈かもねぎ部長〉と名前が書かれている。ファンの夢を壊してはいけない。だから、スタート時からずっと外さずにいる。

永山は辺りの様子に目をやった。

今回のコースでは川から離れた後、25キロに差しかかるあたりからが少し退屈だ。埴輪片が出土した遺構と言いつつも、素人目にはただの原っぱにしか見えない。応援も少なさそうだ。

その時、近くを走っていたランナーが声を上げた。

「ん、何だ、あれは？」

白い雪原に茶色の物体が現れた。

「埴輪⁉」

近づいて見ると、それは段ボールで作った埴輪だった。埴輪は案山子《かかし》のように棒に突き刺され、やや宙に浮いた状態で沿道に固定されていた。それらがコースに沿って延々と整列し、途切れる事がない。ハリボテも、こうやって数が揃うと壮観だった。

これは本大会の名物になりそうだ。

永山は、そう直観した。

——雪が降って、かえって良かったな。

地面が白いのもあって、土色の埴輪がより際立っていたし、ユーモラスな表情もより映えている。

さすがにBブロックのランナー達は記録を狙っているから、ちらっと見るだけで、通り過ぎている。だが、ファンランナーであれば、ここで立ち止まって記念撮影と洒落込むだろう。

その時、萌黄《もえぎ》色の上着に白い袴の男性が永山を追い越して行った。続いて、色違いの衣装を着た仲間が後を追う。全員、髪をみずらに結い、中には凝った細工が施された金色の冠を被っている者もいた。

古の衣服をなびかせながら走る彼等を見送るうち、ふと、あれは古代人の幻なんじゃないかと頭をよぎり、永山は二度見した。

足元を見ると、彼らは最新型のランニングシューズを履いていたから、それは馬鹿馬鹿しい妄想だった。

しかし、千年以上も昔、ここで同じような光景が見られたかもしれない。

——倉内くんに見せてやりたいな。

彼等の背中を見ながら、そんな思いに囚《とら》われる。

開催日が近づくにつれ、事務局は〝体調チェックのゲートに行列ができた場合〟とか、〝誘導に失敗した時の対応〟など、様々な事態に備えてシミュレーションを重ねていた。無事にスタートを切り、ランナー達が走行中の今、この瞬間も問題が起こりそうな箇所を次から次へと飛び回っているはずだ。

つまり、倉内はこの幻想的な光景を見る事ができない。雪に覆われた大地に立つ埴輪達も、その中を走る古墳時代の衣装を着たランナー達の姿も。

永山は立ち止まると、ランパンの後ろポケットを探ってスマホを取り出し、雪原の中を駆け抜けて行くランナー達を撮影した。ついでに凝り固まった筋肉をほぐすように身体を動かす。時計を見ると、目標だった3時間30分を切れるかどうか微妙だ。後半の失速を考えたら、ギリギリで達成できないかもしれない。

だが、気分は爽快だった。

永山は最後の力を振り絞ろうと、ポケットにしのばせた補給食のジェルの封を切った。

エピローグ

「倉内くん！　おかげで大会は大成功や」

木村市長の大きな手が拓也の両肩を摑み、ぐっと力を込められた。

「ゲストランナーに東都大の〔箱根駅伝〕準優勝メンバーも来てくれて……。スタート台の横に立ってる時、先頭にあの子らが並んでるのが見えて、目頭があつーなった」

社交辞令かと思いきや、ポケットからハンカチを取り出し、本当に泣き出したから慌てる。

「そんな大袈裟な……。清水監督の御厚意ですよ。倉内に花を持たせてやれとか、選手達に言ってくれたんじゃないですか？」

本当は、最初に清水監督にこの話を持っていった時には渋られた。同じ時期に東京マラソンがあるのに、地方で開催されるまだ無名のマラソン大会に選手を出場させたくないという理由で。

だが、選手自らが手を上げてくれたのだ。

それを思い出し、「いや、選手達が僕に花を持たせてくれたんです」と言い直す。

「今、あの子ら、メディアでも注目の的やないか。にもかかわらず、こんな田舎の大会に出場してくれたんも、倉内くんが口を利いてくれたからや。花咲さんも喜んでたわ」

その時、秘書が傍に来て、木村に何事か囁いた。

「あぁ、そろそろ記者会見の時間やったな。もう段取りできてるんかいな」

木村に急かされ、一緒に庁舎内にある会見場へと向かう。

その途中、すれ違う人達から「お疲れー」、「ご苦労さん」と声をかけられる。

庁舎四階にある小ホールには、既に会議テーブルが並び、準備が整えられていた。四大新聞の支局のほか、各スポーツ紙、『ハゼブン』の記者もいる。

拓也は会見場の後ろ側、出入口の傍に立って会見が始まるのを待った。前方の中央には市長が話す演台が置かれ、向かって右側に職員用の長机と司会者の席が用意されている。

顔見知りの記者が拓也を見つけ、近づいてきた。

一大会、無事に終わりましたね」という挨拶から始まり、そこから自然な流れで、市長から大会開催を頼まれた時の話や、起ち上げ時の苦労を訊かれる。

「今後もこの大会を続けていく上で、倉内さんの目標を聞かせて頂けませんか?」

ふいに訊かれ、言葉に詰まる。

「今後の目標……ですか」

拓也は目を閉じ、思いを巡らせた。

「漠然としてますかね？　たとえば、次は倉内さんご自身もランナーとして出場するとか……？」

「はぁ、ランナーとして、ですか……」

その時、頭の中に〈カモネギ部長〉こと永山が送ってくれた写真が浮かび上がってきた。走っている最中に立ち止まって撮影してくれたらしい、その写真を見るうちに、「こんな風に楽しく走ってみたい」という感情と、「いや、勝負してこそのマラソンだ」というこだわりのせめぎ合いを感じた。

学生時代はやりがいを感じて取り組んでいた主務の仕事だったが、「なぜ転向してしまったのか」という後悔が消えなかった。

フルマラソンを走り、いつか見返してやる。

そんな熱い気持ちを思い出させてくれたのが、各地の大会で出会った数多の市民ランナー達だった。

〝はにわラソン〟終了後、後片付けの雑務に追われながらもSNSや大会HPを開き、恐る恐るランナー達のレビューを見た時の、あの胸が熱くなるような瞬間――。

「あれだけの数のコスプレイヤーと一緒に走れたのは、私にとって宝物のような思い出です！」
［後夜祭、楽しかった！　いっぱい友達が出来ました］
［〝和製メドックマラソン〟を堪能しました。宿泊した翌日、〈足利ワイン醸造元〉に行って、美味しいワインの試飲で迎え酒しました］
コスプレや後夜祭、ワインとグルメも概《おおむ》ね好評だったが、意外なダークホースが埴輪達だった。
［沿道の応援が少ない場所も埴輪達のおかげで楽しく走れました。また出場したい！］
［ちょうど疲れが出る頃に埴輪達が熱烈歓迎してくれたのが、サプライズでした。来年も埴輪達に会いに行きたいです］
［楽しい試みだと思う。いっその事、全国から古墳や埴輪にまつわる作品を募集しちゃえばいいのに？］
埴輪を沿道に並べるというアイデアは、大成功だった。そして、大会翌日には新聞にその光景が大々的に掲載され、お手製の埴輪を寄贈してくれた老人会や小学校から喜びの声が届いた。
いや、やはり自分は競技を極めるよりは、誰かを支えて楽しんでもらう事が、一番の喜びかもしれない。
「もちろん、僕自身もランニングを続けて自己記録を更新したいという思いはあります。

あくまで願望ですけど。しかし……」

拓也は胸の内で言葉を探る。

「……まずは来年、第二回〝はにわラソン〟の開催を目指し、さらに大勢のランナーや市民に喜んで頂く事が一番の目標です」

その時、会見室の前方にいた司会者がマイクを手に取った。

「それでは木村市長の記者会見を始めさせていただきます」


記者会見が終了し、マラソン事務局として使っていた部屋を掃除していると、「来客だ」と連絡が入った。

エレベーターで一階に降りると、相模優香が立っていた。

「少し風に当たりましょうか」

優香を誘って、外に出る。

春の匂いを帯びた風が鼻先をくすぐり、拓也はくしゃみを二回した。

〈土師古墳公園〉に植えられた桜の蕾も、あと半月もすればほころび始めるだろう。

「無事に終わって良かったですね。マラソン」

感情のこもっていない口調でそう言った優香は、陽光の加減か顔が青白い。

「ありがとうございます。おかげ様で」

「それだけ？」

「他に何か？」

優香の顔が歪んだ。

「何処までも性格が悪いのね」

だが、その口ぶりとは逆に、さほど怒っていないようにも見えた。

「父から聞きました。……よく、あんなインチキが通りましたね」

週刊誌の件だろう。

「メディアは公務員の不祥事が好物なんですよ。同僚へのセクハラとか、小銭を横領したとか、確かに悪質ではありますが、民間企業だったら記事にもならないようなニュースでも大っぴらに叩けて、読者の溜飲《りゅういん》も下がる。〝この税金泥棒がっ〟とね。箱根駅伝出場校の指導者が、地方に行って若い女性と二人きりで密会してるなんて記事よりも社会正義に寄与すると思いませんか？」

優香の唇がわなわなと震えた。

「あなたって……。ほんっとうに昔っからイケ好かない子で、私はあなたの事が嫌いだった」

今度こそ、本当に怒らせてしまったようだ。

「みんな、あなたの肩を持つけど、私にはあなたの良さが分からない。あなた、女性にモテないでしょう？」

「よくご存知ですね。この年になって結婚どころか、恋人の一人もいませんから」

優香はつんと顎を反らすと、そのまま背中を向けた。

あたりには数日前の雪が嘘のように、春の空気が漂っていた。

（了）

【参考文献】
『レースディレクターズガイドブック２０１８』
前島信一　日本陸上競技連盟ロードランニングコミッション
『スポーツまちづくりの教科書』松橋崇史・高岡敦史　編著　青弓社　二〇一九年一月
『なぜ、彼らは「お役所仕事」を変えられたのか？』加藤年紀　学陽書房　二〇一九年八月
『ザ・古墳群』１４０Ｂ　二〇一八年五月
『ぐんまマラソンのすすめ』小川真太郎　上毛新聞社　二〇二一年八月
『泉州国際市民マラソン20周年記念誌』泉州国際市民マラソン実行委員会　二〇一三年三月
「月刊陸上競技」講談社　二〇二一年十月号別冊付録「学生駅伝ガイド２０２１秋」より
『マネージャーってどんなお仕事？（青学大編）』
「陸上競技マガジン３月号増刊　大学駅伝決算号２０２１―２２」ベースボール・マガジン社
二〇二一年二月より『愛知学院愛知高出身３主務座談会』
「ランナーズ」アールビーズ　二〇一九年五月号より
『ＴＯＰ ＲＵＮＮＥＲの週間健康「ランニング」日記』
北九州マラソンの熱血担当者「コース点検は走って行います」尾場瀬純一さん
「ランナーズ」アールビーズ　二〇二二年三月号より
『青島太平洋の主催者が綴る「希望の朝陽を共に見た日」』

【参考ウェブサイト】

『「市民マラソン大会」激増の知られざる舞台裏　町おこしにつながるが競争はシビアに』
高井尚之　東洋経済ONLINE　二〇一八年二月十四日
https://toyokeizai.net/articles/-/208012

『地域振興型マラソン大会の可能性　～千葉県・いすみ健康マラソンの事例』増田明美
https://www.kansai-u.ac.jp/Keiseiken/publication/seminar/asset/seminar15/s212_1.pdf

【参考動画】

『松原商工会議所　事業承継セミナー「河内ワインのヒストリーと創業の地、駒ヶ谷」』
講師・株式会社河内ワイン代表取締役社長　金銅重行氏
https://www.youtube.com/watch?v=nzexgbgWCaY
https://www.youtube.com/watch?v=EVBOC55SbgY

＊その他、多くの文献やウェブサイトの情報を参考にさせていただきました。

〈謝辞〉

本書の執筆にあたり、株式会社アールビーズ代表取締役・黒崎悠氏、並びに一般社団法人　日本マラソンプロデュース協会（略称 JMPA）代表理事・前島信一氏のご協力・ご教示を仰ぎました。あらためて深く御礼申し上げます。なお、本書の記事内容に誤りがあった場合、その責任は著者に帰するものです。

本文地図デザイン：浅妻健司

＊この物語はフィクションです。実在の人物・団体などには一切関係ありません。

＊この作品は双葉文庫のために書き下ろされました。

双葉文庫

は-44-01

はにわラソン

いっちょマラソンで町《まち》おこしや！

2024年12月14日　第1刷発行

【著者】
蓮見《はすみ》恭子《きようこ》
©Kyoko Hasumi 2024
【発行者】
箕浦克史
【発行所】
株式会社双葉社
〒162-8540 東京都新宿区東五軒町3番28号
［電話］03-5261-4818(営業部)　03-5261-4868(編集部)
www.futabasha.co.jp(双葉社の書籍・コミックが買えます)
【印刷所】
中央精版印刷株式会社
【製本所】
中央精版印刷株式会社

【フォーマット・デザイン】
日下潤一

落丁・乱丁の場合は送料双葉社負担でお取り替えいたします。「製作部」宛にお送りください。ただし、古書店で購入したものについてはお取り替えできません。［電話］03-5261-4822(製作部)

定価はカバーに表示してあります。本書のコピー、スキャン、デジタル化等の無断複製・転載は著作権法上での例外を除き禁じられています。本書を代行業者等の第三者に依頼してスキャンやデジタル化することは、たとえ個人や家庭内での利用でも著作権法違反です。

ISBN978-4-575-52814-5 C0193
Printed in Japan